走过时间

《年度散文50篇》系列精选
人物故事篇

王开岭 彭程 陈冲 等著
陈建功 主编

北京时代华文书局

图书在版编目（CIP）数据

走过时间 / 王开岭等著；陈建功主编 . -- 北京：北京时代华文书局，2024.9
ISBN 978-7-5699-5473-9

Ⅰ.①走… Ⅱ.①王…②陈… Ⅲ.①散文集—中国—当代 Ⅳ.①I267

中国国家版本馆CIP数据核字（2024）第075862号

ZOU GUO SHIJIAN

出版人：陈　涛
项目策划：张洪波　余　玲
项目统筹：余　玲
特约编辑：胡　家
责任编辑：樊艳清
执行编辑：耿媛媛　王凤屏
装帧设计：po
内文排版：迟　稳
营销编辑：梁　希
责任印制：刘　银

出版发行：北京时代华文书局 http://www.bjsdsj.com.cn
　　　　　北京市东城区安定门外大街138号皇城国际大厦A座8层
　　　　　邮编：100011　电话：010-64263661　64261528

印　　刷：北京盛通印刷股份有限公司	
开　　本：787 mm×1092 mm　1/32	成品尺寸：130 mm×188 mm
印　　张：11.5	字　　数：229千字
版　　次：2024年9月第1版	印　　次：2024年9月第1次印刷
定　　价：49.80元	

版权所有，侵权必究
本书如有印刷、装订等质量问题，本社负责调换，电话：010-64267955。

目录

溯源而上	1
陪母亲	19
回瞻与远行	27
白马湖记	47
静止的春天	71
墙上的祖先	91
女儿笔下的文坛硬汉萧军	107
少年游	117
月亮咬住了狗尾巴	135
故乡在他乡	143
张四维先生小记	163
我寄愁心与明月	183
走过时间	199
大师傅	213
大地的脐带	227
亲爱的乔乔	247
孤独和欲望的颜色（上）	269
无论星光还是烛光	289
南京，南京	303
盛大的事情	317

隐匿者 333
暂别乐园 351

溯源而上

南帆

本名张帆,福建社会科学院原院长,福建省文联原主席,中国文艺理论学会会长。出版《文学的维度》《村庄笔记》等多种作品,散文集《辛亥年的枪声》和专著《五种形象》获鲁迅文学奖。

1

祖父是福州的一个中等资本家,几家小工厂,一个轮船公司,大约如此。我对于他曾经拥有的财产一无所知。少年时代,祖父的资本家身份给我带来无尽的烦恼。每一次表格填写都是耻辱烙印的展示。父亲也不清楚祖父的财产。他对于这一份家业嗤之以鼻,也不愿意腾出若干记忆的空间存放家族往事。18岁的时候,父亲离家到宁波担任中学教师,一年之后考取大学。录取父亲的是两所大学:一所是海南大学的化学系,一所是上海大夏大学的教育系——当时的理科与文科似乎不存在森严的壁垒。父亲自作主张地选择了后者,估计祖父无法参与意见。

那是1947年的事情,当时上海的校园里左翼气氛正在急剧上升。接触到若干进步杂志和一些充满激情的演讲,父亲的思想愈来愈左倾,终于在1949年参加了中国人民解放军华东随军服务团(简称"南下服务团")。南下服务团的工作即是配合中国人民解放军挺进福建,参加地方工作。

南下服务团近3000人,1949年7月乘坐火车离开上海南下。火车刚刚到达上海的古镇莘庄,立即遭到国民党飞机的轰炸,死伤多人。此后他们或者乘车,或者步行,取道浙江、江西,翻越武夷山进入闽地,行走了一个多月的时间。父亲清晰地记得翻越武夷山的分水岭:分水岭的草木一边倒向了江西,另一边倒向了福建。风尘仆仆地从武夷山下来,他们的行军路线终于与闽江的流向一致。到了南平，他们分批乘船沿江而下抵达福州。南下服务团成员来自四面八方。父亲属于返回原籍，即将面对的地域既熟悉又陌生。20世纪50年代初期，父亲在工会任职。他的一部分工作即是与祖父这种资本家谈判，为工人争取利益。我曾经设身处地地想象：南平码头登船的时候，父亲是否产生过一些小小的感慨，滔滔闽江依然如故，然而，他已经是一个革命新人。

事实上，父亲从未和我交流过这些感慨。革命新人的激昂没有维持太久。祖父赐予他的耻辱烙印远比我深刻，以至于大半辈子磕磕绊绊。这或许也是他沉默寡言的原因之一。我很迟才从父亲嘴里听到南下服务团的只言片语。回忆这些事情的时候，父亲已经老了，没有多少伴随这些回忆的情绪波动，譬如豪迈、骄傲、不平、追悔，如此等等。临江而居，最为常见的感想就是逝水长流，淘尽千古英雄。古今多少事，尽付笑谈中。

2

父亲还记得太祖父运营的轮船公司。作为长孙，太祖父对父亲宠爱有加。他时常坐上太祖父的黄包车，跟随到轮船公司上班。太祖父去世之后，轮船公司传给了祖父。据说这个城市的张姓均是来自闽江下游大樟溪的月洲村。太祖父也是从月洲村出来的吗？什么时候创办的轮船公司？父亲一概不得而知。

父亲和几位叔叔、姑姑仅仅记得,张家在江岸附近的山上有一座祖坟,太祖父埋在里面。祖父已经遵从火葬,所以,这一座祖坟的主人就到太祖父为止。我的少年时代,曾经跟随父亲以及几位叔叔和姑姑祭扫过这一座祖坟。我记得众人攀到了半山上,挥锄劈开了茂密的茅草和小树,祖坟显露了出来。我还记得墓碑上的字体是隶书,既厚重又飘逸。当时我刚刚开始练字,即是从一本隶书字帖入门。我拖走堆在祖坟旁边的茅草和小树,直起身喘一口气,一抬眼看见山下江流如练。

此后,家族之中大约不再有人上山祭扫。如今,谁也说不清祖坟的位置。父亲和叔叔、姑姑俱已老迈,他们的记忆锈迹斑斑。所有的人都只记得,祖坟就在江边的某一座山上。

3

闽江之上也有一座金山寺,位于乌龙江中的一块岩石上。许多地方都能遇到金山寺,不知为什么这个寺名如此流行。闽江的金山寺历史不短,据考,始建于宋代。这一块岩石距离江岸数十米,四周水流湍急,让人想到镇江的金山——故而称为"小金山"。岩石上先是建起一座石塔。人们数过了,石塔由185块白梨石砌成,实心的,大约高10米。寺庙的殿堂围绕石塔修建起来。塔前妈祖厅,塔后大慈楼,左右各一斗室。寺庙小巧玲珑。夜晚沿江岸驾车路过,可见江流之中灯光装点的寺庙轮廓，犹如浮在江面的一盏灯笼。

从江岸进金山寺需要摆渡。寺庙里牵出一条长长的缆绳拴到江岸上，艄公双手拉住缆绳牵引渡船来来回回。我到过金山寺几次。第一次距今约50年了吧，似乎就是跟随父亲和几个叔叔、姑姑到江边的山上祭扫祖坟，下山之后路过金山寺。一个十来岁的少年对于孤悬于江流之中的寺庙十分惊奇。那一天遇到了退潮，我们一行下了江岸，穿过宽阔的沙滩，沙滩与寺庙之间仅剩一道两三米宽的浅浅水流。我的小叔叔发现寺庙的墙根有一块长木条，恰好可以在水流上搭一个简易小桥。他在沙滩上后退几步，助跑之后一跃而起跳到水流对面。小叔叔跳跃的距离还是短了一些。落下的时候，一个脚后跟踩到了沙滩的水洼，一注污水嗤地从鞋子下面喷了出来。

我的小叔叔很快就下乡插队，在山区待了十来年才返回城市，似乎在一个小工厂当工人，很迟才娶妻生子。孩子刚刚几岁，他的脑子里长了一个肿瘤，视神经受到压迫，眼前愈来愈模糊；继而肿瘤开始全面扰乱脑神经，他的意识逐渐陷入混沌。肿瘤的位置很不好，无法手术治疗。小叔叔在混沌之中拖延了几年，终于离世。我和小叔叔没有多少交往。他几乎只给我留下一个生动的形象——一注污水从鞋子的脚后跟下面嗤地喷出来。

4

书橱里摆放了一张母亲的遗像。母亲已经去世多年,她生前从未想到我的寓所可能搬到江滨。母亲的大半辈子辗转于市区的几幢破旧的瓦房。母亲和这条江有过哪些联系?我一时想不起多少事情。

外婆很年轻的时候就开始守寡,母亲是遗腹子。母亲出生之后,外婆没有再嫁,母女相依为命一辈子。她们几乎没有离开过这个城市。唯一的例外大约是20世纪40年代初期。那时日本人入侵,占领了福州,外婆带上母亲外出逃难。她们落脚于闽北的一个山城。母亲那时还是一个身材瘦小的少女。她多次说过,刚刚在那个山城的一个大院里住下,邻居的一只大狗忽地站起来,两只前爪搭在她肩上,吓得她魂不附体。不知她们如何抵达那个山城。孤儿寡母,大约是乘船溯江而上。我想象的镜头是,外婆身着一件长棉袍,一手牵住母亲,一手提一个藤箱下了码头,登上一艘渡轮。我小时候见过那个藤箱,藤箱角上的藤条已经绽开了,那是外婆贮存个人财产的唯一箱子。

母亲是在这条江边认识了父亲。她从师范学校毕业,进入工会工作。母亲见到简陋的办公桌后面坐着一个戴眼镜的年轻人,头发蓬乱,胡子拉碴,穿一件洗得发白的中山装。父亲那一阵子有些失意,不修边幅,各种不切实际的梦想正在逐渐远去。他们慢慢熟悉起来了。我猜,母亲肯定做出了明白的示意。

否则，拘谨的父亲大约不敢与活泼的母亲靠得太近。某一天下午，两人双目交汇，心领神会，一条大江从附近流过。

这是大半个世纪之前发生在江边的一件事。

5

大半个世纪之前的闽江是什么模样？我意外地从电影之中看到了。我在互联网上搜索到20世纪50年代的老电影《地下航线》。这是一部黑白影片。影片叙述的是，40年代末期一批游击队利用闽江的航船运送武器，与盘查的国民党军队斗智斗勇。影片之中的闽江水流湍急，似乎比现今的江面狭窄一些，岸边不时出现一些嶙峋的尖利岩石。这一段江面大约是闽江上游，游击队要将甲板底下的枪支送到北部的山区去。

《地下航线》有三位编剧，一位编剧是父亲的朋友。父亲说，当年他们是同一个办公室的年轻干事，相对而坐，时常在桌子底下交换小说。他们的工作是组织工人与资本家抗争，粗犷的言行与革命气氛更为协调，阅读小说仿佛带有小资产阶级情调，不宜公开声张。父亲的朋友显然更为迅速地领悟了文学的奥秘。他很快写出了电影剧本，并且迅速晋升了职务，父亲与他渐行渐远是很自然的事情。

20世纪70年代初期，父亲与这个朋友在空寂的马路上相遇。当时多数机构已经瘫痪，他们共同赋闲在家。朋友邀请父亲到家里玩，父亲带上了我。父亲对我说起这个朋友的文学业绩，口气之中充满了羡慕甚至嫉妒。父亲说，他也想写电影剧本。电影剧本文字简练，他的古文修养或许有帮助。我不知道父亲是否私下尝试过。"坐对真成被花恼，出门一笑大江横"，父亲的内心有一些不安之气，这一条江是否在他的内心贮存了一些不同凡响的激动？尽管如此，我觉得父亲的文学天分不足。他性格内向，为人拘谨，没有胆量想象天马行空的故事情节。父亲在这个朋友家里下围棋，我坐在一旁观战。我的记忆之中，他们的围棋水平相当有限。他们两人俯身棋盘一丝不苟地摆棋，棋局结束之后客套地交谈几句，没有一句话提到文学和电影。

昨天偶尔想到，可以到互联网上找一找《地下航线》，果然如愿以偿。每天从窗口看到这条江，已经习以为常。突然在一部老电影的黑白镜头之间与大半个世纪之前的闽江重逢，异样之感挥之不去。

6

我突然意识到，我迟迟没有提到闽江的源头。好吧，现在还来得及。当然，闽江的源头必须从武夷山说起。

"天倾西北，地陷东南"，武夷山脉是这一片土地的制高点。我曾经开玩笑地说，站在武夷山主峰抛出的一块石头会骨碌碌地滚进东海。事实上，这句话不如改为——武夷山泼出的一瓢水终将奔涌入海，例如闽江。

所有的闽江源头，无不指向武夷山。

沿闽江溯流而上至南平，分歧出现了。闽江上游一分为三，称谓共同下调为"溪"：建溪、富屯溪与沙溪。三大支流各行其是，如同三道闪电沿着不同的方向掠过天空。道不同不相为谋，三大支流各自拥有自己的秘密起源。然而，起源是一个神圣的名义，哲学家称为起源神话。每一个支流都企图垄断闽江源的这个概念。多么伟大的象征——窥见一条江的源头犹如洞悉一个家族的传家秘诀。源头，历史，传统，血管里流淌的是哪一个姓氏的血脉……于是，人们背起行囊，翻山越岭溯源而上，竭尽全力找到一个初始的泉眼，立下石碑，刻上文字，不仅是颁发一个证明，而且制造所有故事构思的起点。

可是，另一些人觉得，似乎没有必要这么严肃。李白大大咧咧地说：黄河之水天上来——他似乎不怎么把起源当一回事。民间的种种夸张更是醉醺醺的，一首民歌居然唱道：黄河的源头是在一个牧羊汉子的酒壶里。写小说的也不见得严谨。美国那位福克纳任性地认为，密西西比河发源于某一个酒店的大堂。也许他们是对的。王侯将相，宁有种乎？——何况于水。起源并不能决定未来，一滴水发展为一条江并不是因为特殊的起源。江河浩大而不干涸，沿途水系的加盟成就了滔滔洪流。五湖四海，不问出身，这是另一种故事。

7

之所以首先提到沙溪，是因为这一条支流与我的母亲密切相关。

当年外婆携带母亲出门逃难的时候，她们落脚的闽北小山城称为永安。外婆与母亲乘船逃到南平登岸，然后向左一拐又行进了百来公里，永安即坐落在沙溪旁边，相距福州接近300公里了。她们在永安没有任何亲友，而是跟随下船的人流到了那儿——40年代抗战期间，永安成为福建的"陪都"，省政府迁到了这个小山城。那时母亲10岁左右，不清楚她与外婆在永安居住了多长时间。70年代初期，40岁左右的母亲偕同父亲沿着这条路线再度出发，途经永安之后继续依傍沙溪上行近200公里，最终抵达建宁县的一个乡村。母亲和父亲的正式称谓是"下放干部"，兼有参加农业生产与自我改造的双重意义。长途汽车行驶在山区公路，母亲和父亲肯定没有意识到沙溪的存在。由于缺乏山区乘车经验，母亲严重晕车，路途中的大部分时间忙于呕吐。

按照母亲和父亲的设想，他们先行一步试探，半年之后举家移居乡村。两个意外打乱了预定的计划。首先，乡村的偏远程度远远超出了他们的意料。父亲说，点一根烟已经可以在村子里走两个来回。他们没有勇气率领全家在这里定居——至少，三个子女的读书是一个无法解决的问题。其次，父亲的眼疾突然发作。由于高度近视导致眼底出血,父亲的左眼很快丧失视力,不得不返回城市治疗与休养。春节休假之后,只有母亲独自远赴乡村。

母亲和父亲抵达乡村的时候,村子里为他们的住宿安排了一幢独立的木板楼。木板楼远离村庄主体,孤零零地矗立于一片空地。楼房共三层,大小房间21个。母亲和父亲事后得知,村子里的农民传说这一幢木板楼闹鬼,无人愿意入住。父亲逗留城市养病,母亲一个人面对21个空荡荡的房间发愣。夜深人静,山风吹得四处乱响,母亲仔细拴好卧室的房门和窗户,要么在灯下做一些针线活,要么给家人写信打发时间,事无巨细地絮叨乡村的见闻。只要有机会回家,母亲拎上一个小包就出门。这时,晕车与翻江倒海的呕吐已经不足挂齿。

母亲和父亲"下放"这个村子五年。他们持续往返于这条路线,可是,我从未听到他们提起路边的闽江和沙溪。他们满脸倦容,身心俱疲,对于山光水色视而不见。

8

我有机会沿着沙溪旁边的公路溯流而上的时候,母亲已经去世多年。不过,那一次我也没有闲心对于阳光下的溪流表示足够的兴趣。这条公路正在大规模翻修,勾机、吊车、压路机的轰鸣声此起彼伏,众多水泥管道堆放在路边,几个戴藤帽的工人挥舞小旗指挥车辆的行止。乘坐的汽车时常出其不意地剧烈颠簸，脑袋"砰"的一下撞到了车顶。这是一趟即兴的行程。之所以突然从另一个地方拐过来，心里存在一个秘密的念头——去看一看母亲和父亲当年居住的那一幢木板楼。

我只走到建宁县城为止。到了县城四处询问，没有人说得清母亲和父亲当年下放的乡村在哪里。我只知道他们是某某公社某某大队，可是，数十年之后，公社和大队之称早已废弃。那一带不知合并到了哪一个村镇。我猜想，那一幢木板楼大约也不存在了。我在县城的路边站了一会儿，心中茫然惆怅。一条小河从县城的街道旁边安静地流过，水面几乎看不见波纹。那时，我并没有意识到这是沙溪的末梢。

多年之后再度抵达建宁县，我去了金铙山。这儿已经进入闽江源区域。在所有人的想象中，闽江源是一注获得专家认证的小小水流。四周众多山脉负责保管，小心翼翼地捧在手心，撑起宽阔的肩膀遮挡各种不明的骚扰，避免出现安全问题，尽职地充当合格的保护神。金铙山原名大历山。据说闽越王无诸进山狩猎的时候遗失金铙一面，故而更名。金铙山顶峰高1858米，略逊于武夷山主峰黄岗山。

金铙山顶峰是一块光秃秃的巨大岩石，拦腰一圈儿悬空的木栈道如同硕大的肚皮上一条松松的腰带。必须穿过这一条不到两米宽的漫长栈道吗？站在栈道入口处的时候，众目睽睽之下我已经无从退却。我患有轻度恐高症，看到楼顶俯拍的电影镜头即会产生心虚腿软的不适症状。咬了咬牙一脚踏入栈道，祈求栈道底下的支撑架不要突然断裂，另外，千万不能地震，恐怖的地动山摇。闷头疾走之际，仰视斧劈一般的绝壁或者俯瞰云雾缭绕的深渊，心中都会遏制不住逃回去的冲动。支持我闷头疾走的信念是，下山的时候可以从另一条小径绕下去。我对于那些悠然在栈道上摆出各种姿势拍照的人充满怨恨，不知道他们的脸上为什么会带上一副乐呵呵的表情。上山之前听说，登上金铙山顶峰可以遥望闽江上游的大金湖；下山之后坐下来长长呼一口气，几乎记不起曾经看到什么。

9

闽江的另一个支流为富屯溪。按照地图所示，富屯溪曲折蛇行，最后一段拐向武夷山的主峰黄岗山。黄岗山的高度为2100多米，被形容为东南一带的屋脊，山势陡峭，老树蔽日。我迄今尚未涉足，据说山顶长满黄花菜，秋天金黄一片，故名黄岗山。进入深山峡谷搜寻江河的源头，往往目迷五色，见了山而忘了水。一缕涓涓细流如同一个稚童，远不如宏伟的高山峻岭壮观。

武夷山碧水丹山，神女峰、大王峰岩石嶙峋，峭壁高耸，山峰下一条蜿蜒的九曲溪，溪水清浅，竹筏上的艄公左一竹篙，右一竹篙，溪水下面众多大大小小的鹅卵石制造出哗哗的水声。九曲溪旁的观音岩上可见悬棺。数十米高的绝壁之上有一个岩洞，一些棺木藏匿洞内，几根错杂的棺木伸出了洞口。碳素的测定表明，这些棺木距今已经三千多年。悬棺习俗的成因众说纷纭，数百斤甚至上千斤的棺木如何置于岩洞，引来许多猜测。一种说法是从悬崖顶上吊下去的，一种说法是凿开悬崖架设栈道。远古的年代缺乏必要的机械设备，如此大费周折目的何在？这些问题一直没有合理的解释。还有一种说法是，当时的水位与岩洞的高度差不多，棺木是从水上运入岩洞。

水利专家对于此说不以为然。如果三千多年前的水位这么高，那么，下游的福州将是一片泽国。然而，考古证明，五千多年前的新石器时期，福州一带已经有人定居。我对于各种传说与猜测兴趣盎然。这些叙述之中，一条波涛浩渺的大江蜿蜒而来，从郁郁葱葱的武夷山奔向汹涌起伏的东海，水汽如雾，激流如梭。

10

按照百度地图，我的寓所到闽江出海口四五十公里。如此算来，寓所窗口上溯的闽江还有500多公里。可是，我的叙述为什么多半聚集于闽江下游，对于漫长的上游说不出多少事情？我逐渐意识到，这一条大江的首尾重量正在悄悄地变化，如同跷跷板正在朝另一个方向倾斜。萦绕武夷山脉的各种神话、传说开始黯然失色，闽江口汹涌的海潮持续送来一大堆性质迥异的消息。

明代以后，这一片土地愈来愈多地察觉大海的深沉摇撼。郑和开始带领一个庞大的船队进入海洋深处，尽管没有人清楚这个精力旺盛的太监身负何种秘密使命。郑和率领的庞大船队一次又一次停泊在闽江口等待季风，最大的船只长达一百米。如果等待的时间够长，郑和会下船逛一逛闽江口附近的村庄，顺便招募一些水手。明末的郑成功船队也频繁驻扎在闽江口以及东南沿海，从事反清复明活动，继而驱走荷兰人收复台湾。19世纪60年代马江海战的炮声毋宁说是严厉的警告：海上炮舰的威胁远远超过了北方大地鼓点般的马蹄声。20世纪40年代，手持三八大盖步枪的日军士兵也是从海面进入闽江，扑向福州。总之，海洋对于这条江的拖拽愈来愈明显。

宋代以前并非如此。那时，人们的目光遥遥回望中原。魏晋时期开始，一批又一批的中原望族纷纷南下，武夷山脉形成的山区是他们的重要落脚点。中原大地烽火连天，刀光剑影，大大小小的君王无不杀出一条血路，赶到那儿去登基。一些缺乏政治雄心同时又有若干浮财的大家族不愿意持续担惊受怕，他们宁可悄然南迁，寻找一个可以过几天太平日子的地方。这一带经济富庶，人才荟萃，文化繁荣。一代词宗柳永与理学大师朱熹都在武夷山生活过。武夷山的茶叶闻名遐迩，这些茶叶打包之后装上泊在码头的船只，沿着闽江运送到下游的四面八方。宋元时期这一带山区大量刊刻书籍的作坊，印行许多古典名著。这一带山区的陶瓷名声在外。"建窑"始于唐代，盛于两宋，迄今"建盏"仍是名贵器物。我曾经乘坐竹排游历武夷山脉的一条峡谷，几公里的溪水底下铺满了斑斓的碎瓷片，如同一个未曾褪色的旧梦。总之，武夷山一带承接了北方的文化与生产方式，同时又成为再传播的枢纽。闽江水道恰恰作为传播网络的组成部分。尽管如此，那时的人们仍然觉得，他们的根系与血脉来自北方的中原大地。大海又算什么？风高浪涌，一片汪洋，谁知道龙宫怎么走。闽江行色匆匆地奔赴大海，从未带回什么。

转向海洋是一个重大历史事件。北望中原的时候，东南沿海是后排观众。转向海洋之后，后排突然成为前排，继而成为台上的演员。江流滔滔，亘古如斯，然而，伟大的历史不知不觉地修改了闽江上游与下游的对比度，并且按照新的指标重新设置我的叙述比例。

节选自南帆《与大江为邻》，《作家》2022年第5期，
《散文海外版》2022年第9期转载

陪母亲

徐迅

现住北京。著有中短篇小说集《某月某日寻访不遇》,散文集《徐迅散文年编(4卷)》《半堵墙》《响水在溪——名家散文自选集》《春天乘着马车来了》,长篇传记文学《张恨水家事》等近20部,多次获奖和被转载。

二妈说:"你要有时间就多回来陪陪你母亲!"几次回去见到我二妈,二妈总这样嘱咐着我。"你母亲可怜!"二妈说。

二妈其实也就是我的二婶。我家是人口众多的一个大家庭,一个和睦的大家族。父亲姊妹五人,两个弟弟,还有我大姑、小姑。父亲是老大。从小我就喊他的两个弟弟叫二伯、小伯。有了婶娘,也就二妈、小妈地喊。这样喊着喊着,就喊出了习惯。

二妈生有三儿一女。她也有两个儿子在外地工作。她这样说我,其实就有她自己内心的想法,或者说是感同身受吧。儿女每天晃在自己跟前,不当一回事儿。而在外地工作的儿子回来,又成天在外应酬,忙着和同学、战友、兄弟、朋友们在一起。前呼后拥的,忙得脚板不沾灰。说是回家,却常常在外喝得醉醺醺的,仅仅晚上回家睡个觉,甚至通宵不回来。把家当成了宾馆。

二妈对我就这样抱怨过。

我也在外地工作,回家与兄弟也如出一辙。但不知道是听了二妈的话,还是自己年纪慢慢大了的缘故,我后来回去,那"野"的心就渐渐收敛了些。有意无意地,留着陪母亲的时间就多了。

说来,母亲是怪可怜的。

母亲嫁给父亲时,父亲已经有过一次婚姻。母亲是独生女,在旁人眼里,母亲或许有些委屈。嫁给父亲后,母亲立即成了这个大家庭的长嫂。一家上有老下有小的，她都得管。然后自己又生儿育女，生育我姊妹五六个。大集体生产时，父亲在外做铁匠手艺，她在家做工。大炼钢铁、修水库、修河道的，她什么都干过。责任田到户，育种、拔秧、插田、割稻，件件农活，更是样样离不开她。

等到把儿女们拉扯大，一个个像鸟一样飞出鸟巢，她也老了。

记得那年弟弟结婚，母亲像是完成了一件大事，算是轻松了一下。也就是那年，我把她接到北京过了一个新年。在北京，她惦记着弟弟一家，生活也不习惯，但在我们身边，她不知不觉还是长胖了，也清朗了些。然而，回家后没过几年，弟弟突然发生不幸变故。

弟弟先是离了婚，后来又出了一次很严重的车祸。骨盆粉碎性骨折，肠道、尿道断裂。我拼死拼活在老家的医院里守了弟弟几个月，母亲担惊受怕，以泪洗面了几个月。总算救回了弟弟一条命。可母亲却因弟弟的离婚和照料一个智障孩子，哪里都去不了了。尿一把屎一把的，弟弟的智障孩子吃喝拉撒睡的事都靠她。

母亲被弟弟的孩子拴住手脚，我也一时无能为力。一家陷入了一种无奈的境地——偏偏祸不单行，次年，我就生了一场大病，在北京的一家医院住了一个多月。

两个儿子相继出事，母亲心里该是怎样的难过？为了不让母亲担心，我和妻子都瞒着她。但等我出院，一个外甥与我通电话时说漏了嘴，我才知道母亲走在自家门口竟然重重地摔了一跤，摔伤了胯骨。但她却嘱咐兄弟瞒着我，把她送进医院做了手术。听到这事，我心里放心不下，拖着未痊愈的身子就赶回了家，跑到医院里看她。

我说："妈，您怎么就不小心呢？"——大病初愈，我身子还很消瘦，不敢坐在她的身边，我就故意地坐在离她远一点儿的床上。但她还是发现了我的瘦。说："啊！你怎么瘦成了这样！"然后又说："我不晓得我是怎么了？那些天，我总是糊里糊涂的，走着走着，就摔倒了……害得让你花钱，又拖累了你！"

我心里"咕咚"了一下，心里盘算母亲摔伤的时间，正是我在医院煎熬度日的时候。难道真的是母子连心，有心灵感应？我一时语塞。说自己患了一次重感冒，工作又忙，所以就瘦了。想嘻嘻哈哈搪塞过去。

…………

陪母亲的时候，当然也会聊天。我母亲的外婆家在一座大山里。有一回，我听说母亲小时候去她外婆家，她的外公外婆、舅舅们隆重地送了一头大黄牛，算是给她的上门礼。对于庄稼人来说，牛可是命根子。可见她外公外婆是怎样喜欢她。我问她有没有这回事。她说是有。但就这一句，便没有了下文。

母亲的嘴风很紧。

但我和母亲一起聊天聊得开心时，还是能从她嘴里知道一些事，有时还能解开藏在心里的一些谜。比如我的外公，我一直听家乡的人说，外公与他的母亲喜欢打麻将、推牌九……喜欢赌博，赌着赌着把家给败掉了。于是卖作了国民党的壮丁，当了兵。母亲听到这事，一时急了，说："哪是这回事啊！是你大外公当年在外面悄悄参加了新四军，不知怎么被政府闻到了风声，国民党就非要抓你外公壮丁不可，你外公就这样被抓去了……"

然后，就又没有了下文。

母亲80岁了，身体一天比一天显老。两只眼睛患了白内障。严重的一只以前做了个手术，还有一只也有些蒙眬。我想让她再做一次手术。她开始不答应，说："我这么大年纪，还做什么。"但那次我回老家找了医生，要她做。

她最后还是同意了。

趁在县城医院做手术的时候，我陪她在县城逛了一回。

与她走在县城里街道上，走着走着，她的话就明显地多了起来。她说她1957年到过县城。还进了城里一座教堂。是什么教堂，我一直没有弄清楚。但现在离我县城的所居不远，有一个"二乔公园"，三国时期著名的美女大乔、小乔流落在此，还留下了一个"胭脂井"的传说。家乡人后来据此建了一个公园，把三国时孙策纳大乔，周瑜纳小乔的故事重新演绎了一遍。我只是听说，也没有去细看。于是一时兴起，我领着她去了二乔公园。

在公园里,一个展厅接一个展厅转。我顺便把三国二乔的故事讲述给她听。母亲看得很认真,也听得很仔细。她说,这事我在戏里听说过,没想到,戏文里的事就出在家门口啊,你不带我看,我哪里晓得!

母亲那回做白内障手术,在医院里,我有意多陪了她两天,想和她聊聊家里的事,但她还是什么也不多说。只说给她做手术的医生,在她之前做了一个,她算是第二台手术。医生手术时,拿钳子,缝针,窸窸窣窣的。她说,她听得清清楚楚。

转眼,到了那年的年关。

"有钱没钱,回家过年。"陪父母过年是家乡的习俗。父亲不在了,除了那年接母亲在北京过了个新年,每年我都是回老家陪她过年的。但那年我陪她吃过年饭,却因为闹新冠疫情,我们被阻挡在家乡县城和乡村老家两地,近在咫尺,却见不了面。后又因为要照应单位工作,我匆匆回了北京的家。

一年又一年。

又是一年到来,原以为我能回老家好好陪母亲过年,但新冠疫情星星点点的,在冬天里不知怎么又冒了出来。尽管政府控制得很好,但出于对疫情防控的考虑,政府还是鼓励我们就地过年。我也不好回去。

好在可以与弟弟手机视频。在手机视频时,有天晚上,我把这意思说与母亲。我发现母亲一愣,竟一时显得失落落的。但转而,她又告诉我:"我晓得哦!你们不能回来就不回来呗!……"

"我晓得哦!"母亲说。

说得我心里酸酸,涩涩的。

选自《北方文学》2022年第4期

回瞻与远行

陈蔚文

小说及散文见于《人民文学》《十月》《中国作家》等刊,入选多种年度选本与排行榜。出版专集《若有光》等十余本。曾获人民文学散文新人奖、林语堂散文奖、百花文学奖、丰子恺散文奖等奖项。

那隐在闾阎深巷的"说"中,有生死与逝者隔着时光的对话。

———
题记

1

"你好,我是谢钰辉。"微信跳出一个新朋友的通过请求。

一位自称是"谢阿姨"的女人通过我舅舅找到我,说是我母亲家族中的亲戚,管我母亲叫表姐,年龄与我母亲相仿,业已七十多岁。

她说她的爷爷谢贤庆是江西抚州的一位烈士,为八一起义做出过贡献,被捕后牺牲得非常惨烈。她在微信中说自己身体不好,想起这事就夜不能寐。她希望我能为贤庆公写些什么,以资纪念。

上网查了资料,只有简短一段——谢贤庆,毕业于南京金陵大学,1919年,受五四运动的影响,追求革命,为校内学生会骨干。1921年转入九江南伟烈大学读书,参加了方志敏领导的"读书会"。1927年10月,被捕入狱。狱中,敌人以烧铁烙肉的残酷刑法,逼其"悔过自新",他毫不屈服。1927年11月

1日,在县城英勇就义。

资料旁附了一张他的黑白小照,二八分头,浓眉直鼻,一如那个年代心存信念的志士,目光笃定。

仅此一段,我能为这位先辈写些什么呢?我想找个理由和谢阿姨说写不了。她的微信又发来了,说自己多病,希望我能把贤庆公更详尽的事记录下,那是从小她父亲多次说起的。这些口述给她留下太深的印象,以至于成为她的一个心结——她希望后代能记住家族中曾有这样一位革命者。

我把准备发出去的"谢阿姨,抱歉,写不了"删除了。

再等等吧,这么快拒绝会让老人失望。

2

两天后的下午,在本地的青苑书店,我为好友章红的母亲杨本芬女士主持了一场读书分享会。书名《秋园》。

"秋园"是书中女主人公的名字。在现实生活中,她真名梁秋芳,是杨本芬的母亲。2003年,梁秋芳去世,杨本芬和家人在母亲遗物中发现了一张纸条,是梁秋芳对自己一生的总结:"1932年,从洛阳到南京。1937年,从汉口到湘阴。1960年,从湖南到湖北。1980年,从湖北回湖南。一生尝尽酸甜苦辣,终落得如此下场。"

四个年份串起的是一个女人的一生。是年,杨本芬六十来岁，这张纸条让她内心久久不能平静，不久，她决定把母亲的故事写下来，能不能发表，甚至出书，她全没有想过。

读者分享会上，我第一次见到杨本芬老人。八十多岁的她短发，很精神，思维清晰，一口浓重的湖南口音。她出生于湖南湘阴，17岁考入湘阴工业学校，后进入江西"共大分校"，但未及毕业便被下放到江西铜鼓的农村，养育儿女，为生计奔忙，直至退休。

分享会上，她说到自己的求学经历，充满对读书的强烈渴望，那短暂的读书经历让她觉得"真是太幸福了"，然而她始终未拿到一个正式的毕业证。之后，她获得一个机会，进了县城一家国有企业当临时工。"长期临时工"的身份使杨本芬格外兢兢业业工作，小心谨慎做人，"她终生都有了一种弱势心态，从未感到安全"。

3

《秋园》分享会后，我结束晚餐，回到家已近九点，微信上谢阿姨发来好多条信息。她介绍了自己大致的人生经历：1966年，她在南昌铁路局列车段当临时列车员，后分到橡胶制品厂当工人。1973年，她调到南昌手表厂当工人，老伴是西南交大毕业生，分到南昌铁路"五七干校"劳动，后到铁路装卸厂当工程师。现在他们跟着独女在深圳生活。

她说得最多的，还是贤庆公——

"我的太公叫谢吉生，是当时的国民议员、禁烟委员会委员。他修桥修路，启智民生，办学校等。他生有三个儿子，老大谢铨庆，是我爸的生父，读的是工业大学，毕业后就在抚州纱厂当夜校教员。20世纪20年代的中国民不聊生，谢铨庆带领抚州纱厂工人罢工失败，被纱厂开除。他回乡搞农民运动，是当时宜黄县共产主义小组组长，后被反对他闹革命的有钱势的叔伯以家法打伤致死。

"我爸谢煌那时才3岁，随母亲一道被娘家接回宜黄县城去住。太公谢吉生召集族人开会，宣布把我爸过继给婚后无子的三叔谢贤庆做儿子。贤庆公很喜欢我爸这个继子，教他读书识字。

"大哥谢铨庆对三弟谢贤庆走上革命道路的影响很大。谢贤庆在南京金陵大学认识了周恩来，参加了五四运动，被开除后又考取九江'南伟烈大学'（美国基督教会在中国创办的第一批教会学校，后更名为'九江同文中学'）。"

在南伟烈大学，谢贤庆认识了方志敏，参加了读书会，开展群众运动。谢阿姨说，贤庆公当时威信极高，他积极给大家做工作，让百姓打开大门欢迎八一起义部队。她父亲当时15岁，跟随继父也帮农民自卫军做过一些工作，贤庆公的品格对她父亲产生了深远影响。贤庆公死时，谢阿姨的父亲16岁。

"我父亲一生两袖清风，光明磊落，他在卫生局防疫站工作,那时工资微薄,他要养家,还常资助'共大'的困难学生。人家学生来家里感谢,我们才知道。我们买给他的衣物、补品,他都送给了家乡人。退休后他还在南昌做义工,免费培训医生。我哥给人看好病收了一盒鸡蛋,被他骂得要死。"

4

谢阿姨说起与外婆的交往,我突然想起——外婆在世时多次讲起家族里的事,其中就包括有位革命者惨烈牺牲的事,他是否就是谢贤庆?

从谢阿姨那,我得到了肯定的答案。外婆常讲起的那位革命者正是谢贤庆。

那时,我没有耐心听外婆讲述这些往事,只觉瞹隔,我那会儿关心的是爱情、文艺之类。而外婆,在她日渐衰老的躯干里,记忆反倒呈现出不熄的回顾热情。

"起头发始"(在她家乡话中相当于"最初之时"),她总是这样开始一段讲述,而她的讲述,很少被我耐心听完。

她还在世时,我不是没有起过念:记录她老人家的口述,借此留住她讲过的家族史(譬如外公的父亲曾在南昌城经商,开过一家当时颇有名气的"豫章旅社"),还有那充斥着兵燹、灾变、逃难、原乡、白手起家的记忆,以及她和外公抚育八个子女的极度艰辛……

却一直没实践,每个时期我都能找到充足借口,最充分的借口大概是觉得"尚有时日"。外婆那时听力日衰,也成为我与之交流困难的理由。

某年春末,86岁的外婆被查出肝癌,半年左右辞世。

随她逝去的还有那些家族往事,那些我的长辈们多舛的命运——也是诸多同代人的命运。她逝后,我意识到,她的一次次讲述类似某种树木在遭受自然外力损伤后,从伤口处分泌出树液,形成对树的保护。这些讲述就是树液,它稀释着老人心中的苦痛,润滑着岁月留下的伤痕。

剑桥大学的人类学家弗斯在1913年写道:"一位老人的过世同时也带走了一些永远无法代替的知识。"这"知识",是老人们在时代中的遭逢,是他们对家国社会的记忆。

那些被录下、被看见的个人史,如同海的极小采样。更多被死亡带走的个人史,来不及记录与被看见的人影憧憧,永远潜入时间的深海。

5

杨本芬阿姨的写作是从63岁开始的。2020年,《秋园》正式出版,杨本芬年已耄耋。书获得了意想不到的成功,这是杨本芬老人未曾料到的。

章红在分享会上说——我想,如果母亲人生大部分时光是

"活着",晚年的写作则意味着自救。这是回归人的主体意识之旅,对生命有所觉知而不再是浑浑噩噩。当你诚实地记录和认识自我的生命,那往往意味着更多:你还记录了时代,你留下了一个个体在时代中生活的样本。

2020年秋天,我供职的刊物请来中国人类学会会长方李莉教授做讲座。彼时,疫情刚平缓几个月,人们从忐忑与动荡中略放松紧绷的神经,来到户外,回到阳光和植物中间。

照耀与开放——人们重新领受到这两个原本寻常的词对日常生活的意义。

方教授在有关人类学的著作中写道:"一种健康的族群文化从来不是一份被消极接受的来自过去的遗产",其显示的是"共同体成员的创造性参与",历史是可以让当代人参与其中,并得到再生或再产生新的创造力之物。

网上,有个"万村写作计划"征集"疫情下1000个中国村庄的故事",这个"写作计划"此前围绕家族史写作的征集,包括乡村家史——"我们是否真正地深入了生活,是否有足够的勇气去面对与追问复杂又善变的人类母题?是否具有足够的责任感和使命感去将自己的记录作为钩沉历史、直面当下、面向未来、可传后辈的东西?"

征集语中这一连串"是否"的追问之后,大概便是家族史写作的意义所在。

方教授赠了我一本签名书《最后的乡绅家族》,是她以非虚构方式写的家族史。她说起写此书的缘起：身为一名人类学家，她长期给各式各样的人做访谈、整理口述史，却忽然有一天发现，母亲已不在了，父亲也越来越老。父母很普通，两位旧时代走过来的知识分子，一辈子信奉"学而优则仕"的道统。他们所经历的正是中国近现代发展中的一个重要阶段。她开始给父亲做访谈，整理口述史。

我想到自己，错过了外婆的口述，在父亲身上还能挽回这种失记之憾吗？他说的林林总总——江南故园、离乡从戎，辗转几省，终在赣地定居……我终未动笔记录什么。

也许，家族史写作对我有着"只缘身在此山中"的惆惑：我该如何从那些枝枝蔓蔓中，挑拣出值得记录的部分？又或许潜意识里，我觉得无论是外婆还是父亲，他们口述的种种不够"传奇"，不似台湾作家张大春的《聆听父亲》一书，写了"几代中国人的乡愁命运"。就连他创作这本书的缘起也颇有故事性——他第一次来大陆，出首都机场，路边树木都枯着。四十多天后回机场，路旁树木已发新芽，他的眼泪一下子下来，理解了《诗经》"昔我往矣，杨柳依依。今我来思，雨雪霏霏"中的季节转换。在台湾，四季如春，看不到此种景况。

他第一次回故乡济南，迈入从未到过的祖宅"懋德堂"，听长辈回忆往事，"五大爷和六大爷陪我住在宾馆，每晚给我讲老家的事，我还用小本子记"。那些人物包括以"牛肉馅必得配大葱"为家规的曾祖母，一辈子风雅却落魄的大大爷，壮游半个中国、言行吊诡的"怪脚"五大爷……张大春当时随口跟六大爷说，他应该把这些事写下来。几年后，老人过世前给张大春寄了一叠稿纸，题目是"家史漫谈"。

书还未成，已有这么多故事与场景，海峡两岸，家族六代，一条大河波浪宽。而我外婆与父亲口述的，只是许多普通家庭可能遭逢的命运，如山谷野溪——它们有被录下的意义吗？这样的发问还发生在我面对父亲的同乡、87岁的孙崇政老先生时，他是浙江兰溪人，因工作故迁居南昌，有次在南昌某报偶然看到一篇我的访谈，"籍贯浙江兰溪"一句令他欣喜不已，当即向报社打听，联系上我。

孙老先生听力有碍，却不影响他的交流热望。老伴去世前患阿尔茨海默病十年，陷于昏惘，他们原本感情极好。这十年，没了说话的伴儿，他的主要精力用在了家事上，种菜蔬花木，养鸽子鸡鸭，读史亦是他所寄，书房里有几架用鸽笼和旧货架自己改造的书橱——在买书上，老先生却毫不吝啬，多年前《中国通史》甫一在上海出版，他即花1800元购回。

孙老先生说起从金华到南昌的种种经历，我建议老人家既有笔墨功夫，不妨为生平作传，他摇摇头，"没这精力了，写不动了"。他希望由他口述，找人代笔，将生平诸种梳理记录。我知道老人未说出的念头是，希望我这个小同乡替他执笔，为他录下生平，那会是一部庞杂的个人史，也折射时代。然而，我没有接话。

37

我承认，这缘自没有"必须写下"的冲动，代际间的沟通障碍，以及对历史的疏离。

6

《秋园》还未出版，在某网站连载的时候，有一位网友留言说他曾想记录父亲口述的往事，无奈父亲叙述的内容琐碎，于是没记。《秋园》出版后，章红找到了这位网友，这位网友祝贺《秋园》的出版，同时伤感地说："我父亲现在连我的名字都叫不出来了。"老人患了阿尔茨海默病。

章红由此感喟——记录与书写是人类抵抗遗忘与丧失的方式，"故事不经讲述就是不存在的"。那些全然无名的芸芸众生，他们在洪流中挣扎，无声无息地生与死，如果没人用笔去留住这些命运中沉浮的身影，他们就彻底湮没了。

历史，不只存在于档案、文献以及各种统计数据中，它由千千万万个人所构成。对历史的尊重，必然包含着对个体的尊重，写出他们的遭际也是尊重历史的一种方式。正如杨本芬老人用她朴素的笔，留住的那些有血有肉的身影：一生都在拼尽力气活下来的女性秋园与之骅，那些小人物杨仁受、小泉、四老倌、兵桃、徐娭毑……

她的写作让我想到台湾的齐邦媛女士，逾80岁高龄、历时4年写成的家族史《巨流河》。从位于辽宁的巨流河到台湾的哑口海,"那立志将中国建设成现代化国家的父亲,在牧草中哭泣的母亲,公而忘私的先生;唱着《松花江上》的东北流亡学子,初识文学滋味的南开少女,含泪朗诵雪莱和济慈诗的朱光潜;那盛开铁石芍药的故乡,那波涛滚滚的巨流河,那暮色山风里、隘口边回头探望的少年张大非"——关于张大非,书中有令人疼痛的一段,"我永远记得那个寒冷的晚上,我看到他用一个 18 岁男子的一切自尊忍住号啕,在我家温暖的火炉前,叙述家破人亡的故事"。

我记住了这个年轻人,这个不幸而坚毅,26 岁殉国的青年。如果不是齐邦媛女士写下了他,他的名字早已消散于历史的风中。而现在,他在《巨流河》中复活了,许多像我一样的读者知道了他,怀念着他,借此,也留住了他年轻的身影。

7

我重新审视自己对外婆以及父亲的"口述"的态度,也想到在儿子乎乎 5 岁时,我为他写的一本书《叠印》,记录了他成长中的林林总总——为何我对"成长"倾注了那么多记录的耐心?是作为一个母亲的私心吗?或是我觉得"成长"才值得记录,它伴随新的生命气象,其间万物似乎都浸透了可喜的颜色。成长,呈现出对阴影的对抗与对死亡的战胜。回顾,则是故纸堆里觅苍黄,那些颠沛、艰困,除去抒发当事者的心绪之外，有更外延的意义吗？

杨本芬老人用《秋园》的书写回答了这个问题。

意义在写下或讲述之时就同步完成着。从生命本体来说，一棵大树和一株芥草是平等的，正如卡尔维诺《看不见的城市》中的一段：

马可·波罗向忽必烈大汗描述一座拱桥，他一块一块石头地仔细诉说。

"为什么你跟我说这些石头呢？对我来说只有桥拱最重要。"大汗说。

马可·波罗回答："没有石头，就没有桥拱了。"

这个回答使每块石头都获得被注视的理由——尽管，常常只有桥拱能够被看见，无数石头匿在"桥"的形象中。

8

父亲在餐桌上总爱回顾桑梓往事，我听得心不在焉。某天，某个时刻，我意识到这回顾其实是父亲晚年生活里重要的盐，是他对一生的辨认，是曾发生过但已与他相分离的一切。

他说起他的祖父在世时，在兰溪城"南门"开着一家颇气派的水产行，每天会给他这个长孙买早点的钱，让他买大饼油条。每日傍晚，父亲站在门口迎祖父归来，只要听见巷子拐弯处传来长烟筒铜头触地的声音，他就大声喊"爷爷，爷爷！"，祖父笑眯眯地从巷子那头出现，给他带"回汤大饼"或"回汤油条"（复炸过的大饼和油条），那滋味，又脆又香！

他说祖父过世后，家境每况愈下，早点钱没了，母亲在冬日用大坛子腌白菜秆、萝卜作为佐餐，他帮着母亲把菜挑到冰冷刺骨的兰江去洗。17岁，体重才80多斤的父亲离家从戎，乘上火车去往福建漳州，成为空八军一员，从此于故乡为客。

对父亲，这一次次的回顾成为联结他与童年、亲人与故乡的重要纽带。

这些讲述，远不及游戏对我的儿子乎乎的吸引力大。他目不转睛，拇指飞快，手机屏里有着闪烁的天体，呼啸的神迹，或许还有历史——游戏制作者以英雄角色去颠覆与重构的历史。

历史之于乎乎，只是中学课本里的一堆数字，又或是长辈们口述中的"忆苦思甜"。相比历史，让他更着迷的是传奇，那些闪闪发光的由科幻、智能以及物质加持的神迹。他直奔这些而去，一如他宣布人生最重要的就是享受生活。他自由而忠于自我，不喜欢沉重的、带有沧桑色彩的事物——譬如历史。

据说致力于美国家庭研究的几位博士根据一系列测试，得出一个结论：孩子对于家族史知道得越多，把握自己人生的意识就越强，"家族叙事"能为他们带来更有力的身份认同。

这就是古语说的"知来处，方知可去处"吧？来与去、历史与现实其实从不曾分开：一切历史都是曾经的现实，一切现实都将成为历史，如同光与影的关系。

而现实成为历史又是如此迅速。

家附近的省府大院随着一家大地产商的入驻开发，已面貌大异。曾经，主路旁的那条小路，我和幼时的乎乎时常走过的路，路旁的大树与灌木，啁啾的鸟儿、在院门外摘菜闲话的老人（他们大概像我外婆一样，常聊起"起头发始"的往事）、纵伸向前的青砖楼，墙角的青苔——随着新楼盘的崛起，它们都成为回忆了。只有拆除的楼房角落，苔痕依然，泛着荫翳色泽。落叶堆积成腐殖，化作植物幽深的根部。

前些天傍晚，走在省府大院，骑车而过的小贩叫卖着"家传酒糟鱼哦"，头发花白的小贩自行车后座缚一木箱，看去确有"家传"样子。我叫住他，购了一罐。"家传"，这个词透出一种久违而可靠的味道。

父亲送来的"铜钱包"也算"家传"吧，是用从老家金华带回的豆皮做的，各种馅料被包在小小的豆腐皮中，裹成方正一枚，入油炸至金黄，颇费工夫。它会从我这传下去吗？我完全没把握。外婆在世时，每年春节必做一道"鸡汤薯粉丸子"。她逝后，大家庭里再没人做过了。依稀记得外婆将开水冲进红薯粉中，用筷子搅拌均匀，捏成小灯盏状，下进滚热鸡汤中，煮至青灰透明浮起。那个滋味，是外婆家乡的味道，也是她留给后代的回忆——就此失传的回忆。

天际那抹夕照正如王维《山居即事》中的"苍茫对落晖"。近年，不知是否因为年纪大了，脑海间常会掠过些古诗句，"江湖夜雨十年灯""一蓑烟雨任平生"又或是"惆怅东栏一株雪，人生看得几清明"之类。这些诗句中，皆藏着一个个的人，不论时代，意绪相通。在命运的潮信面前，人是渺小无奈的，也是放旷洒脱的。这些诗句以前读，只觉文采好极，现在它们的浮现是因文采后的诗心——那种历练后的慨叹，是从士子到赤子的超越。岁月淘洗掉多少显赫与光艳，而这些诗句以及它们背后的历史与诗人身影，在漫漫时光中留了下来。

路前方，售价不菲的新楼群已快封顶，楼盘围墙外颇有气势地写着"××传奇，再启新章"，这些气派楼宇正是后工业化与现代化的写照。

淡淡月影升上半空。"古今同此月，照破世间人"，这清辉照拂过多少代人，照拂过多少铭记与忘却？空气中飘过晚饭气味，油烟味翻着筋斗从窗户逸出，那是家常菜的味道。每个窗口背后，都有这个家的故事，以及家族的历史。它们有的被记录下，更多的则融进了土地、血脉与这寻常空气中……

9

"有一年我要离开南昌了，到省革命烈士纪念堂去看一看谢贤庆公的像，有个工作人员带我去，指着一排像说，最前面一个就是谢贤庆烈士。我看着他的像,心里就想,希望后代一定要记住他,他的血才算没有白流!"

如果没有谢阿姨的讲述,我不会知道外婆常提起的那位志士正是他。

个人记忆如同无数条错综的支流,这些支流有时并不会汇入文献史的汪洋,它们在野山河中涌流,闪动一点微光,或连微光都不曾有过,尔后消失……谢阿姨担心的也正是这种"消失"。她的急切不是因为生命临近终点,对死亡的惧怕,而是惧怕记忆随着她的离去而散佚,那些她父亲常提起的血色记忆与精神。

如此执念于"记住"对谢阿姨有什么意义?或者说,"记住"的意义究竟是什么?

"当一个社会中记得某件事情的人超过了一个数量,就可以称之为共同记忆。"写下、传播,正是把个人记忆转化为共同记忆的重要路径。

当诸多个体的记录聚合在一起,共同完成着一幅历史的真实拼图时,它们注释着孕育与分化,瓦解与发展。它显影着一切流变,如擎起一支支烛,照亮掩体的黑暗,从复数中指认那些曾鲜活而今消逝的个体,使他们不再是莽莽榛榛密林中的幽灵或幻影……

父亲打来电话,说十天后回故乡,参加兰溪籍战友60周年聚会，父亲让我给他订票。

"可能，这是战友最后一次周年聚了。"

是啊，他们都是奔80岁的老人了。我还想到孙崇政爷爷，好一阵子没和老人联系了。父亲说，他前两天才打过电话给孙爷爷，老人甚至还记得我儿子的名字。说来，孙爷爷今年已96岁了！我和父亲说，找个时间，我们去看看孙爷爷。挂电话前，我随口和父亲说，让他有空写写故乡的人与事。

一周后，父亲来我这，他从随身背的那只旧包里掏出一沓纸，约莫有三十几张。

"还没写完，这些写好的先给你。"父亲匆匆走了。我正要外出，到达目的地，等电梯时，我打开那沓纸——

"我的祖籍是浙江义乌倍磊村。据父母说，是由于老家发大水，我的爷爷带领一家人，外出逃难觅生，来到兰溪……"，父亲的钢笔字硬朗，有金戈之气。我的鼻子倏忽有些发酸。当口述转成书面语时，它有一种对家庭而言的重大与庄严。

往后翻，父亲为每个部分都取了标题，"我的父母""兰溪食物""故乡新年二三事"……红条纹的纸张有点儿发黄，纸上记录着父亲的故乡、童年、亲人，记录着他一生足迹的开端。

"故乡今夜思千里，霜鬓明朝又一年"，这沓纸上的文字，对77岁的父亲是又一次重返故园。

我把那沓纸叠好，放进包里。我会逐字逐句打出。这个文档，我会留给儿子，希望有一天这个少年能了解——写下这些的人，不仅仅是位慈祥的、常塞零花钱给他的外祖父，还是个曾热衷逃学、和伙伴们去"大云山"疯玩的少年；是1958年，他的小学班主任被打成右派，发配扫大街和厕所，他每次遇见却仍会站住，尊敬地叫一声"张老师"的学生；是在烈日下背负25公斤装备，长途拉练的军人；是写信给我母亲，信中常夹杂他写的诗歌的丈夫；是每年清明、冬至必回故乡给父母扫墓的儿子；是脾气急躁但能干的父亲。他是所有这些的总和，还是不止一次说起，死后要葬回故乡的游子。

我给父亲订了回金华的车票，此次参加战友聚会的有八十多位老人，而当年，1961年春天，从金华兰溪出发的新兵是二百位左右。

送父亲回金华的当天，收到《浮木》，这是杨本芬老人继《秋园》之后写的又一本书，仍然是写一群小人物。杨本芬老人在书序中写道："这是一颗露珠的记忆，微小、脆弱。但在破灭之前，那也是闪耀着晶亮光芒的，是一个完整的宇宙。八十，对一个人是个不小的数字，我也窥见我和死若即若离了。好在告别此岸之前，我以《秋园》，以《浮木》，留下了一颗露珠的记忆。"

选自《十月》2022年第4期

白马湖记

汗漫

著有《一卷星辰》《南方云集》《居于幽暗之地》《在南方》等。曾获人民文学奖、孙犁散文奖、琦君散文奖、雨花文学奖等。现居上海。

1

俞平伯弯腰从后门进入教室，坐在一个学生旁边的空位上。那学生侧过身，对这穿长衫的陌生人点头微笑，又扭头沉浸于讲台上那个先生的授课之中。

"我们春晖的校舍里最多的就是湖水，三面潺潺地流着。其次是草地，我从拥挤、局促的北平、上海、杭州，再到空旷的春晖，就有莫名的喜悦。"

学生们笑了。这么抒情的先生，让他们喜悦。

俞平伯也笑了。讲台上，这一个平素寡言的友人，蓦然脱离剑鞘的哑寂，闪露出光芒了。俞平伯压抑自己的身子，避免使那个沉浸在思辨与言说中的讲课者受影响。

"白马湖的水很自由，我们先生、学生也应该是自由的，顺其天性，加以自然界的陶冶，趣味才会纯正。当然，现代生活的中心是城市，是杭州、上海、北平。乡村生活里的修养能否适应城市？这似乎是一个问题。我们可以通过旅行、社会调查，来体会城市生活——下周末，我带你们去西湖边，与浙江第一师范的同学交流，好不好？"

浙江第一师范青年教师俞平伯，小声附和学生们的回答："好！"下周末在杭州交流，是俞平伯与讲台上的先生约定的事情。他拟好了一系列接待春晖师生的行程，包括游湖、祭拜岳飞墓、座谈、开一个新诗朗诵会，等等。

"我觉得，在春晖学习，在白马湖生活，可磨炼承受寂寞的定力，也能培养人与自然相一致的美，对不对啊，同学们？"学生们朗声赞同："对！"讲台上的先生躬下微胖的身子，喝一口茶水，掏出手帕擦汗。

俞平伯又笑了，想起自己的散文《桨声灯影里的秦淮河》中对这位先生的调侃：

河房里明窗洞启，映着玲珑入画的曲栏杆，顿然省得身在何处了。佩弦呢，他已是重来，很应当消释一些迷惘的。但看他太频繁地摇着我的黑纸扇。胖子是这样怯热的吗？

那是去年八月的事情，黑纸扇似乎也送给了佩弦——讲台上这一位长他两岁的兄长，北京大学同学、杭州一师前同事、《诗》杂志同仁，未来清华大学中文系主任、西南联大中文系主任。

三月小阳春，天气有那么热吗？俞平伯看看门外发芽的柳树，再看看讲台上年仅27岁的佩弦，有所悟：这是一个热烈的人啊。看看他讲台上的一叠教案、学生作业，再看看学生们专注的表情，就知道需要投入全部身心，才能让一堂中文课像春夜喜雨，"润物细无声"。

"今天课外阅读作业，是咱们校刊《春晖》节选、夏丏尊先生翻译的《爱的教育》。亚米契斯的这部书，值得一读。上学为什么？升官吗，发财吗，做军阀吗？不，为了学习爱——爱自然，爱国家，爱友人，爱我们的每一天、每一秒。有爱的能力，才不辜负这一生一世啊，同学们。下周末，我们在杭州座谈读后感，好不好？"

俞平伯又小声附和学生们的回答："好！"

下课铃声响起。俞平伯起身朝讲台走去。佩弦正在回答几个学生的问候或求教，抬眼看见俞平伯，笑了。两个人紧紧拥抱，丝毫没有顾忌周围学生惊奇、兴奋的眼神。他们上次在杭州见面，仅仅是几天前的事情。佩弦问俞平伯："坐火车来的？我听见火车声音，就想：今天有客人来访吗？走，夏先生今晚请客，子恺兄也在，一醉方休！"

穿过校园，越过春晖中学后门外的木桥，沿一条煤渣路，两个年轻人朝夏丏尊先生家的平屋走去。

周围青山如大象。湖水舔舐岸边野草，酷似白马的嘴唇在咀嚼晚餐……

这是1924年春的一天。佩弦者，朱自清也。

2

近百年后的这一个秋日，我坐在春晖中学校园里。

朱自清当年上课的仰山楼，是一座中西合璧的两层建筑，现成为春晖校史馆。其内，陈列着自编的教材、教具、校园模型、学生作业、半月刊校报《春晖》、杰出校友成就说明、师生著作，等等。一系列老照片，定格了来校教书、演讲、考察的众多名人的青春：蔡元培、何香凝、黄炎培、舒新城、张大千、黄宾虹、胡愈之、张闻天、陈望道、叶圣陶、李叔同、丰子恺、朱自清、俞平伯、朱光潜、柳亚子、刘大白……

这基本上是一个生长于南方、深刻影响中国文明进程的知识分子阵容。比如，陈望道，1920年，将日文版《共产党宣言》翻译为白话文，以汉语的修辞之美和感染力，让普通工农也能入耳入心。北伐军士兵人手一册，像握着一盏革命的路灯——华夏神州的觉醒与巨变，从翻译所带来的新语汇、新句法、新逻辑开始了。

近代以来的中国史，就是自南而北推动变革、再自北而南一统江山的历史，从洋务运动、辛亥革命到共产主义运动，无不如此。这或许与东晋、南宋、南明及抗战时期历次南渡有关。精英阶层经历一番番重创离散，在南方生养、蓄力，对中国的局面静观洞察，再适时发声、北上。从晚清到民国，众多知识分子在南方演说、讲学、制造舆论，让清廷和军阀不安。比如，梁启超，在上海创办《时报》，创造出"中华民族"这一崭新词语，探索出一种半文半白、且叙且评的新文体，"纵笔所至不检束"。南方不仅仅向北方输送食粮、布匹、木材、瓷器、机器、文人画、通俗小说、海外消息，也提供着一代代士子、质疑、叛逆、曙光。

在新生的民国，在远离上海、杭州的偏僻越地，一个乡村中学，如何能吸引众多名人、教育家次第乘汽车或火车在驿亭站下车，步行数公里来到白马湖边，授业、解惑、栖息身心？原因大概如下：

第一，春晖中学1921年的初创者、出资人陈春澜，幼年家贫失学，后做学徒，渐渐谙熟经商之道，办货栈，开钱庄，成为名闻江浙一带的富商，思想开放，财力雄厚，足以支撑一系列富有新意的教育活动，比如各类学术论坛、演出、师生社会考察、理化学科实验等。

第二，首任校长经亨颐，一个有世界眼光的教育家、思想者，与廖仲恺、何香凝是儿女亲家，在政界、文化界的影响力可想而知，故能邀动众多非凡之士来校工作、交流，新风新雨扑面来。

第三，春晖中学校训为"与时俱进"，教育方针为"实事求是"，训育理念为"勤劳简朴"，契合于"做人与做事相结合、自由与责任相融会"的现代人才教育观，强烈吸引远近学子入读春晖，即便抗战期间亦不息不辍，终成就"北有南开，南有春晖"之美誉。

在五四运动试图用科学和民主唤醒中国的时候，白马湖、春晖中学，以一个出人意料而又合于逻辑的南方乡村角度，让20世纪20年代以来的人们，振拔复深思。

目前，春晖中学已成为白马湖旅游景区的一部分。进入校园，忐忑。门卫漠然瞥一眼，大约把我当成一个教师、家长或清洁工了。

这是一个周日的下午，校园安静。广播里轻柔播放着孟郊作词、丰子恺作曲的校歌《游子吟》，以及李叔同填词的毕业歌《送别》。一届又一届春晖学子，在开学典礼、毕业典礼上诵唱："谁言寸草心，报得三春晖。""一杯浊酒尽余欢，今宵别梦寒。"一个乡村学校，有无限的爱意深情可供抒发。眼下，似乎进入叙事、反讽的时代，连"抒情诗"都成为一种被嘲笑的文体。

偶有返校学生拉着行李箱走过校园。足球场上，一男生正独自踢球，在虚空中模拟出一个个对手、一个个疑难，闪、防、逼、转身、抢、穿插，最后呈现一记漂亮的射门。男生攥拳仰天做欢呼状，倒在地上……一代又一代学子，在为未来的、世界的、中国的惨烈竞争，练习谋胜的意志和步法。而我大致上已知道个人的结局和得分。渐渐离开主场甚至客场，坐在边场、看台乃至云端，为新青年们鼓掌、欢呼或沮丧。

但身处春晖中学，尚能假装前景广阔。那些隐秘的大师，引领我，朝着美和爱的方向奋发。

3

春晖中学后门外那一座木桥，已改建成石桥。我在桥上站了站，沿一条早年的煤渣路变形而成的水泥路，朝夏丏尊先生的家"平屋"走去。步姿与心境可能更像朱自清。我也比较胖，爱出汗。

相较于俞平伯的雅正、博识，我更喜欢朱自清的自然、清简。独自走着、看着，想着从前的人和事，这个秋日下午，比1924年春天的那个下午，都显得孤单。

李叔同先生的"晚晴山房"，正在装修，电锯声声急。丰子恺的"小杨柳屋"门前，没有杨柳。朱自清故居也在装修，门敞开着，油漆气味刺鼻。我敲了敲平屋的黑色门扉，无人应答。夏丏尊在1946年搬到平屋后面的山脚，长眠于松风秋色中。

夏丏尊一辈子从事教育、出版和文学创作，无文凭。出生于上虞一个教书先生之家，15岁考中晚清时代的秀才，入上海中西书院接受现代教育，后因学费匮乏辍学。替父亲在私塾授课，阅读新思潮书籍和报刊，受触动。1905年借款赴日本求学，费用枯竭，归国。因才华卓越被教育界接纳，先后受聘于湖南第一师范、浙江第一师范、春晖中学、浙江省立四中、上海暨南大学、上海南屏女中任教，尝试教育改革，培养现代中国迫切需要的知识分子，而非奴才、犬儒、山林高士。

其中，在浙江第一师范供职时间最长，达12年之久，夏丏尊力图以教育改变这不合于人道的世界。主动承担起清高者避而不为的舍监职务，一早就督促学生起床、上课，晚上为学生掖被子、关灯，节假日提醒外出学生早归、不要醉酒。学生财物在宿舍被盗，他绝食数日，以示自责自戒。其教育方式被学生誉为"妈妈的教育"，其实就是爱的教育。

1922年，夏丏尊来春晖中学，继续"妈妈的教育"，年龄才36岁。

春晖中学实行男生女生混合上课，建立学生选择导师制度，在当时教育界属开先河之举。夏丏尊和受他影响来校任教的朱自清、丰子恺、朱光潜等人，把春晖中学作为现代教育试验田：编印半月刊《春晖》，培养学生编辑、学生记者；举办师生演讲比赛，鼓励思想交锋和口头表达；废除体罚，相信每个孩子都可以成为善者、英才；支持学生建立文学社等社团，自我治理，多维交流……

"彷徨于分叉的歧路，饥渴于寥廓的荒原"，少年的现状与前途，无人关心注目，"是一件怪事和憾事"——三年后，夏丏尊移居上海创办《中学生》杂志，在发刊词中如此感慨。后来，创立开明书店，把教育、出版、写作结合起来，为那些"歧路与荒原"上的孩子点灯、汲水、提供食粮。其他名师随后相继来校任教，春晖中学教育变革的主流未变。夏丏尊也常常自上海回平屋小住，与师生们保持交流。

在平屋，深夜，夏丏尊先生翻译亚米契斯的长篇小说《爱的教育》。完成一章，就请隔壁朱自清、丰子恺来喝酒，讨论译本修改意见。喝的自然是黄酒，下酒菜自然是印糕、霉千张、臭豆腐一类越地小吃。译毕，出版，《爱的教育》成为历久不衰的畅销书。

在南方中国，曾经有这样一群人，把"爱的教育"作为使命，"持志如心痛"（王阳明）。

4

我坐在平屋门前的一块石头上，看白马湖。

夏丏尊当年大概也坐在这块石头上，眺望未来。

湖边，一棵类似千手佛的巨大香樟树，枝条纷纷向上扬起，把天空抱在绿的胸怀里，像母亲。

他和我大概都会想到宋代李唐的《坐石看云图》——两个隐士，坐在溪流边乱石上，仰望周遭群山涌起的云团，念诵诗词，比如杜牧的"行乐及时时已晚，对酒当歌歌不成。千里暮山重叠翠，一溪寒水浅深清"。夏先生与朱自清、俞平伯、丰子恺、朱光潜等友人，一同坐在石头上看湖望云。尤其是暑天傍晚，室内闷热，湖边凉风有充分的吸引力。如果有学生来，石头不够用，就搬来几把竹椅、一张茶几，围坐聊天、喝酒，叙说南方北国的烟火世态。

在20世纪初期纷乱的辰光里，谁也无法成为真正的隐士。没有桃花源、乌托邦可寄居偷生，连弘一法师也需要时时来白马湖小住，闭门静修，避开杭州、泉州的喧嚣与扰攘。在1918年转身成为弘一之际，李叔同为浙江第一师范同事、好友夏丏尊临别题词："勇猛精进。"此言出人意料，但合于情理。自古至今,中国不乏独善其身者,更需舍身赴死之人,夙兴夜寐、发声、践行,使一个古老国度朝理想的方向演进。所以痛苦,也因此动人——"冰炭满怀抱"(陶渊明)。

靠山的小后轩,算是我的书斋……我常把头上的罗宋帽拉得低低的,在洋灯下工作至夜深。松涛如吼,霜月当窗,饥鼠吱吱在承尘上奔窜,我于这种时候深感到萧瑟的诗趣,常独自拨划着炉灰,不肯就睡,把自己拟诸山水画中的人物,作种种幽邈的遐想。

若干年后,夏丏尊在上海写出《白马湖之冬》,如此自况。

从宋代的李唐,到现代春晖中学里授课、交流的黄宾虹、张大千,都明白:没有人物的山水画,寂寞无聊。哪怕出现一个樵夫、一匹驴子或一角屋檐,弥天寒意间就会透露一线生机,给观者带来安抚和怀想。于是,丰子恺在春晖中学创造了中国漫画这一品类:人,成为被表达的主角,山水花木充满世俗的喜乐和善意。

留学日本归来,丰子恺到春晖中学讲授美术、音乐。平屋旁就是小杨柳屋。夜深了,月华如水,如同窗外白马湖上的水。丰子恺与夏丏尊、朱自清等人,酒聚毕,醺然难眠,展纸挥笔画下中国第一幅漫画《人散后,一钩新月天如水》。这幅作品发表在《春晖》半月刊,成为丰子恺的代表作,代表一个典型的中国月夜、一种雅致的古典生活方式：竹帘半卷，新月妩媚，窗前木桌上是一个茶壶、四个杯子。虽无人，显然在人间。

我坐在平屋前的石头上，喝一瓶矿泉水。农夫、拖拉机和轿车来来往往，这景象，早年那几位先生没见过。当时的煤渣路到平屋为止，仿佛是天尽头，的确是到了一个时代新思想的高迥处。现在，一条水泥路延展通往驿亭镇的北部。连绵群山间有一个缺口，北风就是从那里吹袭、进入夏丏尊的文章中。早年往来于杭州和宁波之间的火车道，依旧存在于缺口外。隐约有汽笛传来，像利用那一缺口、嘴巴，呼唤一代又一代新人次第出现。

前人有"坐石上，说因果"之谓。石头之永恒，与所坐者之须臾一闪，构成强烈对比。眼前石头依旧，20年代的先生们移居于历史深处。我来访，稍纵即逝，亦微微能证明：古老中国爱与美之间的因果关系，不息，未休。

《春晖》上发表的另一幅丰子恺的漫画，也让我欢喜：三先生围坐，木桌上散放几个果子，似乎就是香泡。一只猫，站在墙洞里俯瞰桌面，像壁龛里的神在思考人间忧乐。漫画一角题款："草草杯盘共笑语，昏昏灯火话平生。"

画中人，大约对应着夏丏尊、朱自清、丰子恺。他们的三处旧居依偎在湖边，像三人依偎在桌边。

那盏油灯火苗硕大，像倾吐出一个又一个准确的动词，推动新世界破晓、来临。

5

"问渠那得清如许，为有源头活水来。"朱熹名句，其第二十六世孙、春晖中学青年教师朱光潜，熟知并认同。正是丰子恺漫画和春晖中学教育思想这些源头活水，激发朱光潜写出第一篇美学论文《无言之美》。

无言之美，即含蓄、空白、省略之美。金刚怒目，不如菩萨低眉——那低眉，就是爱意与悲悯。白马湖北边连绵群山间那一缺口，是无，也是有。朱光潜在这一论文开篇，引用孔子的话："天何言哉？四时行焉，百物生焉。天何言哉？"天不必言，四时百物，就足以展现大块之美。在篇尾，他又引用陶渊明诗句："此中有真意，欲辨已忘言。"忘言也就忘了，有真意深情眷眷在，就好。

朱自清的名篇《白马湖》，叙述白马湖春天的美，最感动我的句子如下：

天上偶见几只归鸟，我们看着它越飞越远，直到不见为止。这个时候便是我们喝酒的时候。我们说话很少；上了灯话才多些。

说话很少，非无话可说，而是鸟飞过、酒已热，就说出彼此间的一切了。上了灯才多说一些，是为了帮助灯光缓解夜色的重负。朱自清这一名篇，也在诠释无言之美。

"我们喝酒的时候"，喝的应该是黄酒，郁郁乎，醉至日上三竿甚至一生。因为，是"我们"这同一种人在一起喝酒啊。

移居上海后，夏丏尊索性在家办起"开明酒会"，以"每次能喝五斤绍兴黄酒"为入会条件。丰子恺、叶圣陶等人顺利登堂入室，大醉复欢颜。钱君匋只能喝三斤半，被章锡琛挡在门外："你再锻炼锻炼，半年后来试试。"夏丏尊慈爱后辈，网开一面："君匋年轻，入会尺度可放宽一些，慢慢培养，打个七折吧！"后来，钱君匋果然喝到五斤标准。

"白马湖散文作家群"，是20世纪90年代推出的文学概念。白马湖边的那一批先行者，在文章中呈现出共同的追求：以艺术、以诗意，反制旧中国的荒凉与不堪，以白马湖、以春晖中学，抵御各种暴力权力的合谋与围剿，在陈腐与空无中铸造新人格、新世界。这一群体的代表作，有丰子恺的《山水间的生活》《湖畔夜饮》，叶圣陶的《没有秋虫的地方》，李叔同的《白马湖放生记》……

夏丏尊和他的朋友不会知道被后人冠以"白马湖散文作家群"之名。也未必认同这一命名。如果把他们的文章比喻成黄酒，则应达成共识：在绵软、微甜中隐伏持续的刚烈，内力无穷。连他们书桌上的文具，也恍惚拥有南方酒器之美：锡制，里圆外方，中有夹层，天寒时注入热水以保温。夏先生的砚台就含着一个夹层，可放入炭块加热，免得墨水在冬夜凝结为冰，就能在油灯下一直写到天色微明。

我很晚才读到《爱的教育》这部书，领悟白马湖和春晖中学的意义。20世纪70年代初期校园生活的戾气与恶意，带来严重后果：我缺乏牵挂、心痛的能力，对他人的爱意和友善，常抱持疑虑、淡漠的态度。"救救孩子"，是鲁迅借《狂人日记》中狂人之口发出的呼吁。至今，这呼吁，仍未过时。

我来春晖中学补课。当下中国，"如何以爱意消除恨意"，需补这一课的人仍很多。

6

离开平屋，我朝白马湖以北逶迤青山间那一个缺口处走去。

夏丏尊移居上海后，思念白马湖，文章中只写了此地的冬天。朱自清去清华大学任教后写《白马湖》，重点描述湖边春色和夏意。显然，这是为了给我留下秋季以供表达，免得一个后生无话可说。

罗兰·巴特曾提出"写作的秋天状态"这一概念，大意是：一个写作者的内心，在累累果实与迟暮秋风间，词与物的广阔联系与精微考究的幽独行文间，转换不已。是的，我正处于秋天状态，尚能转换不已。当然，是白马湖和春晖中学，为我提供了一部分转换不已的势能和动能。

湖水时聚时散，金色稻田的形状也就时大时小，构成一个个岛屿形状的秋色联合体。湖边，稻田边，随处可见以各种简单木板或铁皮拼成的小舟，系在柳树下、桥墩上甚至芦苇间。解开小舟，就可划向对岸或湖水深处，去割稻、采莲子、割水草、捕鱼、走亲戚。春晖中学早期那一代先生，砚台里蘸墨、宣纸上书写的时候，会联想起白马湖和舟子吗？毛笔的确有桨的形式感，砚台的确有扁舟的内涵，宣纸的确有白马湖的苍茫开阔。

越山口，我走到铁路边，恰好有一列绿皮火车隆隆驶来。这条铁路以北两公里处，是另外一条大致上相平行的高速铁路。子弹头形状的列车，呼啸着，冲出又射进一个个车站所构成的枪膛、目标。夏丏尊们如果穿越时空来到当下，会对物质进步如此迅疾、人性优化如此缓慢，深感困惑吧。

朱自清频繁乘坐绿皮火车往返于宁波、白马湖之间，在数所中学兼职，直到后来专职在春晖中学工作。获悉父亲病重，已经在清华大学任职的朱自清，才意识到某种丧失的逼近，匆匆写出《背影》这一名篇。那一个爬过月台、去为儿子买几只橘子的肥胖背影，父亲青布棉袍、黑布马褂的著名背影，打动一代代读者的心。

写这篇散文时，朱自清大约想起一系列铁道、分别、迎接，包括白马湖边驿亭镇的这一个车站。他北去清华大学时，妻子在白马湖边延宕半年，常常步行到小车站，期待丈夫面影能突然闪现于出站口。

我的南方，我的南方，

那儿是山乡水乡！

那儿是醉乡梦乡！

五年来的彷徨，羽毛般飞扬！

朱自清在清华大学写下这些诗句，感叹号很多，说明他当时很年轻。

从车站走回春晖中学，一路体验夏丏尊、朱自清们的心境和脚力。我穿皮鞋和夹克。他们穿布鞋与长衫，更宜于感受并用身影表达出道路之起伏、北风之凛冽。

7

来春晖中学游走之前，我在绍兴一家饭店待了两天。

饭店一角，"回到源头：纪念《世界文学》杂志诞生六十五周年高峰论坛"的巨幅会标上，有鲁迅手持香烟作沉思状的肖像，很合适。他出现在这一论坛的关键词里，很必要。《世界文学》杂志前身，就是鲁迅先生在上海创办的《译文》杂志。"回到源头"，就是回到鲁迅，回到绍兴这生发中国文学现代性与人的现代性的地方。

与会者一个又一个登上演讲台，思辨、抒情——

"鲁迅先生对于五四新文学的兴起有开山之功。其开山之力,来自对俄国、德国、日本、法国众多作家的翻译。中国文学的现代性,或者说中国人的现代性,离开翻译,无从谈起。"

"梁实秋批评鲁迅的'硬译',是没有理解鲁迅苦衷。鲁迅就是要以西方语言的新结构、新语式,改造、丰富汉语表达,继而改变中国人的认知方式,这也是他的启蒙计划之一。正是鲁迅、周作人、夏丏尊他们那一代人化欧化古,才有了今天的言语方式和世界观。"

"中国话剧从教师、学生演剧开始,比如春晖中学的话剧社,首演曹禺的《雷雨》。李叔同在浙江第一师范参演《茶花女》。今天,学校依然是话剧艺术发展的重要平台。"

"1935年,周作人主编《中国新文学大系》散文卷,在'序言'中对现代散文文体进行思考,说:新散文的发达成功有两重的因缘,一是外援,一是内应,外援即西洋的科学、哲学与文学上的新思想之影响,内应即是历史的言志派文艺运动之复兴。现代的散文好像是一条淹没在沙土下的河流,多少年后,又在下游被挖掘出来,这是一条古河,却又是新的。"

"鲁迅是剑,周作人是伤口。"

…………

坐在会场里走神,我内心已经走到白马湖边了。那些在"外援与内应"中更新汉语传统的、20世纪初期的先行者,引领我神游于湖边的秋色春晖。会场里的翻译家、学者、作家们不知不觉。

以"《世界文学》之夜"为题的文艺晚会上,学者陈众议吹奏口琴曲《送别》,大家齐声合唱:"长亭外,古道边,芳草碧连天……"作家程巍用汉英两种语言朗诵《哈姆雷特》中的著名独白:"生存还是毁灭,这是一个问题。"至今,这仍然是一个问题。我走上台去,读了西班牙诗人马查多的名诗《自画像》。尤其喜欢其中三行:

我总跟那个同行的人说话,
是他教会我爱人类的秘密。
我不欠你什么,而你欠了我所写下的东西。

"那个同行的人","教会我爱人类的秘密"的人,是一代又一代异域的、祖国的志士与前贤:鲁迅、夏丏尊、朱自清、丰子恺……

8

一盏结构复杂的吊灯,把光辉礼献给一群中国知识分子。

鲁迅、郑振铎、沈雁冰、胡愈之、夏丏尊等先生坐在靠窗一桌,朱自清与叶圣陶等先生坐在靠门一桌。上海法租界的警车喇叭时时响起，为这样的交谈提供时代背景和脚注。

朱自清在内心敬爱许久之后，第一次近距离与鲁迅相处，看他穿一件白色纺绸长衫，头发参差枯燥，大约多日未剪。面无表情，像《呐喊》序言，酷似黑白木刻，大约是饱经人生苦辛而归于冷静的缘故吧。在春晖中学，朱自清讲过鲁迅的小说《药》，一句一句进行文本阐释，这方法，早于美国新批评派。

席散，朱自清上前向鲁迅问好、道别。夏丏尊陪鲁迅步行去旅馆。两个人的头碰在一起，大约说着私密有趣的旧事，法国梧桐树在他们头顶哗哗啦啦摇动。

1926年8月30日的这一个夏夜，是中国知识界重量级人物的一次盛会，与会者另有胡愈之、陈望道、王伯祥、周予同、周建人、刘大白、章雪村等。这基本上是一个以鲁迅为旗帜、关心普罗大众命运的战士群体。此时，距五四运动已过七年。当年同道，要么成为书斋中的雅士，静享英美式的自由主义或晚明式的宁静美学；要么走上策士之路，成为官场阔人。唯鲁迅"荷戟独彷徨"，彷徨后呐喊不息，"肩着黑暗的闸门，把他们送到光明的地方去"。夏丏尊们对此回应不息,持续以教育救救孩子，就是救救中国。

我曾在某一年雪天，进入北京大学沙滩校区红楼。其中，一教室，保持了鲁迅1920年上课时的格局。黑板上，是他讲授"中国小说史"时的粉笔字——"子曰""虽小道必有可观者焉""艺文志"……这纷乱的字迹,显然是今人对鲁迅手迹的模拟。站在空荡荡的教室内,我像迟到多年的学生。先生和同学已下课,满身雪花跑到附近胡同酒馆里,微醺着、神聊着、纷纷扬扬到黄昏……

在浙江第一师范教书时期,"鲁迅"这一笔名还没诞生——周树人教生理卫生,夏丏尊翻译日文教材,两个绍兴人都受学生爱戴。其体态、面貌、口音、履历、心境、立场,很相似。夏丏尊比鲁迅小 5 岁,视鲁迅为师长、启蒙者。上海孤岛时期,夏丏尊以开明书店为掩护,接济夏衍、楼适夷等进步青年,与鲁迅救助瞿秋白、柔石、萧红之作为也相似。日本军人多次来夏宅,令其写文章宣传"东亚共荣"。夏丏尊拒绝,被捕入狱,遭严刑拷打。后经友人内山完造营救出狱,已身受重创。1946 年去世,年仅 60 岁。稍可安慰的是,他看到了中国光复如凤凰浴火重生。

鲁迅在上海沦陷前的 1936 年辞世,55 岁,少经历一场剧变与剧痛。

1848 年,朱自清病逝于北京,51 岁。

1975 年,丰子恺去世,77 岁。

1986 年,朱光潜去世,89 岁。

1990 年,依靠《红楼梦》《浮生六记》和京剧,度过动荡一生的俞平伯去世,90 岁。

…………

"星垂平野阔"。一颗又一颗巨星坠落,增加了中国旷野的壮阔与深厚,让新生的青年、植物、星辰,组成一条不断隆起的地平线。

9

春晖中学、白马湖、驿亭镇,地理上属于上虞、绍兴、吴越南方。

"绍兴"之名,自"越州""会稽""山阴"演变而来。时局递嬗,导致版图盈缩消长、称谓纷纭不定。但"上虞""驿亭"这两个地名,历久如初。

郭沫若首先在殷商甲骨文中发现"上虞"二字,考证其由来:白马湖周围山水,属虞舜后代封地。"驿亭",无须考证,就能读出"驿站与长亭""告别与迎接"之美景深情。驿亭南,就是"梁祝化蝶"这一爱情传说的诞生地祝家庄。"长亭送别"情节,大约与驿亭有关吧。

中国最早的瓷器"越窑青瓷",源于上虞。容易破碎,但拒绝腐烂,历千万载而瓷青依旧,天青如初。

"窑变"是一种神秘惊艳的现象,也是美好的词:让火焰与泥,在热恋中生发出难以预见的奇迹。目前,窑变现象少了,原因在于磁窑的热力来自恒定电能,而非恍惚的木柴火苗。从鲁迅、夏丏尊、朱自清、丰子恺,到今天的我,书桌一角的墨水瓶,都有着越窑形状——拒绝恒定,保持恍惚,才能写出惊心动魄的好文章吧。

春晖中学内保留着一座民国风格的白马湖图书馆。我伏身，久久端详馆中玻璃柜子里珍藏的一枚唐代青瓷残片，如旦暮遇之。其上，深刻一个动词——"想念"。

选自《野草》2022年第5期，有删节

静止的春天

王开岭

作家、媒体人。历任央视《社会记录》《看见》等节目主编。著有《激动的舌头》《跟随勇敢的心》《精神明亮的人》《古典之殇》等散文和思想随笔集。曾获第十六、十九届百花文学奖及在场主义散文奖等。

一

怎样才算拥抱过一个春天呢?

我觉得,有一道仪式不可或缺,它须在某个春日里发生,否则,你的春天即不合格,就像洞房花烛之于一桩婚事。

暮春者,春服既成,冠者五六人,童子六七人,浴乎沂,风乎舞雩,咏而归。

孔子师徒留下的这番话,在我看来,堪称春天的一道谕旨,亦是对"春"最美的广告和代言。它督促你,莫负明媚春光,到户外去,敞开身体,沐浴天泽,领取那一年一度的大自然福利。

惜哉,2020,我有负这天意了,我们。

那是一场只能叫作"等待生活"的生活。

在一只鸟眼里,那春天并无殊异,山川依旧,星光依旧,杨柳依旧,仍堪称岁月静好,它唯一的好奇是:怎会这般寂静,这般空旷?人群呢?喧声呢?车水马龙呢?天上的风筝呢?

是的,人类第一次把自己关进了笼子里。除了房舍,人类把地盘最大限度地还给了野生动物。水里的鱼多了,林中的兽多了,天上的翅膀多了,曾见新闻视频:在欧美一些城镇,熊、鹿、獾、野猪们，大摇大摆地信步街头，那模样不像闯入者，倒像归来者，像合法业主在巡视自家的领地，在检阅自己治下的动物园。

看那些颤晃的镜头，感觉有点怪，后来醒悟：那是囚徒的视角啊！那是失去自由的人，在羡慕铁窗外的世界。

是的，这是一场仅限于人类的不幸。

对于人间，对于自负的地球文明，这是个怎样的春天呢？

一个寂静的春天，一个蒙面的春天，一个惨烈的、牺牲的春天，一个彼此呼唤又充满敌意、同病相怜又相互诅咒的春天。

2019岁末，在圣诞福音和爆竹声响起时，谁也不承想，人类会开启这样一种极端生活——

世界成了一座巨大的病房，无数的呼号、无数的惊悚、无数的悲鸣，从各个角落，从千万间紧闭的窗户里飘出……瑟瑟发抖的我们，无从辨识，只能把一切消息翻译成坏消息，翻译成梦魇和世界末日。

那是地狱模式的地球，那是灾难电影里的人间。那个熟悉的世界变得扭曲、抽象，像一个酷刑下的巨人，因剧痛而狰狞。

在最初的眼泪和温情之后，在仓促的悲悯与慈悲之后，人们开始相互厌恶和指责，谣言、口水、怨声、戾气……发泄、攻讦、栽赃、羞辱……政客的粗鄙、族群的殴斗、资本的冷漠，还有逻辑的变形、价值的坍塌……

比肉体受难更深的，是理性和信仰，是文明和常识。

那是怎样一幅世界地图啊——

爱与恨一样多，祈祷与诅咒一样多，感恩与怨恨一样多，呻吟与谩骂一样多，理智与癫狂一样多，悲剧与闹剧一样多。

我们前所未有地看清了时代的真相，它的虚弱、迷狂，它的撕裂和藏污纳垢，它的极端和自暴自弃……

我们目睹了人类最深重的愚蠢和昏昧，见识了语言所能织出的最丑的脏话与谎言，我们窥见了人性所有的褶皱和棱面，它的溃烂和闪光……

我们见证了有史以来最伟大的良知和牺牲，那些扑火的白衣飞蛾，那些背负氧气和药瓶的逆行者，那些服务真理并清晰吐出每个字眼的人，那些值守病榻为临终者安魂的祈祷士……他们履行的是神职，是使徒的角色。他们以"保卫生命""保卫生活"之名，宣誓着这个星球上最后的力量、道德和美。

我们挣扎，但不绝望。

想起了斯蒂芬·茨威格，那个高贵、敏细和忧郁的人，那个曾用尽全力和深情来生活的人。

那个春天,我又翻开《昨日的世界——一个欧洲人的回忆》，这是一本告别的书，一个人对世界最后的审美与幻灭。

他动情地追忆了自己的青春，20世纪初的欧洲，那个以安逸与创造、自由与艺术为标签的时代，那是维多利亚的文明之巅，那是欧罗巴的迷人之夜，蓬勃、平和、温煦，这种气候和秩序，让一切理性主义者和浪漫主义者皆感舒适。"暖风熏得游人醉"，大家甚至开始厌倦这种恬静和柔腻……可谁承想，这竟是落日前最后的光辉，是断崖之上的峰顶驻足！接下来，两次世界大战，经济凋敝，贫困饥馑，政治瘟疫，意大利法西斯，希特勒神话，族群仇恨与暴力美学，纳粹集中营，国家主义的狼烟，排山倒海的民粹，疯狂地吞噬理性和肉体，绞杀自由与道德……

人类的微笑冻结了。

这对于一个优雅的绅士，一个宁静的和平主义者，一个在性情和经验上都不熟悉野蛮的人而言，是何等残酷！

"一个人必须服从国家的要求，让自己去当最愚蠢的政治的牺牲品，使自己和共同的命运绑在一起。"

"我在战前享受过最充分的个人自由，现在却品尝到了数百年来人类最大的不自由。"

他失去了物质和精神的故土，沦为荒海一桴。

他在巴西靠岸，并以此为终点。

在那封深夜遗书里，他和夫人祝人类好运——

对我来说，脑力劳动是最纯粹的快乐，个人自由是这世上最崇高的财富。我向我所有的朋友致意，愿你们在经过漫漫长夜后迎来灿烂的朝霞，而我这个过于性急的人，先你们而去了。

于世俗，这是个牵强和费解的理由，但于一个唯美和诗性的人、一个守护内心秩序的人，则很容易成立。

他不仅热爱生活，他更致力于活在一个光明的世上。

而他的那份祝福，至今活着。

二

我的印象里，这个春天似乎只有时间，没有空间。

哪怕在时间上，它也和寒冬粘在一起，像块冰坨。

作为春，她的脸竟苍白得没有一丝红润。

整个春天，我滞留山东老家，原本回去陪母过年，不料一待就是三个月。

春节刚过，家乡的郊区暴发了一起监狱疫情，近两百例感染，还上了央视新闻……

你能觉出，小城猛地颤抖了一下。

一夜醒来，大街小巷，马路天桥，路面上的事物全消失了，仿佛退潮后的沙滩，只剩鱼腥和浪沫。各小区门口扯起了绳索、篱栅、标幅，皆有捍卫最后一方净土之意。

它取消了道路，取消了步履，取消了一个人通往另一个人。

墙，无所不在，连空气似乎也变成了砖，被用来砌墙了。每家每户自成堡垒，并因此获得一种安全感：你是清白的。

你被无边的空寂所占领。

窗外即马路，但罕闻车辆声，尤其夜里，一丝响动也没有，恍若置身荒野。你盼着有意外发生，比如，一辆车由远而近驶来，哪怕是大货车的轰隆声，哪怕是急刹的擦剐声。

静，干枯的静，憔悴的静，茧房里的静。

"在做什么呢？"

手机里收到最多的话。

是问候，是探视，也是无聊和空虚，是同病相怜者在交换目光，是无意义者在寻找意义。

是啊，那个牢笼里的春天，你，在做什么？

每天在家具中间踱步，如笼中兽，起初还有"奔""走"之意，后来，身子越来越滞，如同被粘住，成了家具中的一员。

微信朋友圈里看到，有人在跑步机上漫游，有人借视频连线对酌，有人用望远镜逛街……

寓所是一幢临街楼，东西向，隔着马路，是当地的博物馆，院子里有两处古建：一栋叫"声远楼"的古钟阁，一座九层的铁铸佛塔，皆造于北宋。逢雨天，雾珠迷离，醉眼蒙眬，影影绰绰中，总让我想起那句"南朝四百八十寺，多少楼台烟雨中"……

这画面大大缓解了我的焦躁和寂寞，让我浮想联翩，遁入另一时空。

9岁的儿子在上网课，背的是朱自清的《春》——

盼望着，盼望着，东风来了，春天的脚步近了……

我也情不自禁跟出了声，隐隐动容。

春，我知道它来了，它已悄悄爬上了窗台，那是灰白枝杈上的润青，那是流苏一样的杨树穗，那是越来越密的鸟雀啁啾声……

但它和我隔着墙，隔着护栏和玻璃，有些生分。

这不是我想要的春。

我要的是可触可染、耳鬓厮磨的春，是"出门俱是看花人""人面桃花相映红"的春，是"傍花随柳过前川""斜风细雨不须归"的春，是"春风十里扬州路""乱花渐欲迷人眼"的春，是"陌上花开，可缓缓归矣"的春……

身在茧房，你尽可"小楼一夜听春雨"，但难及的是下一句"深巷明朝卖杏花"。

这两者合起来才是春，春之身，春之心，春之事。

我最饥渴的，其实是阳光。

东西向的楼房，最大困扰是光照，一天里，被太阳直射的机会只有两次：朝阳和夕照。

足不出户，对于小孩子来说，是一件残酷的事。

他在长身体，他需要晒太阳，他需要合成维生素 D……

每个黄昏，赶在太阳落山前，我打开后窗，叫儿子过来，让他踩上一只高凳，撸袖敞领，尽可能裸露肌肤，去追一天里最后的紫外线。

天冷，每天十分钟。

儿子兴奋地问：这算不算夸父追日啊?

自此，一个儿童踮着脚、伸长脖颈看夕阳的画面，就定格在了我的脑海里。至今，闻某地疫情封控，我的第一个念头就是小孩子如何晒太阳……那幅画，像弹窗一样跳出来。

那些天里，我最羡慕的，是楼下门口的执勤大妈，红袖章，测温仪，别人坐着，她不，大踏步地折返走，大弧度地甩胳膊，阳光亲热地缠着她，虽蒙着口罩，我仍能看到她满脸的红润。

三

年末，在北京一场读书会上，主持人问嘉宾：2020 年你最难忘的事是什么？轮到我，我说是 4 月的一天，在山东老家，在室内闷了三周之后，我做出一个决定:带 9 岁的儿子下楼去，去走马路！去晒太阳！去看春天！

那个午后，我们出发了。

一出户，明晃晃的光扑上来，人犹如撞在了玻璃上，眯起眼，一股暖流涌贯全身，我幸福得一哆嗦：啊，太阳神！

儿子冲着地面直跺脚，像踩着了什么稀罕玩意儿。

没有车，马路阔得惊人，像一条大河遗下的枯床，无声无际。忽然想起2003年"非典"时的北京街头，也是春天，一样的冷寂，一样的空荡，一样的沉默……你坐过空无一人的地铁吗？是的，我坐过。十七年了，本以为那样的春天和大街永远不会再有了。

除了主干道，所有巷口皆封，商铺闭户，公园自然也去不成，我们选了朝阳的一侧，慢悠悠，无目标地走。

空气清凉，风有微棱，父子俩挽起衣袖，摘掉帽子围巾手套，仰起脸，虔诚地，像朝圣者那样，把自己献给太阳。

儿子蹦蹦跳跳，他觉得很梦幻，整条大街都是他的，仿佛掉进了乐高城市……

忽然，不知从哪儿冒出一男子，迎面走来，他，脸上竟"一丝不挂"！你怔住，身子发紧，拉响了警报。和你一样，对方略有迟疑便做出了反应：提前变道，像车辆紧急避险那样。

你捉紧儿子的手，疾步掠过。

那人的身影，也像是逃走似的。

儿子频频回头，似乎舍不下这路人。

我能不戴口罩吗？儿子跃跃欲试。

不是每个人都有口罩。你警告他。

你有点羞愧，为方才对陌生人的心思。你发现自己的目光变成了一名警察、一个审判者，不仅虎视眈眈，甚至有举报和指控的意味。

口罩是一层纱、一面盾，有时也是一堵墙、一座山。

你未曾料到，在不久之后，一具躯体对另一具躯体的戒备和敌意，将成常态。

在生物界，完全可信赖的，或许只剩下草木了。

沿着阳光导航的直线，我们走了很远，终于，在一个十字路口的拐角，激动人心的事物出现了——

红色！粉红！是桃花！

一声欢呼，父子风一样追上去。

红晕的枝条，像女子的纤臂，从松塔后懒懒地伸出。

一盏盏，一朵朵，一瓣瓣，那桃色，清澈，灼热，羞涩，像胭脂，像朱唇，像恋情。

情不自禁摘下口罩。

刹那间，一缕清风冲进鼻腔，那股消毒水、无纺布的味道没有了，那股在肺里盘踞了很久的化学味。

我张开嘴巴，大口地深呼吸。

儿子很兴奋，凑上前，贴住最近的一簇，贪婪地，使劲吸鼻子，那花瓣颤了一下，我几乎听到一声尖叫……

哎，轻点，别把她弄疼了。

哦，留点花香，给蝴蝶，给蜜蜂……

"村南无限桃花发，唯我多情独自来。"

这是今年我注视的第一株花，于她，不知算不算"初见人"。

这个春天，最寂寞者恐是野外的花了，没有目光和脚步，无人赏,无人宠,无人折……

人面不知何处去,春花无主向谁开?告别她,我们继续走,在一处河畔,遇到了垂丝海棠,还有迎春花,还有两行绿水荡漾的烟柳……

那个明亮的下午,是我们的节日。

晚上,儿子写作文,提到了与花的亲热,我略改两字——

摘下口罩,我闻见了春天的味道。

而春天,看见了我的脸。

我说,儿子,你会写诗了。

终于,夏天来临时,我穿着冬天的衣服回到了北京。

乘高铁前,遵专家提示,N95口罩、乳胶手套、护目镜,儿子全身披挂,像个盔甲武士。

临走,我还做了件事:去街角的小卖部,叮嘱店主一声,往后别再进某牌子的香烟了。那是我请他上的货,本地人不抽它。

我把剩的两条都拿了,拆开一包,请店主尝。

俩人摘下口罩,算是正式照了面。

他嘬了一口:"这烟软,劲小,你是外地来的?"

我点点头。

回京后连续多日,我和儿子天天冲下楼,去广场,去公园,踢球，骑车，撒欢，除了吃饭睡觉，不舍得回屋里。

我们以一种近乎复仇的方式，索取露天里的一切，阳光、风、叶子、鸟虫……

月季在开，鸢尾在开，木槿在开。

苹果、桃树、山楂，忙着坐果。蝶纷飞，蜂嗡叫，阳光刺来，我眯起眼，流下几滴泪。

我知道，生活暂时回来了。

我知道，许多人留在了春天里。

四

"瘟疫是如此残酷，它惩罚的竟是自由与亲密。"

整个春天，除了这句话，我没有任何写作。我把它发在了私人微博上。

这个蒙面的春天，你可曾遇见一张生动的脸？可有一份明灿的笑让你春意盎然？

这个牢笼里的春天，寂寞者，除了花开花落，还有女子的容颜。

网友笑曰：大街上终于寻不见美女了！口罩面前，人人平等！

他不知道，这是春色最大的损失。

和花儿一样，没有爱慕，没有目光的饲养，容颜会枯萎。

据说女士们都懒得化妆了。

是啊，当无纺布成了人的另一层肌肤和表情，美貌即显多余了，她们被打入冷宫，犹如冰箱里的水果。

在平等面前，我们停止了对脸孔的想象与探索。

这是审美的灾难。

有什么能抵御悲剧与虚无、死亡与恐惧？

除了宗教，恐怕唯有爱情了。

那个禁足的春天，那个面壁的春天，备受煎熬、亏损最重的，恰恰是浪漫与爱情。

私以为，没有"旅行"，即没有爱情。

（我指的是爱情的发生，并非它的维系和保养。）

爱情，是一个人"出远门"的结果，像着床的蒲公英。

没有身体的移动，没有灵魂的飞行，没有目光的漂泊，即无爱情之奇遇。和留在故乡的亲情相反，爱情是"异乡"的产物。从起点上看，所有爱情都是突发，是意外，是陌生场景下的哗变，是生命被打破某种稳定、失去平衡的表现，是一种由异性掀起的热浪、一种空前的喜悦和震颤……较之友情的舒适、亲情的安全，爱情充满惊险和动荡，它意味着，你踏上了一条激烈和颠簸之路，赴汤蹈火，身不由己。

爱情是一个事件。它首先是一个视觉事件、身体事件，然后，才是一个美学事件或灵魂事件。

一个人，若停下脚步，就不会发生爱。

我相信，那个春天，人间的浪漫少了许多。一见钟情的故事，很难上演。

它删减了行走，取缔了远方，解散了人群，阻止了邂逅。

它拦截了一个人走向另一个人的冲动。

它叫停了激情。它把"间隔"定义为舒适与安全。

它警告一切和亲近有关的诱惑，比如握手、约会、依偎、爱抚……比如影剧院、咖啡馆、酒吧、舞厅、沙龙……

这些，被视为地狱的开关。

它改变了身体之间的关系，颠覆了那种天然的向往和信任，它不仅把身体打造成一个个碉堡，戒备森严，门户紧闭，还使之相互拒斥，充满敌意与憎恶。

那种距离，那种冷漠，就像在山林里，一只野兽撞见另一只野兽，彼此敬畏，又相互恐吓。

那个残酷的春天，最受虐的，莫过于情侣，尤其是异地之恋。

那些天各一方的情侣，那些不同空间的热恋中人，相爱却不能相拥，闻语却不能面对，即使同城，也要忍受天堑之隔，犹若当年的"柏林墙"。

他们是2020版的"牛郎织女"。

电话和视频,只能缓解对"存在"的焦虑,却暗暗加大对"实体"的饥渴。友情和亲情不依赖实体,爱情则不然,它需要目光,需要体温,需要抚触,需要鲜活的实体,它试图消灭一切距离,包括缝隙。

看到一组照片:在德国和丹麦的边境线上,隔着铁丝网,两位老人热目相对,手温柔地握在一起。老爷爷在德国,老奶奶在丹麦,两人恋爱已有一年,疫情暴发,边境封闭,老爷爷每天骑车8公里来此处,他们读报聊天听音乐,眼含幸福,直到夕阳落山。

网传,在一湾之隔的深圳和香港,有不堪相思的情侣,竟循着当年私渡客的足迹,攀上相邻的山头,来到最近的滩涂,对着依稀的人影,挥手呼唤,或在望远镜里相看泪眼。

又看到一位西方艺术家的画作:疫情下的街头,两个火热的年轻人忘情拥吻,而身体一侧,是两具搂抱着坍塌的骷髅。寓意很明显:激情,在死神的注视下。

如果这幅画需要一个名字,我想称之为:哭泣的身体。

是的,它们在哭泣,那些凋零的身体,那些失散在异乡的身体,那些在孤独中日渐憔悴的身体,那些在生疏中火苗渐熄的身体,那些被淡忘和失去信任的身体……

它们呼唤完整,呼唤热焰,呼唤欣赏和赞美……

是的,人类身体里的微笑正在流失。

自由、亲密，这世间最美好的东西，也是最后之际才不得不放弃的东西，再后，就轮到生命了。

我丝毫不敢嘲笑那些拼命活和拼命爱的人，那些奋然不顾去维系日常生活的人。那是一种不怕死的"贪生"。

那种不愿意同往常分手、与旧时光恋恋不舍的样子，多像一个孩子——他拒绝丢下自己的玩具！

我为之动容。

"生活"和"活着"，是两回事。

五

午后，照例去日坛公园散步。

途经一片使馆区。

一座座围院，栅门紧闭，明明是前庭，厚厚的落叶却给人一种后院的感觉，且是废弃的那种。没有风，各色的国旗垂耷着，写满了颓唐与乡愁，我想起了那句"寂寞梧桐深院锁清秋"……

入园，"北京健康宝"扫码，广播里用中英文提示戴好口罩、保持社交距离。

银杏一片橙黄，天空蓝得感人。

忽然，排椅上的背影吸引了我。

一对情侣隔着口罩轻轻触面，女孩仰着头，阳光吻着她。

这让我想起了一幅照片，2003年，北京"非典"期间路人抓拍的，流传甚广，我做节目时还用过，它和眼前情景一模一样，连衣着和神态都像。

转身欲去，忽听女孩的一声叹息——

"好想回到那个不戴口罩的时代……"

心里"咯噔"一下，她用了个词：时代。

选自《散文》2022年第5期

墙上的祖先

江少宾

主要作品有《回不去的故乡》《大地上的灯盏》。先后获人民文学奖、老舍散文奖、西部文学奖等。现居安徽合肥。

"是先请下来,还是怎么搞呢?"二哥站在堂屋中间,自言自语,愁容满面地打量着墙上的遗像。我只能沉默。遗像一旦挂上墙就不仅仅是遗像了,而是供后辈敬奉的祖先,不能随便动的——动遗像和动墓碑性质一样,都是不太吉利的,不到万不得已谁也不会去做的事——二哥久居牌楼,他不知道的规矩,我就更不知道了。然而,老屋年久失修,遮不住风,挡不住雨,眼看就要倒了,我们总不能听之任之,不管不问,任凭祖先的遗像被埋在废墟当中吧?

更棘手的是,牌楼没有先例,也就是说,二哥将是第一个重新安置祖先遗像的人。

父亲从老屋往生才四年,音容宛在,遗像还是新的。四年间,每次推开那扇形同虚设的木门,我总看见父亲坐在椅子上,耷拉着白苍苍的脑袋,同往日一样落落寡欢,手边搁着一杯茶……母亲过世后,父亲在城里寄居过很长一段时间,他坚持一个人生活,自己买菜,做饭,自斟自饮。不冷不热的好天气,他会收拾得清清爽爽的,在大街小巷间漫无目的地穿行,累了,再把自己交给任意一辆公交车,坐到终点站,再从终点站坐回来。他渐渐习惯于使用电饭煲、微波炉、电冰箱、洗衣机、热水器……渐渐习惯于"饭后百步走",和那些优哉游哉的城里人一样,徜徉在橘红色的余晖里,脸上挂着安详的笑容。这些显而易见的变化令我们无比欣慰,谁能想到呢,我们看到的只是表象,他心心念念的,还是牌楼那几间弱不禁风的老屋。

每次一家人聚餐,他总要翻来覆去地,祥林嫂一样念叨:刮台风了,落暴雨了,下大雪了,小瓦估计压不住了……老屋四壁空空,最值钱的家什是一台黑白电视机,14英寸,没人要的,有什么可惦记的呢?我们轮番劝慰,他默默地听着,听到最后,兀自呵呵呵,不解释,不争论。

我一直以为,父亲年事已高,思想到底还是守旧了。直到他从老屋往生,我才幡然醒悟,那个我们唤作"老头子"的人已经不在了,他的肉身化成一股青烟,和我们阴阳两隔。绿水东流,田畴空荡荡,他走过的脚印已经被风吹走了。他带着社员们一锹一锹挖出来的当家塘已经成了一汪死水,散发着阵阵恶臭。他费尽心力疏通的灌溉渠早已无人问津,淤塞着荆棘、杂草以及各种生活垃圾。他承包过六年的轮窑场已经沦为一座死寂的废墟,遍地瓦砾间,散布着人畜和鸟类的粪便。光天化日之下,他栽在房前屋后的几十棵香樟树被人明目张胆地砍走了,在家的老人远远地望着,大眼瞪小眼,谁也不敢出面阻止……但凝聚他大半生心血的老屋还在(风化的外墙像岁月斑驳的脸),他惯常使用的锄头还靠在墙脚(他披星戴月地扛在肩上,曾是田畈里一道瞩目的风景线),他烫酒的陶瓷杯还搁在碗橱里,深褐色,微微泛红,仿佛余温尚在。他自己选定的遗像(照片底部注有姓名和身份证号码)还挂在老屋正面的墙上,遗像上的他天庭饱满,嘴角含笑,仿佛并没有离开这个世界……这一切都是他在过的毋庸置疑的证据——与其说他是在意老屋,还不如说他是留恋烟火人间。

父亲晚年做过一件大事。他多方奔走，募集资金，修葺了祖父的坟茔，为过世多年的祖母立了一块碑，第二年清明，又把五服以内能联系到的亲戚召集到牌楼，集体扫墓。那是一支五十多人的庞大队伍，有公务员、职员、教师、律师、画家、医生、媒体从业者、自由职业者、个私经营户、农民工、农民……这些五服以内的亲戚，很多我已经对不上号了，之前没有见过，此后也再无联系。那个久雨初晴的上午，父亲穿着一件崭新的白衬衫，胸有成竹地站在亲戚们中央，满面红光地回溯血脉的源头，述说一代代人口口相传下来的各世祖。那一次，亲戚们真是给足了父亲面子，他们毫无怨言地听从他的安排，在规定的时间，分头赶到那个叫"磨担尖"的小山坳。一个都不少。

磨担尖离牌楼至少150里。那时候，父亲已经七十八岁了，居然一个人找到磨担尖，凭着年少时的模糊记忆，在一堆又一堆乱坟中寻到了七世祖。那个我们谁也没有见过的人近乎是个传奇，他从江西婺源一路向北，最后看中了枕山临水的磨担尖，不走了，扎下根来，结婚，生子，开枝散叶。磨担尖地势高，遍地砂石，种不了庄稼，养不活人，他便想着在水里讨一条生路。磨担尖主峰尖尖，左右两条山脊鱼背一样绵延，远远望去，就是一个弧形的大靠枕，拥着波光粼粼的菜子湖。菜子湖是长江的支流，淡水鱼类极为丰富，常见的有鲫鱼、鲤鱼、鲶鱼、鲢鱼、鳊鱼、皖鱼、刀鱼……几十种之多。当真是天无绝人之路,他水性极好,盛夏的夜晚,经常抱着根扁担,躺在水面上睡觉。这怎么可能呢?大家都笑了,父亲不满地咳嗽了一声,用不容置疑的口吻说,你们没见过,我也没见过,但这是祖祖辈辈传下来的,不会错!

那个我们谁也没有见过的人成了菜子湖南岸第一个渔民,他扎了张竹排,削了根长篙,仗着好水性,赤手空拳地下水了。菜子湖风高浪急,他在风浪里搏击了一天,结果一无所获。落霞与孤鹜齐飞,余晖映红了他沮丧的脸。那一夜,他枕着竹排,仰望星空(宝蓝色的星空湖水一样沁凉),愁肠百结。那一夜,他听见磨担尖浊重的呼吸、菜子湖澎湃的心跳,鱼群在竹排四周旁若无人地巡游……没人知道那一夜他究竟想了些什么,在后人的传说里,他忽然无师自通,在长篙上绑了把锋利的镰刀——这个划时代的举动,标志着他成了一个真正的渔民——手起刀落,刀刀见血,鱼,鱼,鱼,取之不尽用之不竭的鱼,他像收割稼禾一样收割烟波浩渺的菜子湖。那是他一个人的湖,他近乎赤条条地站在竹排上,放声高唱自编的渔歌——

菜子湖水深又深
红尾鲤鱼跳龙门
米虾毛蟹粗黄鳝
还有乌龟和老鳖

菜子湖水清又清

风摆杨柳雨弹琴

云过青天江升到

一竿长篙任我行

啊，任我行——

…………

是的，他大名江升，享年五十一岁，三房，五子。他活在我们这一房几代人共同完成的口述史里，没有任何官方文字上的佐证。他的老像（画出来的遗像，牌楼人称之为老像）是乡村画师根据祖父的口述画出来的，前额鼓突，眉宇宽广，瓦片一样的两颊紧绷绷的，山崖一样陡峭。第一眼看上去，五六分神似晚年的祖父。他名下的另外两房人已经散失，大房一直在磨担尖周边繁衍生息，稀稀拉拉的，像一盘散沙，怎么也聚不拢，渐渐下落不明；最小的一房传到一个独子，参加过渡江战役，新中国成立后便失去了联系。

此后，他又无师自通地发明了"扳罾"，网格状，漏斗形，木把手。雨季的磨担尖，湖水倒灌，沟沟渠渠都满了，漫溢成河。他赤着脚，推着扳罾，"哦——嚯嚯嚯——，哦——嚯嚯嚯——"，短一声，长一声。长年累月的水上生活，练就了他的手感和直觉，推着推着他会突然慢下来，快速端起扳罾，哗啦啦，罾里活蹦乱跳的，都是鱼。

也就这些了，一个人的全部，看上去轰轰烈烈、波澜壮阔的一生。今天的菜子湖畔，他编的渔歌依旧在传唱，只不过，没人知道谁是"江升"。

七世祖之后，八世祖九世祖十世祖都是渔民，他们的老像和七世祖一脉相承，如果仔细辨认，会发现八世祖的眼角有一颗米粒大小的黑痣，十世祖的嘴角挂着一丝不易觉察的笑容。作为活生生的生命个体，他们从几代人的口述史里消失了，没有生平事迹，没有兴趣爱好，只剩下几个并不确凿的名字——"八世江公：振阳（扬）""九世江公：四鸣（铭）""十世江公：传（船）久"。我不能理解的是，七世祖尚有一块长眠之地，而属于八世祖九世祖十世祖的，却是一片无人认领的乱坟。血脉相连的几代人，命运竟然如此不同，这是单纯的偶然，还是另有不愿让后人知道的隐情呢？

在岁月的长河里湮灭，被后世遗忘，这是大多数人共同的命运。

我还记得祖父——江满舟，我确凿知道的十一世祖，一个勤劳俭朴、忠厚老实的人。他一生最辉煌的业绩，是从菜子湖畔的磨担尖举家迁到巢山脚下的牌楼——从水里到岸上，几代人的生活方式由此改变，在那个年代，这无疑是个里程碑式的伟大壮举，但他自鸣得意的，却是祖母过世后，他一个人既当爹又当妈，将五个儿子拉扯成人。

祖母是活活痛死的。适逢梅雨季节，密密的雨幕从瓦楞间瀑布一样挂下来,织出一条条亮亮的白线。祖父光着膀子蹲在檐下,眉头紧锁,苦大仇深地看着瀑布一样倾盆而下的大雨。在父亲年幼的记忆里,祖母一直蜷缩在床上,捂着肚子,喊痛。没人知道她为什么一直喊痛,也没人问她为什么一直喊痛,仿佛那是一件天经地义的事情。许多年过去,对父亲来说,遗像里的祖母已经是一个陌生人,在他脑海里盘桓不去的,是她弥留之际,扭曲的脸上汗涔涔的(像一块长时间浸在水里的裹脚布),蜷缩在床上(被粗布蓝衫包裹着的单薄的身躯),朝他伸出一只枯手……他一个劲往后退缩,一直退到门边,停住了,单薄的木门成了他最后的依靠,"那已经不像手了,像一条蛇"。这个怪异的近乎有些不可理喻的念头纠缠他很多年,直到他慢慢老了,才渐渐卸下压在心底多年的悲伤和自责。

但他时常半夜醒来,一边拍床一边喊,蛇!蛇!

哪里会有蛇呢?

柔和的灯光抚平了他的惊惧,他茫然地看着天花板,轻轻叹了一口气,又沉沉睡去。

一而再,再而三,在他的晚年,梦境和现实的边界已经模糊了。他整天疑神疑鬼的,足不出户,要么卧床,要么蜷缩在破旧的藤椅里,长时间一言不发,神情酷似晚年的祖父。

祖父一直没有续弦,祖母过世时他才四十岁,正当壮年。偶有媒人上门,他总是躲得远远的,把几个邋里邋遢的孩子留在家里。牌楼人看在眼里,动了恻隐之心,里里外外地帮衬,几个没娘的孩子，竟也没吃多少苦。

那时候牌楼只有七户，四户姓朱，另外三户，一户姓曾，一户姓唐，一户姓胡。他们和祖父一样远道而来，跋山涉水，最终都不约而同地，在牌楼收住了急匆匆的脚步。

五个儿子，祖父最疼五叔，他时常把五叔带在身边，捕鱼、卖鱼，早出晚归，风里来，雨里去。大家心知肚明，五叔是被他寄予厚望的接班人——五叔遗传了他的长相和性格，水性又极好，暮年入水依旧"浪里白条"，仰泳，蛙泳，扎猛子……谁能想到呢，五叔死活不肯继承他的衣钵，他死皮赖脸地，说尽各种好话，五叔高低不应声。

他像一个泄了气的皮球，慢慢地委顿了下去。

他像往日一样忙里忙外，只是身边少了一个"跟屁虫"。

清官难断家务事，乡亲们顾不了这些，私底下多次敲打五叔，"你大真是白疼你了啊……"五叔只是笑，高低不应声。

五叔是个不轻易袒露心迹的人。他既不喜欢漂在水上，也不愿意泡在田里，最终，他不顾全家人的一致反对，选择了一种闲云野鹤般散淡的日子——游泳，喝茶，玩纸牌，下象棋，雷打不动地收看《新闻联播》，听黄梅戏……我行我素兴趣又极其广泛的五叔，成了一个"异类"。

祖父洗脚上岸是否和此有关？我没有求证，也无法求证。20世纪70年代我出生时，祖父已经老了，弯着腰，走路慢腾腾的，拄着拐棍。他给我最深的印象，一是沉默寡言，"磨子都压不出个屁来"；二是特别怕冷，刚过白露，他就把火钵从床底下掏出来，让我母亲煨火。母亲是童养媳，服侍他几十年，像熟悉家里的旮旮旯旯一样熟悉他的生活习惯。每次接过火钵，母亲转身就要翻晒他的棉袄和棉裤。他个子大，腿子长，棉裤夹在晾衣绳子上，像一只迎风招摇的水桶。那件瓦蓝色的老棉袄他穿了好多年，胳膊肘子都泛白了，还缝了三四个补丁，但他舍不得扔，一直穿到死。

祖父离世时我只有八岁。那是我第一次经历亲人的葬礼，既懵懂，又好奇，雪白的经幡挂满了堂屋，祖父的灵屋摆在堂屋中间——一座敞亮的瓦房，前面还圈了一座四方四正的院子，院子里站着一堆花花绿绿的纸人，男的戴着帽子，女的扎着辫子，还有一些人提着篮子，扛着锄头，挑着担子，抬着轿子……过年一样热闹。暖阳如瀑，从瓦楞间泻下来，祖父的灵屋蛊在半明半昧间，仿佛他寂然而平淡的一生。聚光灯一样的光瀑里，花花绿绿的纸人异常醒目，仿佛即将复活。那些栩栩如生的童男童女让我对祖父的死亡产生了怀疑，或许他并没有死，而是去了另一个世界——另一个世界衣食无忧，有童男做饭，有童女洗衣，出门还有人抬轿子，不可思议！那是神仙一样的日子。

祖父的老像摆在灵屋正中间，那是一幅炭笔画，乡村画师史成玉最著名的代表作——画中的祖父目光澄澈，眉毛历历可数，嘴角衔着一丝不易觉察的笑意。史成玉画像有个习惯，不看相片，只看真人。祖父是突然间弥留的，史成玉从床头绕到床尾，一言不发，或站，或蹲，或单膝跪地，长时间盯着祖父。第三天中午，老像送来了，一屋子人惊得合不拢嘴，太像了，栩栩如生。这是史成玉画的吗？大家都不信。也难怪大家不信，那么一个胖坨坨的人，怎么学会这个本事的呢！

成玉父母死得早，养父是个道士，高而瘦，驼背，长髯，披着一件长到脚跟的黑袍子。每年腊月，他总要在牌楼住几天，上午休息，傍晚开始打卦。我记事时，他精力已经非常不济了，一晚上只打十二卦，打完六卦，成玉不问时间长短，总要拾起道具，安排养父吃晚饭。他不喝酒，不吃腥，冬天只吃两顿。

卦相不好，道士是要画符的，或为祛病，或为消灾。对道士来说，打卦只是基本功，画符才是真本事。奇怪的是，每年来牌楼，却是年迈的养父负责打卦，年幼的成玉负责画符。半年之后，成玉不愿意画符了，他要画像，画老像。日薄西山的道士空有一身法术，只好睁一只眼闭一只眼，随他。

道士登仙之后，心无挂碍的成玉终于如愿以偿。他没有继承养父的衣钵，反倒心无旁骛地奔走在画像的路上。三娘、五叔、三伯、远升二爷、冬至大爷、春明大婶……牌楼人的老像都是他画的，他画得多好啊，几乎和人一个模子。

后来街上开了照相馆，但老人还是愿意找他。照出来的只是皮，画下来的却是骨啊！

皮有什么用呢？和一副没用的臭皮囊相比，老人们更愿留下自己的骨。

作为画师的史成玉很快便赢得了极高的声望。很多人不知道谁是大队书记，但方圆数里，谁不知道史成玉啊！为了请他上门画像，有一段时间，甚至出现求画者堵在他家门口，排着长队的壮观景象。

成名之后的史成玉陀螺一样旋转在高低不平的乡村小路上，从满月的孩子到腰包鼓起来的中年人，他坐在东家的堂屋里、门槛边、浓荫下、池塘边……心无旁骛地画像。这些肖像画是要收费的，多少不拘，可以是一条烟，也可以是两瓶酒，甚至也可以是一麻袋刚刚出土的山芋。但他始终恪守养父的遗训，免费画老像，十里八乡也都知道这个规矩，任何场合提起史成玉，最后都少不了送他三个字："活菩萨"。

几十年下来，史成玉送走了一个又一个亡人，画过的老像足以码成一座山。它们被敬奉在一间间或明或暗的堂屋里，镜面上的灰尘覆盖着脸上的幽光。更多的肖像消失在人海深处，像那些去向不明的牌楼人，只留下一栋栋空荡荡的老房子。老房子对应的，不再是一段段岁月，而是户口簿上冰冷的籍贯，更时髦的说法是——老家。

史成玉两个儿子都在外地，老伴晚年也进了城，照看孙子和孙女。渐入老境的史成玉守着一栋老房子，哪儿也不去，饥一顿，饱一顿，在薄暮里孤魂一样游荡。当年那个红光满面的乡村画师不见了，取而代之的，是一个落落寡欢、颧骨高耸的秃头老人。

早就没人找他画像了。殡葬改革推行之后,葬礼所需的种种仪式,已经沦为一道道流水线,能省的都省了,不能省的,有些其实也省了。谁还在意炭画这种老古董呢?太麻烦啦,满大街都是电脑扫描,立等可取,一次性成像。

每次提起,史成玉都是一脸沮丧。有一年他突发奇想,能不能把自己画的老像拍成照片呢?一来,百年之后给孩子们留一份念想;二来,这好歹也算是一门手艺啊!奔走多年,他始终没有招到合适的徒弟,有些人半途而废,有些人知难而退,炭画老像这门手艺,就要在他手上失传了。

他赔着笑脸上门,孰料话未说完便遭到拒绝,"这是我家上人哎,老像,你知道规矩的啊……"

他当然知道规矩。好不容易才挤出来的笑容慢慢僵在脸上,又像一片飘零的落叶,转瞬就枯萎了。

——遗像一旦挂上墙,就不再是遗像了。但,要是必须从墙上取下来,又该如何处理呢?

二哥踌躇着,从衣橱里摸出两瓶酒,领着我去找史成玉。

史成玉笑吟吟地迎出门,晃着我的手,说:"我认得,我认得!大模样没怎么变。你也就四十旺岁吧,头发怎么就白了哦?!"简短的寒暄之后,我委婉地说明来意,"我家那老房子怕要倒了,墙上还有您画的老像,这怎么搞呢,可要我帮您拍下来啊?"他脸上的笑容潮水一样退去,"不用拍了,不用拍了,又不是什么了不起的东西。再说,我也丢手了……"

那潮水一样退去的笑容,岁月一样苍茫。他是难得一笑的。岁月一样苍茫的晚年,他时常蹲在家门口的枫香树下,一个人打卦,"扑哒"一声,他不满地摇了摇头,弯腰捡回来,重新打。卦外是凉薄的人世,卦里是无常的生死。他还会画符吗?我不知道,话到嘴边又咽了回去。

但他从来不帮人打卦,乡亲们遇到疑难,总要去找他,他的热情一如往日,答疑解惑,帮乡亲们想办法。然而这一次,他的眉头却锁了起来,好半天之后,才模棱两可地说:"搞三个碗请,请下来之后,带到你们自己家,挂起来,没有其他法子。我活几十年了,还真没经过这号事……"

我和二哥都有些意外。史成玉不知道的规矩,不会再有人知道了。

他最多七十岁,脸颊、额头已经爬满了老年斑。最要命的还是咳嗽,咳咳咳,喉咙里扯着一只小风箱。岁月真是残忍啊!我如坐针毡。墙上的道士像已然泛黄,关刀眉消失了,眼神依旧是活的——我站在左边,他盯着我不放,我转到右边,他盯着我不放。毛骨悚然。那些打卦的夜晚突然一起回来了,我在人群中间钻来钻去,看道士打卦。史成玉一次次冲我做鬼脸,"蹲下来!不要跑,蹲下来!"顽劣的我哪里肯听他的话。我依稀记得,他总是单薄的,裹着一件松松垮垮的军大衣,耳朵红彤彤的,生着冻疮……

夕阳西下，倦鸟归巢，牌楼空荡荡。两只野猫从黄昏里蹿出来，嘶叫着越过低矮的山墙。

选自《作品》2022年第5期

女儿笔下的文坛硬汉萧军

周家望

现任北京晚报五色土编辑部主任,高级编辑。1995年开始发表文学作品。发表散文随笔300余篇、旧体诗词900多首。著有《老北京的吃喝》《从家望去》等专著。曾获"首届北京中青年德艺双馨"奖。

4月23日，世界读书日。

79岁的萧耘大姐，忽然快递给我一本出版于12年前的书：《写给父亲爱的记忆——萧军最后的岁月》。

"周家望，读书日，送你本书吧。绝对的好书，这本书以前跟你念叨过，没给过你吧？你抽空好好读读。那时候我写得真好，现在写不出来了。"

萧耘寄来的这册由中国书店出版的《萧军最后的岁月》，还是毛边本的。书的扉页上，萧耘用铅笔写着"萧耘自用。2010.8"，书的尾页上是萧耘的先生王建中的铅笔笔迹："仅存毛边本样书，概不外借。请见恕。"足见"耘中"二位对此书的重视。

如此厚赐，我焉能等闲视之？赶紧取出国维兄赠我的"家望所得"四字藏书章，恭恭敬敬地钤在萧大姐的笔迹旁，也算海内孤本，传承有序了。

之所以说到毛边本，是因为它与鲁迅先生颇有渊源，大概率是鲁迅先生从日本留学归国后引进的。毛边本的出版样式，源于欧洲，传到东瀛。据白化文先生考证，中国的毛边本的"始祖"，是鲁迅、周作人兄弟的《域外小说集》。鲁迅先生对毛边本最为垂青，他曾自诩为"毛边党"。他生前的多部著作，都是以毛边本面世。而萧军、萧耘父女两代，又先后以出版毛边本的方式，延续着鲁迅先生的文化美学倾向。

所谓毛边本，就是印刷的图书装订后不切光，书页之间只裁地脚（既利于上书架，又利于入刀裁），留着天头和翻口"右牵上连"，以示这是从未读过的新书。第一位读这本书的人，必定左手握卷，右手执裁纸刀，读完一页，再裁开一页，宁心静气，边读边裁。裁的时候，刀走书边，沙沙作响，裁开后，有趣的照片、绘图和意想不到的故事，纷至沓来，就像孩子们开盲盒一样。

显然，萧耘这本书，读起来却没有那么轻松，而是异乎寻常的沉重。

可以说，《萧军最后的岁月》是萧耘用文字和照片拍成的纪录片，其中注满了父女亲情，湿漉漉的，热腾腾的，像海底岩石上那涌动不息的温泉。

无处不流淌着汗水、泪水和热血！

三十年前，我到北京市文联工作后不久，就结识了这位被我戏称为"大火球"的萧耘大姐。很快，又认识了她身旁多才多艺、温润儒雅的王建中先生。我在《茂林居里两神仙》一文中，曾详述过我和他们二十多年的忘年之谊。

萧耘是萧军的二女儿，相貌、体态、性格、气质，皆有其父风范。她与萧军既有父女之因，又有师友之缘。如果说萧军是鲁迅先生的狂热追随者，那么，萧耘王建中夫妇就是萧老爷子的超级粉丝团。

萧军辞世三十多年来，他们夫妇按照父亲的遗愿，保管着萧军日记，捐赠了他的手稿、收藏和所用过的器物，编辑出版了20卷900多万字的《萧军全集》，为此投入了生命中的绝大部分精力。不管是在茂林居的书山之下，还是在通州美然百度城、顺义裕龙花园五区租住的寓所，乃至在昌平十三陵温馨老年公寓的仙人居，我每次造访，都看到这个"耘中组合"，戴着蓝布套袖，伏案赶稿子、校书样。见我来了，只当是茶歇时间到了，一杯在手，三人闲坐，几乎所有的话题，都离不开鲁迅先生和萧老爷子。

《萧军最后的岁月》一书，就是他们客居顺义时完成的。或许对于萧耘来说，这本书是对她深爱的父亲的最好的纪念，因为字里行间，无处不流淌着汗水、泪水和热血！然而就是这样一本以临床护理日记为基本素材的书，依然保持着萧氏文风中惯有的豪迈与达观：萧军重病期间对子女们曾说："死，也要死得艺术，死得有气派。纪念，也要纪念得艺术，不要哭哭咧咧的，凄凄惨惨的，我喜欢愉愉快快的！我想把我的身体捐献给挽救过我生命的海军医院，作为病理研究之用；如果癌细胞没有侵害到骨骼的话，我想解剖制成标本，送回老家萧军资料室或送给医学院，让学生们当作教具。据说，解剖用的人体远远不够用……若不然，就分别将皮肤、角膜等可用的器官尽可能地利用起来吧……"

萧军还说："他们都以为我是李逵，手持两把大板斧到处乱砍！其实，他们还没有真正地理解我，我也并不是那么样的莽撞和单纯！我有我的思想和理想，我不是只凭感情用事的，我也不是计较个人恩怨和区区琐事的……"

在海军医院住院部的走廊里，穿着病号服练八卦掌的萧军，身前身后还是百步的威风。

萧军身染沉疴之际，到了吃什么吐什么的地步，他却满不在乎。"吃着建中带来的西瓜，新鲜可口，'就是吐出来，也是西瓜味儿！管他呢！'爸边说，边吃，吐就吐！"

…………

尽管萧军有着异乎寻常的坚毅性格，如同一名勇敢的战士，但病痛的折磨，仍旧让他饱受苦楚和无奈。随着萧军临近生命终点的记录，萧耘那白描式的情景再现，简直让我不忍裁开书看下一页。因为不知道下一页里的萧军老人，需要再打几针"强痛定"止疼，腿脚上的水肿到了什么程度，肿块如何迅速在全身肆虐扩散……将心比心，看重亲情的人，又有哪个不为之扼腕痛惜呢！以至于我都不忍心把那些渗血的文字摘录于此。

面对萧老惨淡的病程，最为悲伤的莫过萧耘。她既是萧老晚年的工作助手，也是萧军最信任的亲人，更是被父亲亲手接生下来的女儿。萧军曾在《寄耘儿（并序）》中写道："一九六九年一月五日（星期日）次女耘儿来探我，携其亲手所制棉背心一件畀我，并言所制粗劣。余心感极而悲，成诗一章以纪。

时正隆冬'二九'风怒雪飞时也。暖背暖心亦暖胸！一针一线总关情。刘庄遥记生儿夜,驿路频听唤父声！幼爱矜庄无二过,长怀智勇继家风。此生有汝复何憾？热泪偷沾午夜醒。"父女亲情浸满其间。

自从萧老患病住院,萧耘在照料老人和联络奔走各方之余,还专门准备了护理日记本、胶卷照相机和录音机,随时记录下与父亲有关的林林总总。从1987年6月萧军住院到1988年6月22日辞世,整整一年。萧老临终,还把一应未了的文事,交由萧耘夫妇办处。世间孝顺的儿女千千万,试问能做到萧耘这样的有几人？有时候,我甚至觉得,萧耘王建中二人,这辈子简直就是为萧军老爷子活着的。当然,这对于萧老来说,也是一桩可遇而不可求的幸事,因为不是每一位对社会进步做出过贡献的名人,都有这样克绍箕裘的哲嗣,愿意把自己毕生的精力和心血,放在父辈的未竟事业上。从另一个维度讲,萧老也是幸运的,都说久病床前无孝子,但萧军的六个子女连同他的儿媳、女婿,无一不是尽心竭力、细致入微地在床前尽孝。萧氏家风,由此可见一斑。

"只有诗,才是写给我自己看的"

记得15年前的一个夏日,由萧耘王建中历时近20年整理编辑的《萧军全集》出版,中国作家协会和北京市作协特地在中国现代文学馆联合举行了纪念萧军百年诞辰暨《萧军全集》出版座谈会。萧老家人、生前友好和作家学者100多人参加了大会。应萧耘之邀，我到场一睹盛况。那天的萧耘，兴高采烈，笑逐颜开，还是那个"大火球"的形象，从她的笑容里，我读出了她完成父亲的嘱托后，那如释重负的满足感。

为了向这位文坛硬汉表达敬意，那天我斗胆步萧老暮年所作七律原韵，献诗一首："佩剑从文赤胆过，深情铁笔耀星河。白山黑水遗民泪，卷地滔天怒海波。八月乡村曾血染，百年世事未传讹。至今瘦骨铜声振，慷慨平生正气多。"

萧老曾经对萧耘说过："我的文学道路，是由旧体诗起家的，我至今仍喜欢我的这些旧体诗。小说，是写给旁人看的；只有诗，才是写给我自己看的。"

余生也晚，对旧体诗词也是一番痴迷。萧军的旧体诗词，读来兴味盎然，不但格律严谨，而且境界超拔，带有鲜明的艺术个性："一啸群山百兽惊，苍茫独步月朦胧。饥寒历尽雄心老，未许人前摇尾生。"这不就是萧军自况吗！"铁骨杈枒托地坚，风风雨雨一年年。秋来结子红于锦，何与闲花斗嫱妍。"萧军的风骨与孤傲，在诗中表露无遗。"不叩不鸣一老钟，秃柯古寺自凌空。沧桑风雨行经惯，应是无声胜有声。"怎么读，都是萧军在说他自己。

2016年，北岳文艺出版社出版了"民国诗风"《萧军集》。

"耘中组合"曾赠我一册,从20世纪20年代的"酡颜三郎"到80年代的"了翁",横跨半个世纪的吟咏,诗人的遭际、性格、志向、心迹、情趣,多在诗中展现。1986年,萧军住院前后,曾作一首七言古风《封笔别坛》:"小凤清于老凤声,迢迢风雨代不同。年逢八十双拱手,封笔别坛号了翁。"这首封笔之作,虽是语带调笑,亦显晚年孤寂之情。

萧耘在《萧军最后的岁月》一书中,不但引用了萧老自况的诗作,也援引了其他作家对他的描摹,使没见过萧老的读者,如见其面,如会其神。著名女作家叶文玲在《老钟》一文中写道:"我想起文艺界盛传王蒙的一句戏言:我们作家队伍中,只要有这一老一少在,大家就有了安全感———一是萧军,一是冯骥才。的确,身高一米九的大冯和身躯像铜钟的萧老,不用问他武功如何,光看外表都极像身怀绝技的力士……最有意思的是手中的拄杖,大概也是女儿特意关照,所以他一走动,便象征性地提了这根以防不时之需的手杖。但手杖对于他,更多的时候是多余之物。所以,他往往不用它来拄地,倒像武松提哨棒似的,提着手杖稳步前进……"

尽管关于萧军的话题至今不断,甚至看法不尽相同。但萧军作为一位勇于面对生活困苦的行者,一位中国现代文坛不好惹的硬汉,一位具有进步思想和独立精神的知识分子,在文化界是有广泛共识的。不难看出,萧军的一生始终把他的恩师鲁迅先生作为精神支柱。诚如萧军自己所说的那样:"鲁迅先生,是我平生唯一钟爱的人,一直到我死的那一天,我都钟爱他。他是中国真正的人!"

选自《北京晚报》2022年6月17日第12版

少年游

菡萏

原名崔迎春，中国作家协会会员。文字散见《文艺报》《作品》《清明》《散文海外版》《四川文学》《广西文学》《草原》等几十家报刊。著有《空翅》《红楼漫谈》《菡萏说红楼》《养一朵雪花》。

绿房子静悄悄的，窗外阳光一动不动。

低头翻微信时，看见儿时同学，晒出春日图景。其中一张，一眼认出是处机关食堂。三十多年了，它还活着，杂草丛生的院落，有棵硕大的泡桐。每到四月，一朵朵开放，再一朵朵凋零。校园里如是，繁茂的花阴遮过走廊，伸手便可以摘到，朴素的花，朴素的香。

那时住校，十一二岁，在食堂打饭吃。机关食堂，一份排骨两毛钱，一名条件好的女生一买买三份，吃不完用炉子炼，在《片片梨花白》里，我写过。那年读初一，觉得食堂特别大，现今看来门脸竟如此之小。两级水泥台阶，红瓦红砖，木头门窗，晒得颜色不能再淡的淡蓝油漆，什么都没改变。

清整的房舍，依旧很有看相。

每次打饭排好长的队，后面的同学在我背上写字，几乎都能猜到。惊讶，不信，再写再猜。伙食真的不错，馅饼、粽子、麻花、油条、米饭。菜，翻着花样，流水牌写着菜名菜价。黑木牌，彩色粉笔字，开饭时往窗口一挂，有熘肉段、蚂蚁上树、什锦菜、酥白肉、豆腐脑。豆腐脑是咸的，不像沙市的豆腐脑以甜为主。师傅白衣白帽，油迹斑斑的工装泛着厨师特有的油腻味。舀一瓢，放饭盒里，浇上剁碎的榨菜码子。旁边摆着酱油醋，各色调料随意添加。长方形铝制饭盒，有些男生进来时，拿着勺子，迈着八字步，边走边敲，喇叭裤扫在地面；打好饭，边走边吃，一副倜傥风流、玩世不恭的样子。也有穿吊腿裤，揪揪着短上衣，小平头的老实男生。

有次打完饭，出食堂，碰见大弟拿着饭盒上台阶，穿了一件大翻领、束腰带的黑皮大衣，不由得眼前一亮，有点像瓦尔特保卫萨拉热窝的场景。大弟绰号英俊少年，大衣不知穿的谁的，是援助伊拉克的工作人员从国外免税店带回来的，折合人民币40元钱，校园里不少学生穿。援助伊拉克的人员很苦，50多度的高温，灰扑扑的路，短裤搓烂，没得穿。

家里每月给我们10至15元生活费，大多家庭如此。不乱花，足够吃。铁路食堂，不赚钱，有补贴。

饭票有红色、绿色、黄色，薄薄的长条纸，印着一两二两、一角二角的面值。用一张撕一张，一般塞在塑料小钱包里，有时夹进词典，然后忘掉。发现时，会惊喜。

那时，爸每月工资70多元，妈拿得多，计件，200多元。妈矮小、秀气，能吃苦，不分昼夜地做，所以我们能过得较宽裕。现在回想，妈都是最好的，因她的勤劳，又总是轻描淡写自己的付出。

妈干的活，一般男人做不了，倒预制板、卸火车皮、拉架子车。我曾说，如果长大了，做她那样的工作，不如去死。说这话时，是20世纪80年代初，不知当时以何种语调，轻而易举就说出了口。那日的余晖，把家属院染得通红，仓房的油毛毡顶，晒着妈用牛皮纸包好的大酱坯，还有给我们纳鞋底打的袼褙。妈迎着光无言地站着，像尊雕像。刚洗完的头发，干净地沥着水。

朋友把照片裁剪放大，说："远处是学校，还记得吗？那栋矮一点的红房子是咱们上课的位置，两排树还是原来的。"在她说之前，我已看到，学校已更名。

H形楼房，两排树当年很细，还是树苗。不知是什么树，有别于乌黑遒曲的泡桐。笔直的小树围了圈红砖，呈锯齿状。

阴凉的过道有黑板，我出过很多期，字并不好，总是斜斜地往上飘。一位语文老师站那儿看半天，说我喜欢画倒笔。自己并不知晓，包括自信，都是一件迷茫空洞之事。

星期一，学校也会升国旗，旗手掌握不好节奏，没有一次顺顺当当到顶的，不是快，就是慢。有时音乐停了，还差一大截，不得不"嗖嗖嗖"地往上拉。众目睽睽，难免尴尬，幸好有人做伴，四人升旗，两人配合，两人拉。

星期天起风，黄沙漫漫，地动天摇，吹得对面的人都看不清。是龙卷风，每年春天来那么一两次。寝室的床上蒙了一层塑料布，塑料布上落了层黄沙。心里记挂着国旗，和几个同学跑去，连拉带扯，迎着风拖回宿舍，塞在床下。国旗很大，像行李。

初三时，流行"神秘链"，不知哪个学校发起的，总之在校园里风行。下课后，大家急急地写。一封信，抄六份，寄给六个朋友。每个朋友给寄信人的上线两元钱，再写六份发出去，等下面的下下线给自己两元钱。如此循环，正常的话，每人能得益76元，只需2元成本。与现在的传销类似，一种空手套白狼的金字塔融资方式。2元钱对一个小孩来说不算小数目，同学们纷纷往学校收发室跑，有信便迫不及待地拆开。收到过钱，也寄出去过。天南海北挖空心思寻觅能写信的人，最远的寄到了松花江。也可以寄给本地朋友，班上同学你给我，我给你，最后不了了之。信里说，若不传下去，家里会遭殃，被汽车撞死云云。总之，钱在作祟，那是1983年。

也有不少学生集邮，集邮的钱，多半是从口里省下来的。放学后，几个人蜂拥至校外的小邮局。我有一本很大的集邮册，里面的邮票，有往来信件上的，也有同学给的，还有妈从出国工作的邻居家要来的。故有许多外国邮票，可能面值不值钱，一长串一长串的。大部分是自己买的，有领袖头像、山水花鸟、开国大典等。翻检时，戴上白手套，用镊子一张张拈。从信封上取邮票，要先剪下来，放在水里荡一荡，慢慢把邮票和纸分开。再晾干，插进集邮册。也和同学交换，一张换一张，一张换两张等。弟弟比我集得多，饿得小腰精细。

两本集邮册一直由我保管。后来不集邮了，遇到夫家一名聋哑孩子喜欢，便给了他。20世纪90年代，偶然得知被丈夫的哥哥拿出去随便换了两千元钱。那些邮票若保留至今，一张都不止这个数目。听到时，很沉默，怅惘是有的，我们曾满怀着爱，极认真去做一件事，并非为了利益，那是青春年少的日子。且对弟弟有着深深的歉意。谁都有拮据的时候。

寝室里有个女生叫小宁，短发，齐刷刷的刘海搭到眉毛。眉心有颗痣，头发柔顺，贴着精致的小脸。她不算好看，眼睛细长，皮色白净，平日里轻手轻脚。放学后，喜欢抱着纸盒看她养的蚕宝宝。几条白蚕在绿叶间沙沙蠕动，叶子是在学校院墙外沟边的桑树上采的。

我们两家住一起，关系不错。她妈很胖，生了四个姑娘，她是老二。可能是想有个弟弟，始终没生出来。邻里间有龃龉，常骂他们家"绝户"。儿女双全的，是像我妈这样的人，哪家有喜事，会被请去缝被子。

最后一次见小宁，我已结婚，回娘家，碰见小宁也在。她从另一个城市来机关办事，好像要开一个证明。那几年，爸妈家像转运站，接待天南地北一拨又一拨旧时熟人。妈人好，亲切，身上散发着本质上的热情与温和。晚上我和小宁睡大屋的床，她脱衣服时，露出雪白的肌肤，饱满的胸，有种让人不敢直视的美。好像她还没有正式工作，才结婚，准备去丈夫单位。我们聊到很晚，说了些啥，已忘记。第二天一早，我送她去火车站，在早春蒙蒙的细雨中分的手。

后来听说她生了一个男孩，再后来听说她跳了水库，是自杀。那水库清亮亮的，她的尸体漂浮在水面上。

影集里，至今有她一张斜身黑白照，两个小拳头支撑在腮帮子底下，模样清秀。很多年，我想着她头发散开，漂浮在水面的情景，以及她孤独苦闷、视死如归的决心和温柔可怜不张扬的个性。她比我低一届,死在20世纪90年代,一个充满欲望、浮躁的年代。我甚至不知道她因何而死,对人世背负着怎样的绝望。

她姐与我同届,也住同寝室。长得有点丰腴,穿喇叭裤,绷在大腿上。晚上睡前,喜欢用夹子把刘海卷起,第二天打开,成波浪形。也有女生用烧热的铁钳子烫发的。不知道谁回去说她变坏了,传进她妈的耳朵。星期天她回来,在寝室里骂。

寝室里,冬天烧蜂窝煤炉子,有的同学偷偷用电炉子取暖,烤馒头片。不用时,藏在铺下,用鞋子挡起。一千瓦的电量,常常造成电线短路,舍监常来查。宿舍的门平时不锁,只晚间插起。星期天,谁第一个回来,去舍监那拿钥匙,黝黑铮亮的圆形木牌,转圈的孔洞里挂满叮叮当当的钥匙,上面贴着医用胶布,用蓝圆珠笔标着几栋几门。

晚上排队到锅炉房灌热水袋,开最小的水流,水"咕嘟咕嘟"地往下流。水淋淋的地面雾腾腾。夏天,寝室外的黑白电视,刺啦啦地闪着雪花,看得最多的是山口百惠演的《血疑》。教室里有暖气,一到冬天"刺刺"地冒着白气。玻璃黑板,写字发出落叶般好听的沙沙声。

铁路子弟学校,免学费。

20世纪80年代,港风吹拂,为了共产主义好,还是资本主义好,在寝室里与同学有过争论。我认为资本主义每个毛孔都沾满鲜血,说:"你们去资本主义国家好了,不做包身工,便当妓女。"听说邓丽君演唱的《何日君再来》有关某国，便不再喜欢。这首歌最早源于周璇，后被李香君演绎成中日两版，再后来成为邓丽君的专利。

想一想，真是一段铿锵的岁月，幸好漫长的时间河流让自己柔软下来，重新审视一些事物。

高一时办报，每个人都要办，写上自己的作文，然后上交。

我的题目是《文明古国的美德》，写了洋洋洒洒一大篇，画上报头刊花。里面拉扯上谭嗣同、文天祥等人，用了许多排比句。我与另一名低年级男生到市里演讲，一位河南口音的语文老师带我们坐公交车去的。挺大的礼堂，乌压压坐满了人，我的腿打没打抖已忘记。

紫红帷幕徐徐拉开，人站在刺眼的、晃晃悠悠的灯光下，时不时打着手势，实在渺小孤单。侧面和后台有穿白衬衣，来回踱步温稿的学生。

去之前，班主任让把稿拿到语文教研室给教研组长看。一直记得他的名讳，姓奔，大脑门，有点像马克思，曾与父亲是同事。他在稿纸上划掉一句我引用的话："宁做社会主义的草，不做资本主义的花"。沙哑着声音不知说了句什么，让我很惭愧。似一个高声讲话之人，一下子遇见了一位极有教养的低语者，我站那窘半天，一句话都没得。后来听过他的朗诵，声音绕过几道溪水，枯竭时又缓缓流出。似幽谷，一排排荡漾的林木；秋风，闭目的海，抑或淋湿的往事，总之带人遥远的无人之境，又在语言艺术的掌控之中。不激情澎湃，也不抑扬顿挫，骨髓里的好。方知道文学或者说文艺可以如此温柔，磁石般演绎着。

前年，听说他去世了，是癌症。

我得了二等奖，是一个书包。后来局领导来视察，又叫我去演讲，和一些文工团的演员一起汇报演出。在处机关俱乐部，本单位的礼堂，能容纳许多人，平时放电影、开会两用。那些女演员很时髦，烫发，裤线笔挺，身上喷着香水。演员们在后台化妆，上油彩；也给我化妆，上油彩。演的是新疆歌曲《达坂城的姑娘》，"嫁人不要嫁给别人，一定要嫁给我"。再是《天仙配》，一个人唱双声，一会儿男一会儿女。

现在对演讲、表演、朗诵，已没多大兴趣。暗，其实是一种很华贵的东西，宝石样闪烁于黑夜，是对思想最好的尊重与礼赞。后来在学校大会上演讲，竟然卡了壳，脑袋一片空白。良久，学生会主席过来移话筒，算遮了过去。丢了一大段，因尴尬，便记得。

还参加过全市的作文比赛，得过奖，题目是《我的老师》。写的初三的班主任，开头便用了"风度翩翩"四个字。老师姓柴，外号叫柴大官，抑或柴大官人，真的不清楚，也不知道为何男生给起了一个这样的绰号。或许觉得他不太符合劳动人民的审美，有点鹤立鸡群、气宇不凡的清高味道。柴老师是很板的一位老师，骨子里有硬的部分，用"风度翩翩"这个词实在不准确。这样的人不随和,像个概念,身段放不下来。吝啬笑,笑起来似假的,却发自内心。

有一回,从教室的窗口望见老师踮着脚,扯着腰带上的钥匙,开教研室的门。咋都够不到,一次次失败,便有点扎心,这样的动作实在亵渎了老师。

老师待我不错。晚自习布置作文,来来回回巡视,走到我身后停下,说:"好!"抬手想拍我的肩,可能意识到我是个女生,便戛然停在半空。本子上,第一句便是"教室的白炽灯下……"正是当时之景。

高一时,柴老师继续教我们语文,课讲得生动。讲《孔乙己》时,画出曲尺形柜台。阔时,拍出大钱;落魄时,用手爬进来,垫个蒲包,盘着腿。

很多年后,我在菜市场看见他蹲在一个摊位前选土豆。依旧是大背头,一尘不染的衣裤。后来分了楼房,曾住我家楼下,鲜有来往。父母的家,也是一搬再搬。

高中时,教历史的老师姓蒋,个高,魁梧,南方口音,常穿一件洗旧了的灰色中山装。两个指头夹着粉笔不用回身,便在黑板上弯弯曲曲地画出全世界任何一个国家,任何一座城市的版图。莱茵河、尼罗河、阿尔卑斯山脉,同样弯曲的河流与三角形小山呈现在粉笔之下。他的南方口音并不好懂,但课好懂,简洁明了,人名地名,起因、发生、发展、结果,几个重点一串便完事。

清晨的校园，许多人陷在薄雾里嘟嘟囔囔地背书。我不大背，每次考试，大多用自己的语言，"衣不蔽体""食不果腹"两个词用得最多。历史在一个框架里循环，打破，进步；再打破，再进步。淘汰不合理，从矛盾产生到爆发的一个过程，思想亦是。

100分的卷子常考98分或95分。记忆里，没和蒋老师说过话，也没去过他的教研室。他在二楼办公，斜对着我们教室。考完试，许多同学跑去，围着他的办公桌看分数。回来后发感慨，说蒋老师拿着我的试卷，掸着说，看看人家的卷子。

蒋老师16岁上的大学，中年后调入我们学校，年年参加高考阅卷。我离开学校后，再也不曾见他。他的女儿是我的微信好友，很优秀，有自己的一方天地，身材颀长，每天迎着朝霞跑步。我去深圳时，她在微信里说，能否出来喝杯咖啡。很遗憾，我正忙乱，未能赴约。

后来得知蒋老师已不在人世，一个立在讲台上像塔一样的人。从他嘴里，我知道了什么是历史。历史是活的，在时间里构筑着人性，尽量往良善的道路上靠，它的前方是文明的曙光，而非一本薄薄的书。

一部历史便是一部战争史、反抗史、发展史、思想史。他教的是历史，更多让我们感悟到的是认知和眼光，人类一直处在艰辛蠕动中。

教物理的老师姓张，很幽默的一个人。吹口哨，拉手风琴，弹钢琴，粉笔头能准确地弹出去，落在开小差同学的额头上，在大家没被那道美丽弧线吸引前，继续轻松授课。每次正式上课前，出一道题，再进行新的知识点。每个同学把答案写在一张小纸条上，组长收上去，第二次上课再发下来。不是什么难题，只是概念，例如什么叫抛物线运动之类。每次我信心满满答好，往往只得七八十分。概念，便是概念，严谨，不能有一字之误，这是在这位老师手里知道的。我的物理不错。他夫人教我们英语，很白，尖尖的脸，不爱笑，是个美人。也许自己英语不好的缘故，觉其不够亲切。因频繁转学，英语发不好音，窘迫而不自信，后来整个放弃。在我的记忆里，她总是杵着教鞭，皱着眉，站在那儿。

教化学的女老师有点老，温和白净，走路慢，烫着短发，标准的知识分子形象。浙江人，住在校园里。她的先生很瘦，棱角分明的长方脸，凸颧骨，黄黑皮色，戴副黑边眼镜。每至九月，他们家的水泥外墙，爬满漂亮的紫粉色牵牛花。他们家很凌乱，不大收拾；吃食堂，一筐筐买馒头。太阳好时，晾出的被子满是地图，大圈套小圈。

高一的班主任是那种矮小,爆发力却很强的人。走路带劲，课讲得有力，子集、并集、交集，奇函数、偶函数，且会作诗。名牌大学毕业。学校组织诗歌比赛,他写,让我们朗诵。女生问，什么是幸福？男生答，不是餐桌上的杯盘狼藉，残羹冷炙；男生说，什么是幸福？女生答，不是身上的绫罗绸缎，华服美饰。

我自己散漫，并没有活成老师想要的模样。但想一想，我很多年是爱他们的。一个老师，便是学生心中的丰碑，才华智慧幽默的代表和体现。他们曾参与我的生命，给予我父母身上欠缺的东西，算是社会意义上更广博的家长。

小时候，看书随意，抓一本是一本，不求甚解，读字读半边。带字的都喜欢，一张报纸看半天。弟弟有个小木箱，里面攒了许多小人书。每次坐火车返校，车站外也有小人书摊。一个寂寞的小站，很高的木头架子，一排排，封面朝外竖放着。用小绳一拦。两分钱一阅，摊前有个小机子。

《红楼梦》属早期读物，十二三岁开始看。白皮黑字，有注释。20世纪80年代初，较为平静单纯的岁月。书是爸的，记忆里较深的一部书。

看到黛玉的《唐多令》"粉堕百花洲,香残燕子楼"便觉得好，少时喜欢明艳悱恻之句。那个暑假，在淅沥沥的雨声中，辗转于这本书。室内幽暗，家属院的房子一家挨一家淹没在苍茫的烟雨里，像一艘艘湿漉漉的小船。那样的船载着我的年少时光。

那时刚硬，小小的心灵露出齐刷刷的锋芒。看到"好风凭借力，送我上青云"，便觉得宝钗做作，有野心。言为心声，想到哪儿，写哪儿，也是一种思想反馈。"韶华休笑本无根"这句，现在看来，也符合薛家，无根的飞絮，从头至尾寄居贾府。

同一时期，还看《东方列车上的谋杀案》，人名冗长，恐怖,害怕,坐在屋子中间,面对着门。边看边警觉地环顾四周,好像四面八方都会出现坏人。

夜晚,吓得不敢睡觉,搬个小凳子坐在爸妈房中。妈半夜醒来,惊觉地问:"谁?"黑暗中,我答:"我。"妈欠身说道:"坐那干啥,咋不睡觉?"

看《一双绣花鞋》时,直接把书扔了。不甘心,捡起来再读。窗帘后总有一双隐隐的脚,脚上穿着绣花鞋,那是女特务,阴森恐怖的象征。更夫一梆子一梆子敲着寂静凄惨的夜,似在自己的窗外,吓到惊魂。

高一时,读《三言二拍》和晚清文学家李伯元的长篇小说《官场现形记》。

有次清晨五点多去食堂打饭,天还没亮,端着粥往回走。操场上,影影绰绰有晨跑的学生。快至寝室时,脚边有一长条粉色饭票,捡起来,数了数,大概两块钱。想起"莫把金枷套颈,休将玉锁缠身",便弃之不取,端着粥直直地走了。真有"富贵五更春梦,功名一片浮云"的潇洒想法。多年后,一直记得那个微薄的早晨。放到现在,是要捡的。

读《官场现形记》,有云水看遍、世道人心不过如此的感觉。一个人的一生,除原生态家庭给予的,余者多半来自书籍。书是个好东西,教坏的可能性并不大。后来,看《张爱玲文集》,太太们千篇一律的生活方式,秀旗袍、打小牌、嗑瓜子、涂红指甲、嚼耳根,消磨无尽的时光,在爬满褶皱的光阴里苍然老去，都是自己暗暗要远离的。那些水面的花，太令人惆怅和浪费。跳出来，方属于自己。

一本书给读者一种想法。这种想法是拒绝，而非接受，这是我一直认为的。人生是个拒绝的过程，所有的接受都在为拒绝做铺垫。对不属于己之物的拒绝，对一种生活方式的拒绝，对来自别人伤害的拒绝和自己不去伤害别人的拒绝。

而写者，一定是觉醒的，只有这样写出来的作品才有社会价值。《猎人笔记》《红楼梦》《官场现形记》均如此,站在自身领域反思，醒在黎明之前。而非处于压迫方的自觉反抗，这是它全部的意义和高明之处。像屠格涅夫，本就是农奴主家庭出身，却反对这种制度。当其动笔时，一只脚已迈出那个不合理的畸形怪圈，朝人类文明蠕动了一小步。

一个不读书思考之人，拥有再多的财富，都是当初父母思想的翻版。只有穿上认知的外衣,才会生出更广博的爱和自律。这些也是我多年后想到的。

儿时朋友见我感慨，又拍来处机关大楼的图片。夕阳把整个楼宇涂上忧伤的红，我从来不知道它如此之美。咖啡色墙体，粗大的圆柱，伟岸、坚固、肃穆，比现在的豪华场所所差无几。

那时抓腐败，哪个贪污，判了刑，在机关门口张贴告示。路过之人七嘴八舌，边看边议论。犯罪之人挂个牌子，站在敞篷车上游街。同学的父亲，被关进某监狱喂蚊子，睡草袋子。家被抄，一床毛毯到处藏。

爸因修桥梁去了另外的项目，上亿的资金从他手里过。办公室的黑板上每天有流水。放假时，我常去爸的办公室，在黑板上写古诗词。回寝室，给爸写信，若贪污，便断绝父女关系。写好后，贴上八分钱邮票，跑到球场边的小邮局，找个绿色邮筒寄出去。

有年寒假回家，有人找爸办事，推来一辆飞鸽牌女式自行车。在那个年代，算值钱之物。我推到马路上扔了。妈赶出去，推回来，向别人道歉，让赶紧推走。

现在，妈还对弟说，你姐多革命，别人送的烟酒，当着客人的面，就让提回去。妈说这话时，并无责怪之意。反而说，一家人好过赖过，有饭吃，平平安安就好。

家里的钱，几乎都是妈挣的。爸只拿那点死工资，都知道他认真，一颗钉子都不往家里带。我们三姊妹结婚，家里没花什么钱，婚后也是靠自己的勤劳，没用过爸妈的钱，倒常给他们。

少年意气，迷茫、刚硬也脆弱。

机关大楼临着马路，围着一圈儿黑色铁艺雕花栅栏，对面是灯光球场。球场一侧是一级一级的石头看台，每到球赛，围得水泄不通。

多年后，一个比我低一届，长得非常漂亮、一说话就脸红的女生，讲起她的初恋。读初中时，夏日常一个人坐在灯光球场的石凳上，托着下巴，呆呆地看一个男青年打球。她暗恋别人好多年，但连对方姓名都不知道。她说时，已结婚，美得依旧像巴伦博伊姆演奏的《月光奏鸣曲》。

岁月是个好东西，粗粝地扎着人心，又绵软如绸。

选自《朔方》2022年第9期

月亮咬住了狗尾巴

阿微木依萝

自由撰稿人。巴金文学院签约作家。出版小说集和散文集多部。曾获第十二届全国少数民族文学创作骏马奖等奖项。

喏，那"庞然大物"就是我爹的老年代步三轮车，它有个响亮的称呼：宝马。是我爹考虑了一个月定下来的名号。

我爹是个固执的老头，也是个幽默的老头。

是个脾气暴躁的老头，也是个冠心病患者。

是个上网积极分子，也是个有追求的吃货。他的追求是：每顿有肉，多少不限，一小片也行。他也是个有审美情致的人，喜欢房子周围种满花草和果木，六十多岁了还很天真，很自恋，很自信，很骄傲，很冲动，也很冷静，是个相当复杂的矛盾体，退役后，他的兴趣是改造任何可以改造的东西，改造不好的就扔出门去，比如我。

宝马刚买回来那会儿是原装货，按照设计师喜好打造的外观，算不上特别好看，但也不丑，现在嘛，您一定想亲眼瞧一瞧，用我爹的话说：整个镇找不出比它漂亮的。它经过一番改造，已经不是原来的它了。

我爹最先看中的就是这辆老年代步车的小巧，按照心理上"居高临下"的看法，这么小的车子就算想飞起来，他也能一把摁住，车子的体积正是他这种反应逐渐迟钝的老头能驾驭的。但毕竟现代化的东西不可小瞧，年轻时上过战场，学会了怎样保命，他便十分清醒地下了决定，不轻举妄动，改造的事暂放一边；因此，第一天，他并没有着手改造它，而是上车熟悉环境，就好比古时候买了马儿，要跑一跑才知道马儿的耐心和脚力；他上车试了几圈儿，都是开在最慢的挡位，摇摇晃晃速度恰好；到了第三天下午，他有几点底气了，玩起了"飙车"，把它开在最快那个挡位，当然啦，只在直路上放开"缰绳"，拐弯处还是比较遵守交通规则，减速慢行。

我妈觉得这种小心翼翼的举动纯粹就是怕死，她会骑摩托车，我爹不会，这种技能是她在我爹面前永远的骄傲。有时为了炫技吵嘴，她会昂起脑袋："老子骑摩托车，'呼'一下就过去了，你连灰尘都吃不到一粒，你信不信？"我爹也会昂起脑袋并摇着他的二郎腿："如果翻车，你也'呼'一下就过去了，你信不信？"

吵架已经是他们两个一辈子的事业。像月亮咬住了狗尾巴，我爹我妈，他们的生活里大部分光阴都用在了吵架上。

我爹改造宝马车是在半个月以后，陆陆续续，网购的各种工具和材料也收到了。他首先给车子安装框架，四根空心不锈钢架子，就像四根开天辟地的顶天柱子，把一块遮风避雨的灰色顶盖罩在了车子上，等于给它弄了个吊顶。之后网购一些围帘，都是不透雨的材质，帘子的颜色很讲究，迷彩色——他一辈子的审美终结色，把帘子往四根柱子上一挂，厢式老年代步车的样子就出来了，也终于有了过去轿子的味道，如果把轮子取掉，"走嘞"一声，四个人就可以抬着"轿子"出门。车轮胎三个，每一个轮子都有自己的备胎，打气筒从手动到电动各一把，车子喇叭揪下来换了新的，因为战场上打聋了一只耳朵，他觉得自己听不到的声音别人都听不到。车头上的灯也都有备用的，就连车屁股上的两颗刹车灯都有备用。他在机械方面极有天赋，年轻时候会组装机械手表，修理电视机，各种家电类维修无师自通，对于老年代步车的简要维修，不在话下。这么一番下来，国家发给他的优抚补助，几乎都用在了宝马身上。我们有时候怂恿他在家人群里发个红包，让儿孙们试一试抢红包的手气，让大家都高兴高兴，他不肯，他说他不高兴，他要勤俭持家。

每日骑车到镇上是他一天中最快乐的时候，不管有事没事，没事创造一件事，也要去一趟。

他在镇上交了许多新朋友，当然也结下许多"仇家"。他过于维护宝马，就仿佛那是一匹汗血宝马，如果您从马儿跟前走过，马儿当场放个屁，那恐怕您要多花一点儿时间才能离开，他不会允许您马上离开，当然您也不会感到心里不舒服，您甚至一点儿也不感觉自己被人故意留下来了，他会随便找个话题跟您聊天，等到估摸着马屁已经消散，才礼貌地请人离开，因为您马上离开的话，他会觉得很失落，您把他宝马屁带走了似的。我只是打个比方表示他这种维护心爱之物的心情有多焦虑，同时也斗智斗勇，在不伤害别人的情况下满足愿望，他对很多喜欢的东西，爱护得就像身上的羽毛，我亲自试过，稍微伸手碰一下车灯，他都要立马制止。

您如果非要从他口中亲耳听到如何维护宝马与人产生矛盾，是不可能的，他不会承认，他只会告诉您，他是个多么慈祥多么彬彬有礼的老头儿，"与人为善"是他的生活准则。您只可以从别人那儿听到,他确实跟人吵架了,恐怕还不止一次。我对他跟人吵架从不抱什么信心,这件事他不擅长,基本以输告终,这一点我妈可以证明,不过,也许他真没觉得那是吵架,他只会坚信那是交通堵塞时的小摩擦。

他其实稍微有点儿路怒症,这个毛病在他买了宝马不到半年就形成了,造成这个后果的原因,是我们居住的那片山路上,所有的骑手们都不太遵守交通规则,因为它不是主路,只是乡村公路罢了,拐弯不打喇叭、行驶抢道等等屡见不鲜,这些都让他生气,别人的车子过去很久他还在向着人家的屁股后面喊话:"你哪怕张嘴吼一声不行吗?你差点儿把老头子的宝马吓死了晓得吗?"不过,不用想,他不会亲口承认他在路上唠唠叨叨,您只会在某个社交网络上看到他拍的自己的大头贴以及路上的美景。他是个有正义感但情绪管理能力基本为零的人,这一点我是可以肯定的,因为这个毛病我很好地继承了,也是因为这个毛病,他最终放弃改造我,一个人要改造和自己一模一样的人永不可能,他深知这个道理,他一开始发觉我就是他整个性格的翻版的时候,就决定把我扔出门去,从我离开家门以后,他背地里有时候称我"跑烂摊的",有时候称我"小杂种",即便我是他的女儿,他却从不客气,从不把我当女儿看,优秀的人没有性别,因为灵魂没有性别,他大概是要表达这个意思。从小到大,在他的眉眼和话语之中,我就能捕捉到,他期待我做的职业一直是偏雄性的,比如去当一名拳击手,也许这样他就可以名正言顺跟我打一架了？我说他最擅长的是忍不住脾气去亲自帮助警察叔叔指挥交通，确实，我没有说谎，车子们拥堵在一起的时候，他的车子也寸步难移，体积小，总受"欺负"，困在哪个角落根本挪不动。有一次他被彻底困住了，并且车子的"眼睛"还被前面的车屁股抵了一下，这可就坏了，脾气控制不了，他在那儿吼车子的主人，不是针对哪一个，而是，他要"大开杀戒"的样子，对着前面所有的车子一大片言语喊了出去，那都是一些和他一样上了年纪的老年代步车主人，女人居多，但是他不怕她们，他拉直了声音说——"你们家的路吗？都是木头做的人吗？堵成一麻袋一麻袋的啦，不会拐个弯绕到边上吗？"就是这样，他沉不住气，永远像个战场上的吹号兵，他说他其实最喜欢当一个吹号兵，要不是吹不准调子他就去申请了，可惜他试了一回，吹偏了，现在也一样，也吹偏了，她们都知道被这个狗日的（她们心里一定这么骂了，在我们这个地方，这是口头禅，骂架之前必须先来一句"狗日的"）老头吼了，就都把嘴巴对准了他，他呢，也不松口，挺直了腰杆站在宝马车旁边，听说那天下午，他跟她们吵了一架好的，最后大家都累了才散伙，交通也就终于不堵了。那应该是他这辈子吵架成就最高的一回，以一敌几十。

　　宝马车现在什么活都干，每日驮着我爹去赶集，还负责家里添补柴火的工作，它的主人虽然爱惜它，但主人是个怕冷的动物，冬天来临之前，它的车厢里可就塞满了柴疙瘩；长久的工作使它逐渐露出疲相,爬坡开始费劲了,每到快要死火(脱气)的时候,主人就给它打气:冲啊兄弟,快上去了,你可以的。

我爹是个遵从自然法则的人,周边如果有人去世,别人都在说可惜了,怎么怎么,他不一样,他搞不好抬起下巴就是一通大笑,他经常把谁的死亡称为"翘辫子"或"翘脚了"。总之,死亡从他的语气里流出来是一件平常事。

其实,我爹根本没有从战场上回来,当然他只会跟您说,他回来了,他多么幸运,在前线没有阵亡,退伍的那天走在月光下,走向了回家的路。我们的确跟他鲜活的生命生活在一起,可他的灵魂没有回来,至少没有全部回来。他年轻时候喜欢东奔西走,结婚了也很少在家,几乎是个有家的流浪汉,我觉得他就是在寻找一些自身散落的东西,当然您问他,他也说不出他丢了什么。这是我妈极不满意的,他们两个如今最大的遗憾就是,年轻时没有离婚。我爹的世界里有月亮,但月亮咬住了狗尾巴,我爹就是那只忧伤的狗。

世界上如果有一个鬼的话,那就是你妈。这是我爹说的。

世界上如果有一个恶鬼的话,那就是你爹。这是我妈说的。

世界上如果有两个鬼的话,那就是我爹妈。这是我说的。

忘记是在什么时间说的了。只记得我说完那句话,他们同心协力地跟我说了一个字:滚。

故乡在他乡

金艺

本名朱干金,在《中国作家》《青年文学》《散文选刊》《人民日报》《光明日报》等报刊发表散文若干,有散文入选《2020民生散文选》《2021民生散文选》《扇上桃花:〈散文海外版〉2021年精品集》《人民日报2021年散文精选》。

一

一次十分普通的出差——这样的出差每年都有好几次。

一次十分普通的晚餐聊天，这样的聊天每次工作餐时都会在同事间展开，话题多半离不开饮食与健康。同事熊姐姐说起喝酒对健康不利，好几个熟人都喝坏了身体。我不喝酒，平时也不参与这类话题，当时竟脱口而出：也不一定，我大姑每天喝一小杯白酒，已经活到了近百岁。第二天午餐，话题延续，我又提到了大姑。

连续两天都提到大姑，我自己也觉得不可思议。大姑生活在贵州的小山村，我和她一生只见过两次面，最近的一次是九年前，我们平时也从不联系。

午餐后不久接到贵阳亲戚的电话，说大姑昨晚十点左右过世，享年九十五岁。

我心里猛然一惊，恍惚想起物理学界的一个热词——量子纠缠。

二

学生时代在各类表格里填写籍贯为贵州贵阳时，我都会停留片刻，幻想一下自己是苗族或布依族的小姑娘，穿着漂亮的民族服装，浑身漾着和铁路地区孩子不一样的少数民族的神秘气息,并被赋予从来不曾有过的能歌善舞的本领。

我爸说籍贯是指他出生的地方,而不是我出生的地方,后来我才知道准确的解释是指本人出生时祖父居住的地方。祖父(我们习惯称爷爷)对我来讲很陌生,这个赋予我籍贯的人在我出生前一年便去了另一个世界。

我多次好奇地追问爸妈从未见过的爷爷是怎么死的,爸爸只说是"生病死的";妈妈趁爸爸不在时跟我说,爷爷重病后从床上掉下来,正好摔在烤火的火盆上,自己又不能动,被火烧死了,爸爸因此把和爷爷同住的大伯狠狠骂了一顿。

爷爷以这样的方式终结一生,我却没有多少悲伤,就像听书时听别人家的故事。但是听说爷爷重病时爸爸带了哥哥去探望,本来滴米不进的爷爷高兴地喝了两碗稀饭,我又对哥哥充满了羡慕,仿佛这时爷爷和我也产生了关系,他是有血有肉有亲情的爷爷,他如果见到我也会高兴地喝两碗甚至更多碗稀饭。

实际上,我只从奶奶那里感受过来自贵州的温情。

我曾经在一篇散文《藏在食物里的情感》里写过奶奶。在我一岁多的时候,奶奶从遥远的贵州山区,走了几十里山路,又坐了两天两夜的火车来照顾她这个最远最小的孙女。她每天把我背在背上"幺儿幺儿"地哄着,在物资贫乏的年代变着戏法把各种好吃的喂进我的小嘴。乖巧的我知道投桃报李,看到地上有烟头就会捡起来剥出烟丝,塞进奶奶从贵州带来的长长的烟枪里,看她"吧嗒吧嗒"一口一口地抽。

半年后奶奶回了贵州,再也没有来过。

这些细节如果不是妈妈帮着回忆,我几乎不记得,但是脑海里一直储存着奶奶穿蓝色土布衣服、裹着头巾佝偻着背的样子。

因此在七岁(一九八〇年)的某个夏夜第一次和全家一起挤上去往贵州的火车时,我对奶奶充满期待:见到我她会欣喜成什么样啊?

结果,奶奶看到我时的眼神波澜不惊,或许她根本就没有认真看我。奶奶好像不记得我了,曾经的盘子脸、大眼睛、高鼻梁只是升级了尺码,并没有太大变化,她却无动于衷,对千里迢迢来看望她的儿子也很漠然。

也许,年近八十的奶奶记忆退化得难以聚焦,又或许,长期的贫困生活损伤了她的情感表达。

我有点儿难过,又好像没有,注意力很快转移到她住的低矮的房子。厨房土墙上挂着几块黑色带绿毛的熏肉(据说能管奶奶一年的荤菜),门口的菜园子刚浇过水,结挂的黄瓜水灵灵,一朵朵黄花在微风里摇动,清新凉爽扑面而来。

这之后我再也没有见过奶奶,曾经的亲密情谊在我还不懂得铭记和回味时就如昙花一现,然后消失了。

奶奶抽象成了一个在厨房和菜园之间蹒跚的影子,没有清晰的面庞和话语。

爸妈和哥哥姐姐夸我爬山厉害后,我就被哄得越爬越起劲。早晨出发，中途在三姑家的桃树下饱吃了一顿桃子和水煮土豆，下午继续翻山，经过一片野生黑皮梨树林，终于在日暮时分到了大姑家。

村民们听说在江西的二哥回来了，都跑来看，乱哄哄的场景我也不记得谁是谁。仔细观察了一下，男女老少没有一个是穿少数民族服装的，这多少让我有点儿感到幻灭。在这个我籍贯具体所指的麦格苗族布依族乡腊脚村，不仅我们是汉族，目之所及好像都是。

晚上睡觉我们五人被分在好几个地方，我和姐姐睡在阁楼里稻草铺成的床上，早晨起来后妈妈拿把篦子篦我们头发里的虱子，她说昨晚一晚上都没睡好。

大姑比我爸大十五岁，在兄弟姐妹中和我爸最亲，比奶奶还疼他。这次回来，是我爸二十岁参军离家后，姐弟少有的一次重逢。

临别时，大姑从屋里摸出一个小匣子一定要爸爸收下。打开小匣子，皱巴巴又抚平的一角一角纸币叠放得整整齐齐，有二十几元，这是她当时全部的积蓄。我爸不肯收，她一边抹眼泪一边说：给娃儿买件衣服，等下次再见面，我就是个坟包包了。

大姑一辈子都没有走出过大山，江西的遥远让她觉得姐弟俩再见的机会渺茫，每一张纸币都承载着姐姐余生对弟弟的牵挂和疼爱。

离开时大姑在山路上送了一程又一程,眼泪滴滴落,直到转过山脚再也看不见,我还能感受到她目光的追随。

从奶奶的淡漠里失落的骨肉之情,在大姑眼里加倍地涌现。

大伯已经过世。爸爸每年会跟叔叔通几封信,偶尔还会互寄照片。我还有几个姑姑,究竟是几个,我很长时间都搞不清楚,她们谁大谁小也分不清,看见和我爸长得像的就叫姑姑。

从来没有见过河里能长出这么多山,一座连着一座,椭圆形的山顶在河面上形成波浪。叔叔两手拢着嘴巴,扯着嗓子向河对岸大声呼喊:"来——船——喽,接——人——喽——"一叶竹筏就晃晃悠悠漂过来,接我们去清镇姜家铺探望大伯母和满姑。

艄公撑一根长篙站在竹筏上,拉我们一个个上筏。天色渐暗,清澈见底的河水在我们脚下哗哗奔跑。绕过一座山时,艄公随口说,前几天有个同村的男子在山脚下落水淹死了,这加深了我对这条河的记忆,对它的神秘充满敬畏。

土豆、玉米、南瓜、黄瓜、豆角、茄子,每天在各家排着队轮流上桌,即便偶尔能搭配一点儿熏肉,我还是感觉肚子里少油,每次吃饭前就期盼奇迹发生。

有天晚餐终于如愿等到一桌子菜并惊喜地发现红烧肉、炖猪蹄、炒猪肝、排骨汤⋯⋯

哥哥姐姐热烈地小声议论:妈妈说了,那个面相和善的安姑爹,是专门杀猪卖肉的。难怪这么多好吃的,要是所有的姑爹都是杀猪卖肉的多好。

我怀着和他们一样的美好期待，肚子吃得鼓鼓的。

饭后，一群和我一般大的孩子在七月半的暮色里拎着小南瓜灯在街边空地上玩耍，我静静地看了很久。点南瓜灯是他们祭祀祖先的方式，我虽然不知道这些孩子有几个是我的亲戚又是什么亲戚，但我觉得他们是那么熟悉而亲切，似乎我从出生就生活在这里，我想融入他们。

三

单位有两个在贵阳土生土长的大姐，每次遇到我都热情地称呼"小老乡"，并兴致勃勃地跟我谈论贵州的美景美食和风土人情，这时候我就感觉自己像个赝品。除了七岁那年去贵州以儿童的视角看过腊脚村的山和姜家铺的河，我对贵州再无了解。

补上这一课，已经是二十八年后。

本来也许可以更早。奶奶过世，爸爸沉默、犹豫了一天后，还是决定谁也不带独自一人去贵阳奔丧。那天他到了火车站又匆匆忙忙跑回来，说准备带去的二百元钱不见了。哥哥帮他一起找，最后在他穿着的铁路制服最里面一个口袋的深处摸到了。

他从贵阳回来后延续一贯的沉默寡言，除了上班就是更加上紧地种菜钓鱼，我们无从知晓奶奶葬礼的细节和贵州亲戚们的状况。

故乡也不知道我快小学毕业了，不关心我考得好还是不好，更不知道我和同学闹矛盾的伤心，和姐姐划纸船掉到水里差点儿淹死的危险。现在连奶奶也没有了，我和故乡的关联就像奶奶烟枪里最后那点儿烟丝，在一明一灭里渐渐化为灰烬。

二〇〇九年，姐姐提议全家去贵州探亲旅游，爸爸眼里有亮光一闪而过。那时儿女们都成家立业，他对这样的还乡肯定满怀期待，言辞间却都是顾虑。亲戚们就像一棵藤上结的瓜，大大小小好多家，有亲有疏，怎么带礼物是个问题，我们这棵藤上也有十多个瓜，对方接待也是个问题。

姐姐很干脆，她善于把复杂问题简单化：我们住酒店，租车，礼物不好带就多带点儿钱，长辈们送红包，其他的随机应变。

依然是在夏天，五人小组升级为十人团，父母和我们三兄妹各自一家三口除姐夫公务缠身外全部到齐。

事实表明，爸爸的顾虑显得多余。贵阳的经济就像不断提速的火车飞奔向前，亲戚们的生活比上次来时大有改善，安姑和大女儿小安妹都盖起了楼房，七岁时就是在她们家饱食了一顿猪肉。叔叔和儿子两套房挨着住，他们说住宿不存在问题，出行车辆也不用我们操心。

叔叔的女儿小龙英和安姑的女儿小四妹和我同年出生，我们用手机自拍了一张合影，然后对着照片寻找三人的眼睛、鼻子、嘴巴、额头和下巴哪里有一点儿像。

我们奔流的血脉有同一个发源地,这让我在夜深人散后心头泛起暖意,生出排箫曲《山鹰之歌》那种神秘、悠远、辽阔的情致。

其实这么多年,某个堂哥、几个年轻些的姑姑和婶婶都当过信使。

堂哥到外地打工,在向塘西火车站中转时到我们家落了一夜脚,他挑着被子和一些生活用品,心里全是对未来的忐忑,和我这个中学生无话可谈。姑姑和婶婶们相约一起来南昌,爸妈陪着在我刚参加工作不久的单位宿舍吃了一餐饭。她们不跟我聊贵州的名胜和社会发展,我也没法儿聊她们熟悉的上山砍柴、种植玉米、杀猪卖肉、养儿带孙,话题就停留在"多吃点儿菜,多住几天"的客套里。

爸爸带着一大家人到达贵阳后,第二天就去看望大姑,山路修通,腊脚村可以开车上去。我寻思这么多人要开多少辆车啊——不仅是我们全家,还有陪同我们的大人和小孩,晃来晃去数不清,有辆宽敞点儿的中巴就再好不过了。

一大早起来,门口停了一辆黑色越野车和一辆白色小面包。白色面包车的款式有点儿像当时流行的昌河"面的",外表油漆斑驳。越野车肯定是可以爬山的,那辆面包车估计用来装行李,待会儿还要来几辆车呢?

出乎意料,没有车再来。

早饭后被招呼上车,越野车前后坐五人,后备厢安排了四个小孩，其他人全被热情地请进面包车。

面包车的内部进行了改装，为了能坐下更多人，拆掉了原来的椅子，歪歪斜斜放了两排长椅，车顶和周边的内饰都翻皮脱落了。

这样的安排让我差点儿惊掉下巴。工作中经常会看到因为超载和车辆改装引发的交通事故，我比其他人更为敏感，对一开动发动机就突突响的面包车尤为担心。

上车还是不上车？爸妈不吭声。我在心里反复权衡，最后还是冒着被认为矫情的风险提出是否能换一辆车或者我们自己租车。

堂弟小黔不以为意地笑着解释：不怕不怕，我们过年过节去亲戚家都是坐这样的车，好坐人又好装货，安逸得很。

协商的结果是既租不了车也换不了车，只能再增加一辆同样的小面包，尽量坐宽松些。

去大姑家的山路九曲十八弯，每到大角度转弯爬坡的路段，小面包就轰鸣着加大马力冲转过去，没有一点儿小心翼翼的样子，好像它就是这山路的主宰。

坊间流传云贵川的司机最过硬，山路狭窄，错车的时候都很难找到缝隙，车子在山道上还是一骑绝尘。

叔叔婶婶姑姑们习以为常，我既没有兴趣对话，也无心看路边的风景，眼睛死死盯着前方，似乎必须把目光和道路焊接在一起车子才不会跑偏，胸腔有一万把琵琶在弹拨。

平安到达后还心有余悸。

昨晚刚燃起的对故乡的热情被迷茫取代。贵阳的兄弟姐妹和我，思维方式、生活习惯就像腊脚村连绵的高山与江西广阔的赣抚平原，一直都不在同一水平线上。

爸爸兄弟姐妹中排行最末的腊姑一直无声无息地跟在最后面，不跟人说话也没有人跟她说话。

我爸对人一贯和善，腊姑又是最小的妹妹，他为什么也不找她说话呢？

妈妈倒不避讳爸爸兄妹间的龃龉，她揭秘说，腊姑家也是以杀猪卖肉为生，几年前爸妈回贵阳探亲时曾到过她家，刚杀的猪的猪血还在地上的脸盆里冒着热气，中午的四个菜里却没一点儿肉星，都是煮熟或炒熟的蔬菜。四个菜管一桌子人，爸妈的肚子都填不满一角。没有水喝，我妈自己烧，刚透凉就被别人端走喝掉了。

腊姑家厨房里炸油饼的纱布又黑又腻，家里脏得就不像人住的地方，第二天早上也没有人做早饭。

爸妈自己到街上买粉吃，碰到一个认识的乡亲，他热情地邀请爸妈和陪同的叔叔婶婶们一起去他家吃中饭，一会儿工夫就做出了二十几道菜，乡亲也知道在腊姑家没法儿吃饭。

自那以后，提起腊姑我爸全身的血就往上涌，恨她不争气，把日子过得皱皱巴巴。

大姑已经八十多岁了，像当年奶奶一样住在儿子大房子旁的一间小矮房里，每天自在地抽点儿烟喝点儿酒自己随便做点儿吃的，不想做就到儿子家吃。三姑摔断了左侧髋骨，手术没做好，骨头露在外面，还一瘸一拐地去田里劳作。姐俩的家隔着几座山，没摔到腿时还会相约去集市。

相比其他兄弟姐妹，三姑脸最圆，姐姐说我老了可能就是三姑这个样子。故乡用同一种遗传物质把我克隆得和一个千里之外的老太太一样，她常年生活在深山，一盏灯照亮左右两间四处漏风的木板房。

银色的头饰和项圈，红色镶黑色花边的上衣，五彩长裙，我背着插满鲜花的竹篓走在以黄果树瀑布为背景的山间小路。

旅游景点租衣拍照这样的收费项目我本不感兴趣，但这里是贵州，是我从小就梦寐以求能穿上少数民族服装的故乡。

这套苗族服装很衬我的身段和面庞，气质也相符，可是镜头下移到我穿着的棉袜和白色运动鞋，瞬间格格不入，就像我对故乡的深情总是在兴味盎然时露出难堪的小马脚。

这次我才知道，七岁那年去姜家铺经过的河名叫百花湖，现在已成为旅游景点，小竹筏换成了大游船，神秘和敬畏感消失，取而代之的是在船头吹着湖风，看千山竞过的惬意。

湖边偶遇一群统一着装的布依族大妈，年轻一些的是浅蓝色上衣配黑肚兜，年长一些的是深蓝色上衣配黑肚兜，清一色的黑色包头巾，以她们为背景来拍照，好似又圆了我一回梦。

酸汤鱼、丝娃娃、花溪牛肉粉、清镇黄粑，还有早上做配菜吃的凉拌折耳根（我们叫鱼腥草），这些美食在味蕾上留下了美好的记忆。

贵阳山多，田地多在山坡上，亲戚们最多种一季水稻，有的只种土豆、玉米。七岁时吃得肚里缺油的高山土豆，清水煮或文火煨，又粉又香；玉米甜糯；在大伯母家吃的自家炒葵花籽，用大簸箕装，颗粒饱满，清香脆酥，那以后我再也没有吃过那么好吃的葵花籽。

第二次回故乡，美食的记忆覆盖了其他许多内容。

临别之际，我完成任务似的给全家和亲戚们拍照，有的框在照片里的也不知是哪位亲戚，不过姑姑们倒是认全了。

大姑家的门边，爸爸和叔叔、大姑、安姑、腊姑坐成一排聊天（三姑因为行动不便没有上山），这是父亲现在所有的兄弟姐妹。

我用手机给他们拍了一张合影。

四

刚下过雨，滚滚乌云由远及近渐渐泛青，露出光亮。叔叔家厨房的不锈钢架上挂着几块长条形熏肉，皮色焦黑，侧边长满绿菌。厨房外一片野地，雨水滋润后的小草和嫩叶绿得晃眼，恍若七岁时奶奶的厨房和菜地重现。

没想到故乡会以这样的场景迎接我的第三次归来，时隔九年后，我和哥哥一起来到贵阳，代表全家送别大姑。

从叔叔居住的清镇市区到腊脚村，车程约一个半小时。这条山路我曾经走过两次，一次只记得爬山的累，一次只担心行车的安全，这次不会累也不用怕，就准备在堂妹新买的车上好好打个盹儿。

车开上山路后，沿途仙境般的风光立刻让我睡意全无。一会儿以山为主细水环流，岸边黄花点缀；一会儿宽阔的水面倒映天上鳞片状的云，水天之间山山相衔；转一个弯又见鲸鱼状的独立山包稳踞湖心，四周馒头状的山峰高高低低卫士般环绕守护；再转一个弯，两条小舟泊在岸边，岸上绿意葱茏，幽深静谧。

靠近腊脚村后，稻田要么一小块一小块地窝在山谷，要么像楼梯似的排成整齐的一层又一层。

哥哥目不转睛地看着窗外，感叹老爸出生的地方太美了，上次来怎么没注意到呢！老听他说小时候过得特别苦。

我突然从心里漾出笑意，这个不声不响的老爸，他生活了二十年的穷乡僻壤，原来美得出奇。这些山轮廓敦厚，但重重叠叠，没完没了，好似一种温柔的围困。爸爸是当地极少数走出这围困的人，如果他也像叔叔和姑姑们一样安于天命，就不会遇见两千多里外的妈妈，也就不会有我了。

爸爸早大姑两年变成了坟包包。他生前未和故乡好好告别，我们这次来，也许是借着送别大姑，替爸爸完成魂归故里的心愿。爸爸病重时，我们曾问过他，想不想再回一趟贵州，是不是要请贵阳的叔叔姑姑们来一趟。他眼望天花板，犹豫良久，从胸腔呼出一口气，轻轻摇摇头。

时常和我们保持联系的是叔叔的养子，他和婆娘代表贵阳的亲戚来探望了病重的爸爸，包里带着自己卤的两块牛肉和一罐油炸红辣椒。

他一口纯正的贵阳话和爸爸一生未改的乡音一碰撞，房间的空气里就浮现出贵阳的山山水水、腊脚村的木屋、姜家铺的河，升腾起蒸煮后的玉米、土豆和熏肉的香。

爸爸看上去挺欣慰，临别时，他托叔叔的养子带给了叔叔三千元钱。

大姑的白喜事办得很热闹，一幢瓷砖墙面楼房正中贴着一层楼高的黄色挽联，两边垂挂着黄色方块草纸和蓝色、绿色纸纱幔，房前的平地上支起黑纱天棚，白色、红色、蓝色、黄色的挽幛在高空四角拉起，拉到中间打一个花结，黑纱棚下摆放了很多张桌子和塑料椅子，丧葬乐队吹吹打打，来来往往的人络绎不绝。

没有悲伤，全场除了吹奏的流行歌曲，都是吊唁人之间的大声寒暄和欢声笑语。几位老太太安静地坐在墙角，她们头顶的墙上挂着几床送礼的新被子。

我的目光大部分时间都停留在叔叔身上。

上次我们全家来的时候，他陪我们一起去黔灵山公园。叔叔面庞消瘦，总有几绺头发向外支棱着，就像长出了刺，一件灰色衬衫大敞着扣，露出胸前几根肋骨。他拎着个啤酒瓶边走边喝，门口的工作人员向他要票，他就说是公园里干活的工人，用这样的方式免费游览他屡试不爽。

这次见着叔叔，模样没有太大变化，只是苍老了些，没了牙齿说起话来就显得温糯。

叔叔是爸爸最谈得来的兄弟。他和爸爸长得太像了，也像爸爸一样不爱吭声。

我不明白爸爸临终时叔叔为什么不来看望，过世后又为什么不想送别，听说还是堂哥劝他："二伯都给了你三千块钱作为路费，你怎么能不去呢？"他才改变主意。

这三千块钱，到底是哥哥对弟弟的牵挂，还是作为路费，希望弟弟来送别他？

眼泪忍在眼眶里。

叔叔转头望过来，我无法直视那双干涩的眼睛，慌忙将目光投向别处。

叩拜完大姑后离午饭还有一段时间，堂哥堂妹带我和哥哥去后山祭拜先祖。

先祖三兄弟清末从江西九江逃难来到这里，那时究竟发生了什么，让他们不远千里从鱼米之乡来到荒僻的山区？这个秘密和他们一起葬在了高山密林中。

后山的树林以马尾松、杉树、柏树为主，阳光透过密密匝匝的树叶星星点点地洒下来。没有一点儿人工打理的痕迹，路上都是杂草，小火球似的蛇莓在草丛中跳跃，皱叶荚蒾（大糯米条）在路边高举起一簇簇白里透红米粒状的小果实。

奶奶的人生使命似乎就是生孩子，一口气生了十六个，我爸排行老七。他能享受到母爱的时间可能只有出生后那么一会儿吧，家里唯一的被子只够给生产的母亲和刚出生的孩子盖，下一个弟弟或妹妹出生后，他就被挤出被窝，自己铺玉米秆当床睡。想到这个我就开始心疼，他一定哭喊过要回到妈妈身边，也一定在玉米秆上幻想过破旧却柔软的被子能重新回到自己身上。

他只是众多不被惦记的孩子中的一个，很小就和大山成为朋友，饿了上树摘野果，渴了下溪饮山泉，困了就蜷在草丛睡一觉，闲了就学各种鸟鸣和鸟说话，还曾经和一只老虎对峙后各自走开。

站在村前，我出神地望着羊群般连绵起伏的群山。

哥哥陪在身旁，他也像爸爸一样不爱说话，不知道他是不是也和我一样在想，那个父母双全却孤苦无依的少年，夜幕降临后会依偎在哪一只羊的身旁入睡呢？

长大成人后只有大姑继续留在腊脚村生活，其他兄弟姐妹都陆陆续续搬下山，去了清镇，或是周边，或是更远的地方。

大姑的离去，替故乡完成了对我的又一次召唤。

村庄还残留了几幢老屋，木瓦结构，人字形屋顶，很早以前大姑就住在这样的房子里，再早之前我爸住在比这还破旧的房子里，我在他的档案里看到过家庭经济状况填写：土改前草屋二间，土改后草屋三间，耕牛一头。

一定是故乡在我的基因里植入了某种生物芯片。我虽然没怎么在农村待过，但这样的房子比起宽敞的楼宇更让我心安，一走进去整个世界都能迅速安静下来。这芯片也让我这个出生并成长于赣江边的人，爱大山甚过江河湖海。

午宴上吵吵嚷嚷，我希望能找到一个仍生活在腊脚村的大姑的儿子，通过他和故乡建立长久的联系。那几个头戴白孝的男子在桌子间穿梭忙碌，端菜递烟倒酒寒暄，一张张陌生的面孔让我多次试着张嘴却无从开口。

五

清明小长假的一天傍晚，夕阳正从远处的树梢上一点点坠落，我在单位后面绿毯般的小山坡上捡拾雷雨过后长出的地衣。

手机响起，是贵阳的堂妹小龙英发来微信视频，问我清明节有没有去祭奠父亲。他们一大家每年清明祭扫后都会聚在一起。手机摄像头扫过在场的每一个人，我迫不及待地只想看到叔叔。

苍白的头发和消瘦的脸，他在镜头里用无牙的嘴微笑向我点头，手机这头的我顿时泪流满面。

见叔如见父，南昌有疫情，不能到公墓扫墓，堂妹出其不意的问候给了我很大的安慰。

爸爸走后，很长一段时间我都放不下，深入骨髓地理解了什么是睹物思人。一首普通的民歌小调《我在贵州等你》都让我在上下班的路上单曲循环播放一个星期，每一句歌词都让我想起爸爸的影子，每一段旋律都让我想起那陌生又熟悉的故乡。

和哥哥一起送别大姑后，我绷紧的心才松了许多。

只是，最疼我的爸爸不在了，最疼爱爸爸的大姑也不在了，那个与我有着神秘联系的腊脚村，我还会满怀期待地再一次回归吗？

选自《星火》2023 年第 1 期

张四维先生小记

卞毓方

学者，作家。先后毕业于北京大学东语系日语专业、中国社会科学院研究生院国际新闻专业。五十从文。有《长歌当啸》《千山独行》《寻找大师》《日本人的"真面目"》《天马行地》等作品。

归来

出狱当日，张母把他径直带到我家。年纪，比我大哥稍长，在三十上下。那时我五岁半，在念私塾，他的衣衫鞋帽，毫无记忆，啊不，可以肯定地说，没戴帽子，就一个光脑壳，锃亮。那时小孩子和老人多剃光头，青壮年一般是分头，所以我入眼不忘。脸是白净的，鼻梁尖尖，眉毛乌黑。进门就给祖父磕头，泥土地，磕得"咚咚"响。

我家堂屋摆着一张八仙桌。祖父设宴，庆贺他平安归来。在座的，有塾师陈老先生，有邻居周大汉子，有他的母亲，另外四位，也都是街坊，有做豆腐的，有开磨坊的，有经营旅社的，有摆杂货摊的。姓名，原本叫不出，现在更是连面孔也模糊了。

席间，祖父讲起四维先生幼时如何聪明，是街上数一不数二的神童，读复兴小学，被教他的唐老师看中，认为孺子可教，精心栽培。而后，陈洋大地主陈伯盟相中唐老师，聘他为家庭教师，唐老师提出的唯一条件是带学生张四维同去，陈伯盟答应了。唐老师没有孩子，就认四维为义子，两人一起去了陈洋，同吃同住。这唐老师是他的贵人，一直把他培养到读大学。

祖父又讲到四维先生的父亲张之彩，是他几十年的好友，在合德开个小吃店，通文墨，讲义气，彼此很合得来。民国二十八年（1939年）日本侵略者到合德，他和张先生一起避难，临时抓了他店里两瓶烧酒、一坛咸鸭蛋。后来，又一块儿带头集资，优抚抗日战士家属。

民国三十四年（1945年）日本侵略者投降，他却不幸过世。

说到这儿，满座皆叹。

话题兜转，周大汉说："四维参加了傅作义部队，担任文化教官，这一步大错特错，一失足成千古恨。不过，傅作义主动投诚，北京和平解放，四维没上过战场，没放过一枪，论理，也没有多大的罪，是不？"

陈老先生接话："是没有多大的罪，所以才仅仅关了一百天。听我家老二讲，政府有人发话，将四维关起来，半是惩罚，半是保护。大家晓得，改朝换代，在这转折的当口，政权尚未巩固，政策尚未到位，老百姓热血沸腾，情绪激动，矫枉过正，是免不了的。四维要是留在外面，难保没有生命危险。"四维先生站起来，一个劲儿地向众人拱手："我参加了反动派的军队。我有罪！我有罪！"

我在里屋翻书，大人的讲话似听非听，似懂非懂。过了一歇，他的儿子长庚——小我一岁，圆头圆脑——探头探脑找了来，儿童与儿童天生亲近，没一刻，我就与他在门外的小花园玩起抓蝴蝶。

近邻

小洋河扩宽，桥南街许多靠河的住户迁移，我家向南挪了六七十米，名西兴街，西边有一条小河，选择沿河而居。四维先生搬在我家斜对面，隔着一条五六米宽的土路。

成了近邻后，四维先生三天两头来我家坐坐。

在祖父，既是世谊，又是看着四维先生长大的。

在四维先生，周围俱是做工务农人家，缺少共同语言，唯有我的祖父、父亲、大哥是知识人，聊可做一夕之语。

四维先生来了就拣门口坐，门是敞开的，碰到祖父，就聊前朝后汉；碰到父亲，就讲乡下奇闻；碰到大哥，就谈古今话本。

那一日晚饭后，四维先生带着他的儿子长庚过来。祖父从长庚之名谈到李白，谈到白居易，谈到唐明皇，又谈到大清朝。祖父说，风水学讲究望气，事实上，国家有气数，人也有气数。祖父举例，清朝初起，横扫中原，气吞万里如虎，这就不说了。当其鼎盛之秋，康熙帝活了六十八岁，生下五十五个子女；乾隆帝活了八十八岁，生下二十七个子女，气数正旺。而到了末期，同治、光绪、宣统三朝皇帝，竟连一个子女都生不出，可不是气数已尽？

我在一旁做作业，听到谈皇帝，来了精神。那晚放学，一个高两级的男生跟我炫耀学问，他说："有本书上讲，皇帝身高三丈六尺。"

"这怎么可能？"我表示反对，"书上说过'三尺童子'，我是三尺多一点儿，皇帝倘若有那么高，是我的十倍呢，比楼房还高（我见过的楼房只有两层）！"

"皇帝是人上人嘛，"对方强调，"所以长这么高。"

"皇帝长这么高，那房子得有多高？"

"金銮宝殿啊，要多高有多高，高耸入云。"

"椅子呢？"

"配套的啦，普通椅子约是人身高的三分之一，皇帝坐的是龙椅，齐腰高，足足两丈，凡人爬不上去的。"

"照这么说，皇帝骑的马得有大象那么高大。"

"比大象还高大，龙马。"

"那皇帝身边的官员呢，有多高？"

"官愈大，人愈高，这是原则。"

"那老百姓呢？"

"老百姓永远是老百姓，就像你看到的小镇上的居民。"

"我不信，皇帝再高，也高不到三丈六尺。"

但我只见过戏台上的皇帝，那是老百姓扮演的，不算数，真正的皇帝长啥模样，不知道。

结果是，我无法说服他，他也说服不了我。

趁这机会，我向四维先生请教，他去过北京，也许见过皇帝。

四维先生笑了，说："我真的见过末代皇帝溥仪，是照片，不是本人，看上去，和我们普通人一般高。"

我的观点得到支持，很高兴，接着问："那个四年级的男生硬是说，有本书上写皇帝身高三丈六尺？"

"如果有书那么写，一定是写书人的信口开河，散布封建迷信。皇帝、大臣，高的是地位，不是身材。"

这是个见过大世面的人，也是个有大学问的人，在我的心里，从此就成了祖父之外的第二大权威。

启蒙

又一日，四维先生来串门，见我在翻《封神演义》，问："你都读完了吗？"

"翻了无数遍了。"我说，颇为自豪。

"那你记得方弼、方相吗？"

"记得，保护殷郊、殷洪的两位镇殿大将军。"

"他俩是多高？"

"这个，倒没留神。"

"你翻翻看。"

我翻了，天啊！方弼居然身高三丈六尺，和那位四年级男生说的皇帝一样高。他的弟弟方相矮他半头，也有三丈四尺。

"这是小说，不靠谱的。"四维先生讲，"但也不妨当故事看。身高力大，这是一般规律，纣王用其所长，让他俩看守金銮殿的大门。

"不仅力大，勇气也惊人。你都看到了，纣王无道，听信妲己谗言，要加害两位王子。满朝文武，敢怒不敢言。关键时刻，只有方弼、方相各自背负一位殿下，反出朝歌。

"力大是力大，豪勇是豪勇，只有这两点，还不足以成大事。方弼、方相救人没有救到底，半路与两位殿下分手，跑哪儿去了？

"到黄河渡口，干起打劫的勾当。后来被黄飞虎劝反，投奔姜子牙，闻太师摆十绝阵，方弼兄弟俩初次出战，就死球了。

"你再翻后面，《封神演义》还写了一位大汉，叫邬文化，身高数丈——究竟是几丈，没有明说，反正不会矮于方弼，他代表纣王军队出阵，书上形容说恍似金刚一般撑在半天里。姜子牙派出的是龙须虎，邬文化嫌他矮小，嘲笑说：'哪里来了一个虾精？'龙须虎大怒，抖手发出一块石头。邬文化挥起排扒木，狠命打将过去，没有打到龙须虎，扒钉却插入土中，足有三四尺深。邬文化急待拔出钉扒，大腿连腰，已着了龙须虎七八块石头；好不容易转过身，又被打了五六下，招招都直奔他的下三路。邬文化长那么高，打仗又不是打篮球，光高没用，不一会儿，叫龙须虎打得遍体鳞伤，狼狈逃跑。"

四维先生没有忘记上次的话题，他是借身高发挥，告诉我，身高力大，仅仅是相对优势，绝对优势还要仗功夫和法术。

我脑瓜"哐啷"一声,开了窍。大人常说"人小鬼大",同样的道理,人矮也必有奇术,否则上不了阵。《封神演义》就写了个土行孙,身高不过四尺,和我差不多,却仗着捆仙绳,擒了身高一丈六尺、拥有一大堆法宝的哪吒,又仗着土遁,胜了长着三只眼又会七十二变的杨戬。

回想起来,这是四维先生给我上的第一课。

一 语师

二十世纪五十年代初,夏日晚间乘凉,流行讲故事。

地点:我家门外的一处空地。主讲者:四维先生的母亲,俗称张四奶奶,以及我的大哥,名玉阶。

我曾经误以为张四奶奶是大家闺秀,她是典型的瓜子脸,配上一双会讲话的杏眼,一个挺直的鼻梁,一张古人比喻为樱桃的小嘴,而且还识文断字,出口成章。听她讲了几晚故事,清一色的荤段子,比下里巴人还下里巴人。问祖父,方知是小家碧玉,原在穷人堆里长大,因系独生女儿,家里拿她作男孩儿养,供她念了几年书。又因为丈夫开小吃店,交往的多数是三教九流,满耳灌的尽是江湖俚语,飞短流长。

大哥完全是书生的路子,凡讲必有本,不出他平时读过的闲书。比如《隋唐演义》《济公全传》《彭公案》,并非从头讲到尾,而是挑着说,拣吸引人的故事。这晚,他讲的是姜子牙在渭水钓鱼，见着樵夫武吉，姜子牙给武吉看相，说武吉左眼青，右眼红，今日进城会打死人。

武吉担柴进城，遇着文王出行，路窄人挤，将柴换肩，一头塌了，扁担翘起，恰恰打死一名军门。文王判其杀人偿命，遂"画地为牢，竖木为吏"。武吉以寡母在家、无人照料为由，打动大臣散宜生，而后散宜生又说服文王，暂时放他回家，待处理好老母后事，再来服刑。老母给武吉出主意，姜子牙既然能断生死，必然另有免灾之术。由是引出姜子牙帮武吉改运、文王惊遇高人、渭水亲访姜子牙并聘姜子牙为丞相等出大戏。

是晚四维先生在场，此等场合，他只带耳朵，不带嘴巴。当大哥说到子牙拜相，年近八十，他破例插了一句："大器晚成。"

我不熟悉这个成语，唯本能地心神一凛，觉得这四字很有斤两，像铜鼎，像泰山石，像滚地雷。

数日后，再见四维先生，请教"大器晚成"的含义。

四维先生说，语出老子《道德经》。他当即掏出钢笔，在一张白纸上写下原文：明道若昧，进道若退，夷道若颣，上德若谷，大白若辱，广德若不足，建德若偷，质真若渝，大方无隅，大器晚成，大音希声，大象无形，道隐无名。

老子的话，不同于我以前读过的孔子、孟子，有一种俯瞰世界的超然，似乎他站得特别高，特别高，在云霄之上。

顺便插一句，几十年后见到三星堆出土的铜人，我的第一反应就是他像我心目中的老子。

成语有"一字千金",我觉得老子的话就值这个数。

成语又有"一字师",我觉得四维先生就是我的"一语师"。

鲁迅之外

小学五年级,开始有作文课。

一次描写"你最熟悉的人物",我写的是四维先生。

我写他的外貌:中等身材,国字脸,目光清亮,鼻直而尖,方口,处处透出聪慧。

行为举止:日常蓝衣蓝帽,走路低头弯腰,默默无声。因为从前走错过一步路,以后的步子,总似趔趔趄趄,摇摇晃晃。

学问:上知天文,下知地理,仿佛什么都懂,写得一手漂亮的毛笔字,会刻印章。

刘老师上课讲评,提到我的作文,指出:题目是"我的邻居",但是交代得不清不楚,邻居姓什么名什么,家庭出身是什么,社会地位是什么,都没有写,显得云山雾罩,让人摸不着头脑。

自打写作文以来,四维先生总是不吝指点,比如文章要作三段论,最好四段,即古人要求的起承转合。比如开头要别出心裁,引人入胜;结尾要统括全篇,令人回味。

这一篇《我的邻居》,他自然也看了。

我面红耳赤。

为什么不写主人公的姓名？这个，我想他比我敏感，他属"四类分子"，名字见不得光。

"那么，您的成分是？"我小心翼翼，唯恐戳痛他的伤口。

"家庭出身贫农，本人成分学生。"他答。

"参加过国民党吗？"我避开他的目光，等待他出汗。

"没有。"他爽快回答，"那时年轻，起先想的是打日本，后来内战，一开始就站错了队，退不回来了。我有罪，对不起国家，对不起人民。"

对于相互间的频繁交往，我有过犹豫，政治运动日紧，怕给自己带来麻烦。

父亲说："他肚里还是有文水的，你是买他的猪，又不买他的猪圈。"

又说："也幸亏有他这个人，让你懂得时势比学问更重要，走路要抬头，向前看，向远处看。"

唯唯。

下一次四维先生来，还是谈作文——

只要祖父不在，他总是跟我说话——其间谈道："民国时期的作家，我最喜欢两位，一男一女。男的是鲁迅，真正的斗士，敢讲话，看问题，一针见血，痛快淋漓。女的是……"话到喉咙，又咽了回去，他没有说出名字。

那女作家究竟是谁呢？既然与鲁迅并提，一定是出类拔萃的，他既不说，必然有疑虑，以后，等机会再问吧。

事实是，直到高中毕业，离家，去北京读大学，我也没有再问。心想，作家属于社会，真的好，他不说，我迟早也会碰到。

"文革"中，四维先生遭遇抄家，被抄走两百多本书。那里边，应该包括鲁迅和那位我尚猜不出名字的女作家吧。

后来，我就遗忘了这事儿。

近来动笔回忆四维先生，到处查找资料。

几经周折，终于在合德镇档案办查到一份《关于张四维同志落实政策的决定》(1985)，文件载明：在两次"破四旧"运动中，抄走张四维同志古书六十四种计二百五十一本，字帖二十八张，字画四幅，印章料五十至六十小方，以及照片等物。均已损失，无法查找。根据有关政策，并征得张四维同志同意，研究决定，补偿人民币二百元。

呜呼！那位他没有吐露姓名的女作家，也就成了我心头永远的谜。

蓬荜生辉

吾国习俗，春节，家家都要贴春联。

有钱的，上街买印刷品。

有文化的，自己编词，自己书写。

没钱又没文化的,有人干脆贴一副红纸,不着一字,自有春色盈门;也有人拿茶盅盖当模具,在红纸上印出一溜黑圈,状若祥符。

祖父、父亲皆善楷书,写春联是分内的事。大哥后来居上,楷书更见风范。印象中,我读小学后,每年写春联的活儿,都由他包干。

四维先生加入五金社,在街上为人刻章,书法是其擅长的。若要比较,大哥的楷书中规中矩,古色斑斓;四维先生的楷书奇正相生,亦炫亦雅。

寻常百姓哪管书法技艺,只要看着顺眼就行。每到年底,请大哥写春联的络绎不绝,有红纸的拿红纸来,没有红纸的,吱句声就行,大哥是来者不拒,有求必应。人间最乐的事儿,莫过于为别人添喜,大哥逮到这机会,自是当仁不让。

小可不才,自打上了初中,居然也有人请我撰写春联。中学生,在小镇人眼里,就是秀才。秀才的字,当然是作得门面的。

老实说,四弟的字,比我更好,只是他还在读小学,属于童生,暂时轮不上。

四维先生怀才不遇,独守寂寞,他的书法再好,也没人问津,恐怕白送,也没人敢贴吧。我很纳闷,四维先生日常为单位刻公章,为私人刻印章,名正言顺,堂而皇之,怎么到了写春联,就划出楚河汉界了呢?

四维先生住在我家斜对面，房子坐北朝南，后墙对着小街的马路，开两扇小窗，这是很别扭的。西兴街不长，三百来米，他家是西首第二户，从他家向东，临街三四十户，除淮剧团宿舍是围墙格局外，其他人家都开有北门，一是有头有脸，眉清目朗，二是气流畅通，光线敞亮。他的家，不仅以后墙朝街，连向南的门，似乎也比别家的小，走进去，幽闭，昏暗，滞闷，让人喘不过气。

有天，父亲打量四维先生家的后墙，跟我说："张先生哪，小时候叫张福基，一个本分的名字，后来书念多了，志向大了，改成四维。你不懂吧？出自管子的话，'礼义廉耻，国之四维'。这名儿当然好。无奈命薄，压不住。到头来，维字变成本来的含义：绳索。四维就成了四面罗网。"

这是父亲的感慨。

某年春节，一大早，四维先生登门给祖母、父母拜年。午后，我代表家人回拜。进得门，我一下子惊呆了。但见四壁，包括内室，包括梳妆台，挂满了春联，一派红光弥漫，阳气蒸腾，恍如搞春联展览——好多年之后，每一想起，都会连带想到某位国画名家笔下的"万山红遍"。

真个是蓬荜生辉。

再看，书桌上，长子磨墨，次子裁纸，妻子怀抱幼儿在旁观看，四维先生一手端着酒杯，一手拿着毛笔，大有"兴酣落笔摇五岳，诗成笑傲凌沧洲"的气概。

一家人欢欢喜喜，一笔一浮生，一联一世界。

即便是有污点的人生，也同样有权享受万象更新的天宠。

见我痴痴出神的样子，四维先生开口："你喜欢，就挑一副。"

我巡视一周，挑的是"玉宇祥和春煦煦，华堂吉庆乐融融"。

因为，"玉"字和"华"字，正应了我家两代的辈分。

二次启蒙

一九六四年我上北京读大学。"文革"期间，曾回乡一年，逍遥复逍遥。彼时，四维先生已被冠"牛鬼蛇神"，擦肩亦只能佯装不识。

二十世纪七十年代我在长沙工作。一次回乡探亲，形势松动，特意夜访四维先生。叙旧之余，告诉他：长沙马王堆汉墓出土了帛书本《老子》，在原本"大器晚成"的位置，显示的是"大器免成"。

"你怎么看？"他问我。

"没研究。"我老实回答，"报上有争论，有人推测，免是晚的笔误，少写了一个日字旁；有人解释，免是晚的通假，正确的写法还是大器晚成；有人强调，晚是免的通假，老子的本义就是大器免成。说来说去，还是认为'大器晚成'是正本。"

四维先生没有表态，他说："我琢磨琢磨。"

或是四天后，四维先生来找我，说："根据老子讲话的前后文考虑，还是'大器免成'正确。"他把老子的全文念了一遍，解释："每一句讲的都是对立统一，相反相成，唯有'大器晚成'四字例外。你没看出来吗？按行文逻辑，此句应为'大器天成'或'大器浑成'，借一个'天'或'浑'，搭配前句中的'无'与后句中的'希'，'免成'是'天成''浑成'的同义。"

有道理，大有道理。

四维先生继续剖析："纵观老子的学说，'故道大，天大，地大，人亦大'，他是把人这个'器'，排在了'四大'的末尾。'人法地，地法天，天法道，道法自然'，他指出自然又大于位列'四大'之首的道，是时空中最大的'器'。'大直若屈，大巧若拙，大辩若讷'，这是老子惯用的修辞手法，体现了他擅长的正亦反、矛亦盾的辩证思维。'天地无人推而自行，日月无人燃而自明，星辰无人列而自序，禽兽无人造而自生，此乃自然为之也，何劳人为乎？'这是老子对自然，也即宇宙规律的直观性诠释。"

据此推断，老子的原文是"大器免成"。

四维先生又大大发挥了一下——提醒读者，这之前和之后的叙述，都是笔者根据记忆归纳整理，不可能是原话，他说："大器晚成，说的是大才的晚熟，落脚点在时间。大器免成，说的是真正的大器，天造地设，鬼斧神工，以其不自生，故能长生，以其无成，而无不成。

"大器晚成,是着眼于人的有限视角。

"大器免成,是着眼于宇宙的无限视角。

"一字之差,失之毫厘,谬以千里!"

"落魄居尘迥出尘",四维先生讲话的口吻,完全像一个才高八斗的老教授在给愚笨的学子抽丝剥茧,条分缕析。

四维先生是真正有学问的,可惜,落在了敝镇的小小五金社,"天荒地老无人识"。

——这是对我的第二次启蒙,也是给我上的最后一课。

备注

最后一面,是二十世纪八十年代初,我在中国社会科学院研究生院读研,趁假日回乡。

四维先生已经"摘帽平反",调到合德镇编史办公室,并当选为县政协委员。

人逢喜事精神爽,他老人家诗兴大发,多年的积愫倾囊倒箧。印象最深的,是一组《寄海外黄埔诸友》。

录一首如下:

怀仇藩同学

钟山风雨罢东瀛,往事如烟忆旧情。

野猎雪原朝试马,挑灯甲帐夜谈兵。

是非已列千秋史，胜负休争一局枰。

松柏不剪衡宇在，回来乐聚庆升平。

其注释曰："仇藩与我为黄埔军校同学，上海解放后调去台湾，现任台某部司令。"又注："1946年，我们奉命去南京国防部，听候改编分配，拟参加联合国日本驻军，后因局势紧张，不果，转调东北。"

据此可以判断：四维先生读过黄埔军校（在政协委员的登记表上，文化程度一栏填的是大学），曾服役于东北，之后转调北京（此为推测）。

我的邻居，没有施耐庵，没有吴承恩，没有曹雪芹，虽然前两位是我的苏北老乡，后一位也是南京生、南京长，毕竟离我太远，像天外的云——天地不仁，好歹给我送来一位四维先生，他破帽遮颜，半生落拓，微贱如蚁，但正是这样一个不在册的潦倒汉，在我求知求学的途中，至少有两次引爆了我思想的火花，源于《封神演义》，终于《道德经》，起于优势的相对与绝对，止于"剑拔沉埋更倚天"的大器免成。这样说吧：没有我，他还是他。没有他，我就不可能是今天的我。我的气质、眼光、味道，一定在某种程度上——当然不可能是全部——潜移于他的默化，顿悟于他的醍醐，想赖都赖不掉。

他是一部大书。

回到当日，我口拙，不善表达，勉强蹦出一句："祝贺您大器晚成。"

"哪里,"他摆手,"也就是枯木逢春。"

"在这儿能用大器免成吗?"

"绝对不能,那是圣人的境界,高不可攀。"

我却来了兴致,请他刻一方闲章"大器免成"。

四维先生改天就刻好了,是篆书。

闲章嘛,就是给生活松绑,赋予一己暂时的自如自在。放着四维先生这等篆刻高手,我一直想着请他刻一枚图章,至于刻什么内容,始终未定。那天福至心灵,斗胆提出刻"大器免成",既感恩他对自己的两次启蒙,也提升个人的生活品位——果不其然,在之后的日子里,每当工作劳倦,烦闷纠结,我就把这枚闲章拿出,在书籍或纸张上"啪啪"钤它一通,心情顿时宽泛起来,天地间一片亮堂。

选自《胶东文学》2023年第2期

我寄愁心与明月

杜卫东

自20世纪80年代开始写作,出版小说、散文、报告文学和剧本近50部。有《杜卫东自选集》四卷,由作家出版社出版。多篇散文被收入中学课本、年选和辅助教材。另有编剧作品《江河水》等在电视台播出。

1

寅虎之尾，日子有些悲凉。刚进 11 月，就有青鸟破窗而入，带给我一个沉痛的消息：程树榛老师走了。

虽然有心理准备，但依然无法面对。祝福和岁月连在一起，总是渴望奇迹发生。可是，奇迹每每是一声无奈的叹息，有几次能在现实中盛开呢？

程老师退休后，我每年春节都去看望老人。他一米八几的大个儿，身材魁梧，仪表堂堂，即使患上重度肾病，也未见明显的衰老和病容。后来，他的头发全白了，像一层皑皑的霜雪，梳理得仍一丝不苟；再配上那一副黑边眼镜，气宇轩昂，自带气场，很有一股风流雅士的范儿。每次进门，程老师都会亲切地叫一声"卫东"，招呼我在沙发上坐下，然后，天南地北、文坛内外，聊上个把时辰。他是一个心地纯净的人，总是以宽仁对待生活。这么多年，我从未听他在背后说过任何人坏话，唯一一次是"诟病"柳萌先生："这老兄，胆子大，管不住嘴。"那一刻，他脸上的笑容矜持而清澈，一道道笑纹全被善意填平。每每这时，程老师的老伴就静静坐在一边，含笑注视着我们，时而插句话，声音很轻，像是呢喃的燕语，让你觉得仿佛被春天包围。起身告辞时，程老师会指着地上的纸箱，感慨地说："卫东真是有心，知道我爱吃石榴。"我便一笑，打趣道："我还知道您爱吃鲈鱼，只是不好带。" 2013 年底我退休后，成了冬天飞到三亚的候鸟一族,每年春节会给程老师寄几罐海南咖啡,地方土产,不值钱。不过,秀才情意半张纸,真正的友谊从来素面朝天,再轻薄的礼品只要传递的是真情和牵挂,也会被精心收藏。

新冠疫情暴发前,收到程老师的短信,问我最近忙什么。我忽然醒悟,因为春节不在北京过,有两年没有登门了,便和妻买了石榴去看他。没想到,印象中气宇轩昂的程老师不见了,取而代之的是一位连眉毛都已经花白的耄耋老人。他腰弯背驼,一脸病容,目光不再清澈,说话也有些中气不足。岁月真是无情,风流倜傥与菊老荷枯,只在转身之间;流年似水,留不住曾经的意兴盎然。告辞时,程老师执意送我和妻到电梯,怎么拦也拦不住。电梯关门的一瞬间,程老师佝偻着身子,扶着墙,挥手向我们告别,目光中满是留恋,笑容也有些凄凉;昔日一丝不苟的银发,在楼道昏黄的灯光映照下,像一蓬荒野中的枯草。顿时,一股酸楚涌上心头。走出电梯,我的心情像是灰暗的天空,有点儿抑郁,对妻感叹道:两年不见,程老师真的是老了。后来疫情暴发,大家困居斗室,没了见面的机会。我一直在默默为程老师祈福,万万没有想到,那一次告别,竟成了他留给我的最后身影。

程鬓眉是程老师的女儿,中国青年出版社资深编辑,一位很优秀的散文家。她从作家杨晓升那里要了我的联系方式,微信我:"卫东兄,知道你对爸爸最好,因为当时忙乱,没有你的电话，爸爸的手机我又不敢打开。对不起，没有在第一时间联系到你。"

鬻眉还说："回家看望父母，时常谈起你。你对父亲的好，他知道，母亲知道，我知道，上帝知道，我无法言谢。父亲在天之灵会佑护你，鬻眉泣谢！"

真是惭愧。程老师是我生命中的贵人。何为贵人？就是眼光和格局远超于你，可以给你全新信息，并改写你的人生轨迹的人。从这个角度说，遇到程老师，真是人生之幸。佛说，前世五百次的回眸，换来今生的擦肩一过；那么今生的相识相知，该是在菩提树下乞求多少年的结果？我珍惜和程老师的相遇，因为那一次相遇，收藏了生活中太多的感动。相对于他对我的帮助和提携，我对老人的一点点关心何足挂齿？

我回复鬻眉："程老师对我有知遇之恩，他的仙逝，让我有失去家人之痛。"

这确是我的肺腑之言。人生中，有些相遇如风过长空，有些相遇却刻骨铭心。故人已去，如果他曾走入你的内心，相遇也会成为一种"劫难"。因为不知什么时候，他会像逝去的亲人一样，走进你的梦境，和你攀谈、倾诉，你一旦上前与之相拥，它已化作一朵彩云飘然而去，伤感和失落就会像潮水一般涌来，让你的心立马变成一座孤岛。

鬻眉还告诉了我一个"秘密"："卫东兄，每年收到你寄的咖啡，爸爸都很高兴。本来，医生不让他喝咖啡，可是我回去看他时，就会和他偷偷喝一点儿。爸爸一边喝，一边会很欣慰地说，这是卫东从海南寄给我的咖啡。"

我能想象出程老师的样子。他的目光肯定是柔和的，柔和得像早春的朝阳；嘴角呢，挂着浅浅的微笑——那笑容我太熟悉了，每次相聚他都会绽放这样的笑容，温暖而又略显矜持。我不知道他不能喝咖啡，他也没有和我说过不能喝咖啡。之所以没说，是因为他知道咖啡里装的是我对他的牵挂与祝福。

泪水，一下盈满眼眶。

2

忘不了，1996年那个枫叶渐红的秋日。

亚运村的一家小饭馆里，我和柳萌先生坐在靠里的一张方桌前，向门口眺望。门帘一挑，一位男子侧身进来。他约莫五六十岁，身材高大，目光平视，一头乌发打理得有板有形。见到柳萌招手，脸上露出微笑；一抹夕阳正好透过窗棂照在他的身上，仿佛为他的笑镀了一层金。那是令我一生难忘的微笑，非心地清澈的人难以绽放。之前，我没有见过程老师，这次还是柳萌先生做东，请我和他见面，推荐我到《人民文学》杂志社任二编室主任。我本来有些犹豫和忐忑，是那一抹微笑让我产生了一种预感：我今后的人生，或许会与这位壮年男子发生某种交集。生活中有太多的不确定，茫茫人海，浮华世界，多少人与命运擦肩而过？而你的人生能在某一个紧要处停留甚至转向，背后肯定有着某种机缘。

果然，小聚后第二天，我接到柳萌先生的电话，语气中充满欢乐，像是窗外飘飞的蒲公英："卫东，老程对你很满意。他和社里其他领导沟通了，可以马上办理调动手续。"

这次调动，柳萌先生比我还要上心。他不愿意我总是飘在体制外，希望我回归文学，有一个比较稳定的人生归宿。我对级别、编制、待遇历来看得不是很重。在中国青年出版社，我曾是最年轻的副处级干部，可是当工作和内心的意愿发生冲撞时，还是毅然选择了离开。后来工作的杂志社虽然没有正式编制，无法解决级别和职称，不过，我的办刊理念可以得到充分体现，刊物又正处在爬坡阶段，犹豫再三，还是不想动了。

次日，柳萌先生来到我的办公室。听了我的决定，他咂咂嘴，摇摇头，一脸惋惜地走了。

程老师的反应要比柳萌先生激烈，他打电话给我，说调我是经过慎重考虑的，问我的决定是否草率了；《人民文学》有国刊之誉，不是谁想来就能来的——言外之意，有点儿责我不识抬举的意思。言辞有点儿生硬，但诚意满满，我明白，他这是器重我。他本来无须打来这个电话，我不去，多大点儿个事，悠然一笑而已。可是，他不但立马打来电话，还苦口婆心地说了近半个小时。真的，天空因为有了云朵才美丽，生活也因为有了这一份真诚才值得珍惜。

原以为事情过去了。不过是人生路口的一个短暂逗留，如同一条小河，打了个旋儿，依然按既定的河道流走。不承想，就在我把此事完全淡忘的时候，意外接到程老师电话，告诉我，中国作家协会要向全社会公开招聘副局级管理人员，其中有一个《人民文学》副社长的职位，希望我能应聘。他的语气透着兴奋，像是一瓢水浇在生石灰上，"吱吱"冒起热气："卫东啊，这次机会难得，应聘成功就会破格提拔。我们都期待你能顺利通过！"

几天后，程老师又打来电话，劈头就问："我看了应聘名单，怎么没有你？"

我有些歉然，因为我没有报名。我内心对这种招聘方式有点儿抗拒；另外，我所在的杂志邮局订数上涨了好几倍，其中有我的付出，一下离开，也心有不舍。

后来的结局峰回路转：程老师找到柳萌先生，请示党组，对我采取了另一种考核方式，即作协领导和招聘小组成员约我单独谈话。跟我谈话的有陈昌本、郑伯农、张胜友等，在作家协会的一个小会议室里，问了问我的人生经历，让我谈了谈办刊理念，气氛轻松而随意。

今天，站在古稀之年的门槛上回望当年，真是感慨良多。那时，我虽步入中年，却仍然青涩未褪，张狂而不自省。生活不易，何必要让你敬重的人为难？心若淡定，风过便是万里晴空。那次招聘，我是唯一一个由副处直接提拔为副局的应聘者。

接过《人民文学》副社长聘书的那一天，成了我人生的高光时刻。这背后，是作协党组的信任；当然，离不开程老师和柳萌先生的鼎力举荐。生命的意义，在于一生中会经历许多不同的风景；每一次难得的相遇，都是一份生活的珍贵馈赠。红颜暗老，生命之树会逐渐凋零，留在枝头的是不舍、难忘和遗憾，而其中最饱满的果实，应该是感恩。

感恩是一束炬火，能点燃我们的来路，照亮人生的归途。

3

程老师是任职时间最长的《人民文学》主编。

这之前，他是黑龙江省作家协会主席，在文学创作上硕果累累，报告文学《励精图治》曾获全国报告文学奖，长篇小说《钢铁巨人》是工业题材的扛鼎之作，还拍成了电影。诗人华静得知我和程老师的关系，很是激动，说她就是读了草明的《乘风破浪》和程树榛的《钢铁巨人》才走上文学道路的。她迫不及待地让我领她去见心中的偶像，我自然乐意。听了华静表达的仰慕，程老师并没有表现出我预想中的兴奋，点头微微一笑，云淡风轻，心如止水。随着接触的加深，我感到程老师确是一个宁静淡泊的人。鼐眉说，幼时给她留下最深印象的，是父亲伏案写作的背影，还有就是家里门庭若市的场景，电影厂、出版社、报刊社约稿的编辑络绎不绝。我相信此言不虚，否则，他也不会被调进京出任国刊主编,而且一干就是十五年。可是相交二十多年,我很少听到程老师谈及以往的辉煌时刻,即便我偶尔问及他的作品被人剽窃改编成电视剧,而他并未诉诸公堂讨回公道的事,程老师也淡然一笑,说:"我哪有那么多时间在这种无聊的事情上纠缠?""也笑长安名利处,红尘半是马蹄翻",所幸,名利场上也有程老师这样的人,去留无意,荣辱不惊,痴心文学,甘守清贫,正所谓:"谁知将相王侯外,别有优游快活人。"

印象中,程老师一上班,如果不开会布置工作,就会静静地坐在主编室审稿,饮一盏清茶,拥半室阳光。偶尔出来到各部门走走,也是挺直腰板,目光平视,一副不苟言笑状。有胆儿大的下属,比如李玲修和杨芸大姐,会和他开个玩笑,说他抠,从来不请大家吃饭。他也不急不恼,一般会报之以微笑,然后一个转身,潇洒离去。

最初走近程老师,他给我的感觉就是这样:刻板,严肃,有点儿不怒自威。

其实,程老师的文学观念一点儿也不刻板,待人更是非常热情,只是像蛰伏的火山,不轻易喷发而已。1996年夏的一天,我接到柳萌先生的电话,问我是不是给《人民文学》写东西了。那之前,我刚刚送审了一篇反映艾滋病现状的报告文学《世纪之泣》,有近七万字,正担心题材敏感,不知能否顺利通过终审。其时,我尚未调入作协,听人说起《人民文学》主编,感觉那是一个比较刻板的人，心中不免忐忑。忽然听柳萌先生提及，有些惊诧，忙问："您怎么知道？"柳萌先生哈哈一笑，话语中充溢着喜悦："今天上午在作协开会，遇到老程，他主动说起的。他对作品很认可，已经发稿。"我听了，如释重负。后来，这部作品被《中华文学选刊》选发，《南方周末》每期用半版篇幅连载了半年，还获得了《人民文学》报告文学奖。

程老师的热情与真诚，我在1997年调入《人民文学》后感受尤深。

2004年，我完成了第一部长篇小说《右边一步是地狱》（又名《吐火女神》）。犹豫再三，决定请程老师作序，多少有一点儿挟名人以自重的心思。程老师欣然允诺，很快写来一篇热情洋溢的序言:《一篇厚重的现实主义力作》，对初次涉足长篇小说创作的我给予了热情的肯定与鼓励。之后的一天，我们同乘一辆车参加一个会议。路上，他主动和我说起，写长篇有两个审美的表现手法不能忽略：一是闲笔。所谓闲笔，是指表面与正事无关，实则与主题、人物、情节有着内在逻辑的生活片段。闲笔不闲，它可以拓展作品的思想疆域，深化作品主题，帮助作家完成作品的人物造型。二是景物描写。他说，现在一些作家忽略景物描写。事实上，古今中外的文学名著都会在景物描写上着力，它既可以对作品的时代背景和社会环境进行烘托，也有助于推动叙事，挖掘人物的内心世界……

那一路，我们谈得很尽兴。我面对的仿佛不是长我二十岁的师长，而是可以敞开心扉、无所不谈的挚友。日月交替，过往成空，我和程老师的每一次交往，都会留在我梦中最温馨的角落，如花盛开。

2014年的一天，退休多年的程老师突然打来电话。尽管隔着电话，仍可以想象出他的兴奋，每一句话都像一串欢快的音符，在真情的五线谱上跳跃："卫东呀，我读了你发表在《中国作家》上的长篇小说《江河水》，写得好，写得真是好！"我有些发蒙："七十万字啊，您居然看完了？"当时他已年近八十，身患重病，每个礼拜要做三次透析，怎么能读完一部这么长的纸版小说？接下来，程老师对小说的人物和情节如数家珍，我才确信他并非虚言客套。尽管受之有愧，很是汗颜，但这一份对后进的提携之情，怎一个"谢"字了得！他听说小说的单行本已经三校，忙问："谁写的序言？"我回答时间仓促，没有请人作序。程老师又说："卫东，我来写这篇序言吧！感慨良多，不吐不快。"我本有此意，只是不忍心拿一部这么长的作品去叨扰一位重病中的老人。

既然程老师主动提出，我忙通知责任编辑简以宁女士，设法在目录前留出六个空页。小简有些为难，说马上开机，问我要等几天。我想了想说，一周吧。以程老师的身体状况，我估计不会一挥而就。谁知第二天下午，程老师就打来电话，说序言已经写好。一开篇，他的喜悦之情就溢于言表："就在近日，我极为高兴地读到卫东发表在《中国作家》上的新作《江河水》

（杜卫东、周新京著），与上一部作品《右边一步是地狱》（又名《吐火女神》）整整相隔十年。十年磨一剑，卫东此次确实出手不凡。我几乎是一口气读完了这部洋洋七十余万言的长篇小说，喜悦之情难以抑制，马上向他打电话表达了我的阅读感受，很高兴他这一次剑出偏锋，为当下良莠纷杂的文坛，贡献了一部与众不同的厚重之作。"他还敏锐地指出，这部小说极具影视剧的美学元素。果然，有影视制作公司很快买断小说版权，并由我执笔把它改编成了四十集同名电视剧，作为国家广播电视总局纪念改革开放四十周年重点剧目，在江苏卫视播出。有人说，人生就像考古，只要不断地探索和寻觅，就会有意外和惊喜出现。人和人之间亦是如此，只要以心相待，也会有意外和惊喜在路边守候。

2021年，我出版了第三部长篇小说《山河无恙》，同样在《中国作家》首发。程老师重病中打来电话，又是一番勉励，让我既惭愧又感到温暖。听说作品的改编权已被影视公司买断，他由衷地高兴并表示祝贺。文学是一场艰辛的跋涉，你的努力，始终被一道睿智而温暖的目光关注，作为一个文学写作者，何其有幸！我本想请他为小说单行本作序，但想到疫情前和妻看望他时，老人一副病骨支离的样子，终未开口。还是程老师主动问起小说出版的事，我不忍再劳烦他，就推说单行本已经付印。老人听了略显遗憾："我的精力已经大不如前，你的小说刚刚才看完。"说完，一声叹息。那是一个人面对人生暮年的感慨，有无奈，有牵挂，更有深深的眷恋。岁月就是这样残酷，春花秋月，几经轮回，十指紧扣，谁也留不住似水人生。

想起一件往事。程老师退休后参加过一次《人民文学》组织的采风。游览贵州凤凰山的时候，我们相伴而行。置身于如画的风景中，他兴致盎然，一路不停地和我谈古论今，说起文人间的友谊，还吟诵了一首绝句："杨花落尽子规啼，闻道龙标过五溪。我寄愁心与明月，随君直到夜郎西。"我知道，这是李白得知王昌龄被贬龙标尉而作的一首送别诗。前两句渲染了环境、气氛的暗淡与凄楚，表达了对诗友远谪的关切和同情；后两句则直抒胸臆：我把忧愁的思念寄托给皎洁的月亮，希望它能随风一起陪你到夜郎的西边。这个"夜郎"在今天的贵州东部还是湖南西部，尚有争议。估计程老师是来到贵州，触景生情，想起了这首名作。当年，王昌龄被贬边地，有挚友为他赋诗送行；今天，您魂归仙山，我望着当空一轮皓月，借用诗仙的诗句表达心中的不舍，希望它能把我的思念，随风一起捎给天堂中的您。

行文至此，窗外传来一阵噼噼啪啪的爆竹声。不知不觉，兔年的春节来了。

程老师辞世于寅虎之尾，算起来已有两个月。特别令人心痛的是，程老师的老伴一个月后也随他而去。携手走过一个多甲子的老夫妻，同声若鼓瑟，合韵似鸣琴，终是不忍别离，化作了天堂中的一对比翼鸟。"流光容易把人抛，红了樱桃，绿了芭蕉。"其实,最让人伤感的事情莫过于——风景依旧,却不见了一同寻春的人。

今年的咖啡已经买好,只是不知道天堂可有地址签收。

选自《文学自由谈》2023年第2期

走过时间

葛水平

中国作家协会全委会委员，山西大学文学院教授，中宣部文化名家暨"四个一批"人才，国务院特殊津贴专家。创作有长篇小说《裸地》《活水》，中篇小说《喊山》获第四届鲁迅文学奖。

壹　记忆是从气味开始的

　　文字斑驳地记录着老时光。北方的麻头纸，再生环保。我还记得童年，植物的纤维，每次被平筛托起，即成一张纸。纸，有厚、有薄、有舒散、有凝聚。码放在窑洞里的炕箱上，墙皮一样的纸，粗糙里蕴含细腻，细腻里潜藏豁达，和风丽日中晾干，既浴着明媚干净的阳光，又把光照消减在了荫凉之外。

　　乡人叫黄草纸。

　　冬天的黄草纸糊在窗户上，整个村庄都很怀旧，镰刀似的月亮挑在树梢，猜不透，窗外雪地上一长串狐狸脚窝，它的"三寸金莲"盛满了各种故事，与生活有关，与风霜有关，与情感有关。

　　糊窗纸没有捅破之前，我听一个女人喊：

　　"雪啊，凉啊，屁股蛋子挂了霜啊。"

　　空空荡荡的，站在千年文化的凝结点上，只要生活语言仍然沉浸在泥水里，这种一脉相传的生活，总是牵掣人既温馨又心动。山风不时扑打着窗格子"噗，噗，噗"，一股岁月沉淀的气味冉冉飘起，惊异之外，我感到迷醉。风携带着雨水，那雨滴声是那么的清冷和圆润。

　　"雨来了。"

　　雨把屋子里的人想开腔说话的念头压了下去。雨让暑气消减下来。天光在窗户前放下心事，屋檐下的鸡、狗们团成蛋，空气里是泥巴被雨水濡湿的、清冽的味道。有一滴雨打在黄草纸窗格上,弹走了一只苍蝇,雨声隐去了苍蝇的拍翅。野外赤脚就着石板桌凳写作业的少年干号着跑回窑,黄草纸装订的作业本被雨淋得湿漉漉的。一个性燥又顽皮的孩子,听不得大人的骂,吸着清鼻涕,恼上心来,跑进雨中,大人说:"叫他去吧,驴脾气,躲着,不招他。"

雨水渗漏在窗户纸上显出斑斑点点的漏痕,甚至在窗棂上,如果说一个人不需要所谓的远大理想,守着旧屋,生命最天然的进程,也许最符合自然的生息、吐纳、藏露,醒着,又糊涂着,不在乎那山外的世界,多好。

从前的黄草纸在窗格上,透过阳光能够照见那些浮动的麻皮或者桑皮经络,亲切得让你觉得如体内的血液流动。

似乎总是想起从前,从前的心爱之物,阳光裹起密集的尘土,慢慢涌动着,亲人们穿梭在中间,有一点儿生存的荒凉味道,风吹动他们的衣襟,而笼罩在这一切之上的是一股扩散开来的牲畜味儿,那一瞬间人们惶惑了,最好的命运被篡改了,是什么样的魔术手破坏了原有的秩序?

事隔多年,我站在故乡山神凹的山脊上,村庄里的一些人和事,或是由各种关系将我的从前联系在一起的理由,或许不曾有过任何生活的记忆,或许因为不曾记得的矛盾,甚至一场单纯的口角,彼此那么多年过去了,依旧记得他们在黄草纸张满窗格的天光下扭腰吊胯时妖娆的身姿。

这些记忆是扎了根的,在心里,有时候做什么事情,也不知为什么就感觉从前非常熟悉地来了。

贰　岁月轻得像逝去日子的旁白

那些清新的、人间柴烟味道的生活,让我再一次回到尚不算遥远的青春时代,回到那些已经在无数次的回忆中经过过滤留存下来的明月当空的日子,那些日子里有我们共同的卑微。

蝉鸣柳梢,一条清溪映月,时间似乎抹去了我的现在。站在山神凹河边,河里没有了沤麻的清溪,蜿蜒的河流用温柔的力量引导着山脉并朝不同的方向奔涌。我问河柳,你在守望什么?时间把你顽固地留守在这里,你的叶片如竹,我一直认为你是北方的竹子,北方的,有秋的意绪,夏的纷乱。蝉在许多年前落在柳树枝梢,可知觉,蝉鸣时夏已经深了。

那时的土地并不荒凉。在灰色的秋光里,在渐渐强劲的北风中,柳树因失去水分柳叶将变得枯黄腐朽,风一吹如零零散散的日子纷自落下。很多年前我和活在人世间的父亲去河道里看过沤着的麻,麻上浮着绿茸茸的绿藻。故乡人叫"蛤蟆咦",麻如细蛇,中气十足的蛙在沤麻中摇摇曳曳鸣唱。

在暧昧的黄昏与白昼的边缘,在迷蒙的、晚夕的幻觉中,时光异常短暂,河流如同针线一样串起了我的从前。

二十多年前,小爷葛起富从山神凹进城来,背了一蛇皮袋子鸡粪，卷了两刀黄草纸。小爷进门的影子给阳光蒙上了一层忧伤的情绪，屋子一下陷入一种迷蒙的绛黄中，让人惋惜所有的失去是从看见时就开始了。

那一袋子鸡粪随小爷进得屋子时，臭也挤进来。小爷进门第一句话说："山神凹河细了，细得河道里长出了狗尿苔。"

吓我一跳。几辈人指望喝河水活命，河断了。小爷说，凹里人陆陆续续搬走了，河水断流，人脉也就断了。这两刀黄草纸是等我和你爸爸百年后用来剪"门头才"的，黄草纸比粉连纸耐风刮。

故乡人去世，都要择白纸剪成条状，条数与死者年龄相同，砍斫一根鲜柳木棍，将其缚于棍上，悬于大门外，男悬于门左，女悬于门右，出殓日，与棺木同葬。有些地方称之为"纸骨朵""岁数纸"，有些地方则称之为"灵幡"。

几年后小爷和父亲相继去世，两刀黄草纸派上了用场。有一种无法形容的情绪攫住了我，那是忧愤和伤感，更是神秘。"门头才"昭示着土地上生长的人的一些简单的想法：黄草纸比粉连纸耐风刮。人生，痛苦似乎轻而易举，实际上却万分艰难。岁数也许是一个人活着时化解痛苦的胜利，生死攸关的事缩减为一"骨朵"纸的存在，下葬时，亡者带走了自己的岁数，带走了人世间最后一串被遗忘了的乐天知命的数字。

窗户上的窗花褪去了红色，桃花在窗外粉白成一团，一只壁虎爬在窗棂上机警着眼睛，因为没有见过屋子里有太多的人出入,它像一个充满好奇的孩童,认真打量着躺在炕上的陌生的熟悉人。

一场雨过后,我看到院子里用了几辈的破水缸,聚集了雨水,风过时泛起一轮一轮的涟漪,我的心一下就起了难过。"个人即使等得及,时代是仓促的,已经在破坏中,还有更大的破坏要来。有一天我们的文明,不论是升华还是浮华,都要成为过去。"

张爱玲的话,总是触动我内心的哀婉,尽管一切都会成为过去。

惶惑之间又想起和小爷、小奶面对面坐在炕上说话,灶台上铁壶里的水冒着白气。

小爷讲当年制作麻头纸的记忆:"工序有十八道。"

二尺半长、一尺二宽的黄草纸,"水中银花现,帘上白云升",可知,"古时候,朝中重臣向皇上进谏的奏折、民间向官府申诉冤情的状纸,或制作鞋底、糊窗、裱房屋、订账簿等,用的都是黄草纸"。为你遮过风挡过雨收留过浪迹心情的住处,一年一年糊窗时总是把那些纷至沓来的人与事牵引到眼前。

叁　时间带走了一切

山神凹后来只剩下一户,我喊他叔。叔的一只眼睛害病,核桃大的包块,脸上表情忧郁,落落寡欢。我坐在叔对面的炕上,天光映照得人脸有点儿煞白,叔难以消弭内心巨大的悲凉,定定地看着我,弥漫在空气中看不见的气息,似乎被我捕捉到了,它唤醒了我对眼前人一再走失的惆怅。

叔说:"一辈子没有求过你啥事,我这眼睛,去年秋天收罢粮,眼疼,以为是秋虫招了一下,生疼,慢慢就肿了核桃大,生脓,脓把眼睛糊了。娃领我去大医院看病,大夫说是眼癌。癌就是绝症啊。"

我轻描淡写地说:"叔,世上的癌,数眼癌好,剜了它,有一只眼,山神凹的地盘不大,够你照见。"

叔说:"你在外真是长了见识,我就是想求你保住我的眼,一只眼看路,挑水都磕磕绊绊,一桶水洒了半坡。"

一只眼肯定会影响生活,正常日子中整个视力对方向、动作会产生很大的影响,失去了一只眼睛,就失去了双眼单一视力,看东西没有立体感,那种痛苦时时会提醒曾经有过的昨天,有过的从前。

叔说:"都说眼病是双眼病,一只眼睛得病了,另一只眼早晚也会得。"

我说:"叔,人到了一定年龄就得睁一只眼闭一只眼。睁一只眼谋生活,闭一只眼保平安啊。"

叔的一只眼睛里流露出几分戏谑的神色,在我的脸上停留了一会儿,然后佯装咳嗽。我的脸一下红了。

那一天终于到来了。"门头才"在院子里的枣树上,粉连纸剪出叔的岁数，风"沙，沙，沙"地穿过粉连纸的缝隙，把"门头才"一律压向一边。一个人不再活着，他的名字留在了墓碑上。我看见风撕走了一条"门头才"，减去了叔一年的岁数。一条一条的"门头才"被风撕走，岁数里布满了痛、沟壑、贫穷、丰收、四季，还有埋入深土中的深度和厚实。无可名状，饱含辛酸的泪水，我的亲人们黑衣黑裤坐在碾道旁，没有谁能让时间回去，风同样撕走了他们的岁数，他们隐去时，我突然理解了"黄草纸比粉连纸耐风刮"的话，那是一种寓意啊，是亡者在活人面前露出的自卑之相。

我在冬日稍显和煦的阳光里，走进空了的窑洞，黄草纸，石板地，泥墙和灶台，梁椽清晰地发出活动筋骨的声音。多么好的村庄，沉静细碎的阳光洒满了每一眼窑洞，多么不寻常啊，那热闹，那生，那死，那再也拽不回来的从前。时间悄然流逝，倏忽间，窑洞成了村庄的遗容。

时间带走了一切。

如同日与夜交替形成力量关系。记得换窗户纸时，小奶脸上皱纹成片爬着，像揉皱了的一团黄草纸。

小奶说："皱纹上了脸的人离死亡就近了。"

曾经我不知道死亡是什么。死亡是一个朝代的结束和另一个朝代的诞生吗？是祖父的死亡，孙儿的成长吗？积灰的老窗在暮色中合拢，深远的回忆在我的脑海里涌现，当河水断流，黄草纸被风刮漏，老窑塌落，生活的意义再次变得恍惚。

没有什么比河流的消失更动人心魄。它的消失没有挣扎，没有难过。正如彭斯用诗的语言描述的那样："我从未看到过野生的东西自怨自艾／小鸟冻死了，从树上掉下来／也没有自怜。"

河流在人的眼皮底下，谁也记不得它的消失，只知道长流水变成了季节河，当雨水再一次从天空降落时，河流的季节没有了。

黄草纸之后是粉连纸糊窗，再后来有了玻璃，明亮让单调的生活减少了想象。冰凉的内质和细腻、光亮的肌理，不知为什么我惧怕清晰，它阔大了人间的距离、忧伤、悲欢和离合。我希望黄草纸蒙住我苏醒的眼睛，让每一种生命都能获得动情的想象。书上说："人世间的物事在它消失的地方必定会重现。"会吗？亲爱的文字，你一再欺骗这个世界！

许多物事已经消失。记忆潜入时，山神凹的土路上有胶皮两轮大车的车辙，山梁上有我亲爱的村民穿大裆裤戴草帽荷锄下地的背影，河沟里沤麻上有蛙鸣，七八个星，两三点雨，如今，蛙鸣永远响在不朽的辞章里了。

肆　在半生半熟的黄草纸上行走

纹理粗犷但行笔却不涩不滞，绽开来，仿佛颓败的美好越来越大地洞开去，我把从前框在黄草纸上。

感觉行笔实在舒服流畅，黄草纸吃墨快，墨汁迅速地浸入纸张纤维，因为墨汁加了水，纸张有少许的洇润感，但不是很强烈，应该是因为半生半熟吧。

半生半熟是人世间最好的情爱，最好的水墨。

"意翻空而易奇、言征实而难巧"（刘勰《文心雕龙·神思》语），用什么样的"意"才能表达心中的"言"？一切事物安静到虚无的表象里，与土地一样呈现于眼前的总是植物的麻和桑，斑驳翘落的窗格前，我的心中不由得就衍生出一个倘若能将岁月捕获的假设，就是这个转瞬即逝的臆想。

窗格子如年轮一样开裂了，晕染的水墨如同黄昏的道理和法则。明亮的电灯，单调，苍白，一味缺少表现力，再清楚不过的结果：生长的生长，败落的败落。

这实在是一件没有办法的事啊，夜的旷野覆盖了一切，我多么喜欢在月辉朦胧如银雾的窗格前，听低语悦耳，浪荡与冒失泛滥的言语。无穷的、深渊般的尖声浪气，还有扑打窗棂的露水，全都是夜的内容和表情、夜的呼吸和生命，还有夜的亲爱。

每个人都有自己灵魂的行走，时间意义上的行走可能千差万别，而行走意义上的精神依托却是最为重要的。

面对河流，我停下来，我从它的水波流纹里读出了精神行走中的丽日天光。走过群峰，遥想造山运动时，岩浆奔涌，地壳急剧强劲的自我搏斗之后，地质史终于迎来了一段珍贵的、平静的时光，自然过渡到了它运动的、没有目的的合理目的性，找到了秩序。秩序具有了更强的生命力和无限的可能性，更让我，一粒细小的微尘，可以在浩渺的天地间自由舞蹈。

成长和人生阅历、审美经验甚至生命态度因水墨留下痕迹时，宛如回应了我平庸生命中的贵族气质。潜在的目标，没有功利，没有矫饰。

时间迅疾而过。有多少生命骨殖深埋于时间中，亲情、友情、爱情，终于待在了一个安全的地方，那个去处直叫人呼吸到了月的清香、水的沁骨。时间如中国画缥缈的境界，明知道一切不可能出现，却还愿意在疲倦的时候沉溺其中。逝去的以另一种方式活在现实中。我看到了时间尘埃掩盖下的一些浓厚背景，无论轻贱卑微的生命还是辉煌伟人的喧嚣，一切都在时间的行走中验证了一条真理：在已逝的历史里，在别人的转述中，歌哭笑骂，述不完的无奈与辛酸，有我无法穷尽的多样人生。

还记得去冬的一领苇席，来年的夏日在院中央一铺，就等于给梦的窗格找了一个憩身之地。不远处的玉米地里，蛙鸣声弹着青玉米的叶子，明丽的月影朗照一切，我不敢大声喊叫，怕一不留神碰落了玉米的香气、青草的香气。老窑花纹繁复的窗栏板上的黄草纸，一棵树宽的门扇，紫铜的门环，铁葫芦锁，还有那年节时的甩鞭，我的先祖们进进出出的背影，在我的生命中显影。从前的人对生活绝不是敷衍的，他们寻常日子具备了音乐的韵律，他们过着世界上最平淡本分的光景，无拘无束，他们也滋生一些死去活来的故事，但他们不屑与人表诉。星光下那旱烟锅粗大明灭的情怀，成为我作品中最丰满的细节。

当我再一次回到村庄时，我看到了时间消逝的光芒，我和我先祖的脚印重叠着，在荒凉、萧瑟的坡道中走来走去。那棵枣树早已在追逐时间中高过窑顶，然而坐在它的叶子下守望幸福和丰收的人，已经不在人世。他们的坟墓在对面的山坡上，夕阳落了，晚霞退了，在一切都可以颠覆的时间中，怀恋被放置在多维的记忆上，时间同样给了我精神的薪火传承。

走过时间。

我把行走的味觉写成文字，历史、现实、存在或存在过的生命，一切都始于行走，也在行走中结束。我想生命的价值仅仅在于：是否向真、向善、向美，即使目的地并未走到，但是朝向这个目的行走。

致敬：那些走得认真，摒弃了种种诱惑，走得执着的人！

选自《都市》2023年第3期

大师傅

江少宾

供职媒体,业余写散文。著有散文集《回不去的故乡》《大地上的灯盏》等6部,作品曾获人民文学奖、老舍散文奖、西部文学奖等。

胡师傅胡福来之后，到牌楼来剃头的，还有两个人：一个叫胡亚明，我们叫明师傅；一个叫胡大地（或是"大弟"），年纪大了，牌楼人都喊他"大师傅"。明师傅差不多一个月来一次，大师傅却没有固定的时间，但两个时间他是必来的。一个是过年前。按照风俗，正月里不剃头，大人孩子得在过年前把头发给剃了。正月里怎么就不能剃头呢？这话说来就长了。汉族男儿自古蓄发，"身体发肤，受之父母"，不能妄动的。满人入主中原后，强迫汉人理发，"留头弗留发，留发弗留头"，汉人誓死抗争。胳膊终究拗不过大腿，见大势已去，汉人只好退而求其次，立下了"正月不剃头"的规矩。正月是一年的开始，正月不剃头意味着一年不剃头，汉人以此来缅怀祖宗，寓意"思旧"，渐渐以讹传讹，变成了"死舅"，这就是"正月剃头死舅舅"的来历。另一个日子是固定的，"二月二，剃毛头"，剃完毛头，大人就该准备春耕了。这天大师傅必风雨无阻，一大早就晃着剃头挑子，笑容满面地出现在村口。

大师傅已经谢顶了，脑门光秃秃的，每次来，总是戴着一顶深黑色的皮帽子，帽檐两边甩着两只兔子一样毛茸茸的大耳朵。他口吃，一个字一个字地用力往外吐，"坐、坐、坐好，板凳长、长、长刺了啊？"话音未落，我们已经笑成了一团。他并不恼，悬着残月一样的剃刀，轻言巧语地哄着那个不安分的孩子，密密的褶皱里铺满笑容，像一个佛。

民间艺人吃的是百家饭，端的是东家的饭碗，不会轻易染指其他人的地盘。虽然做的都是剃头生意，但明师傅负责给大人理发，大师傅主要给孩童剃头，井水不犯河水。旧时剃头收的是"年费"，一年内不计剃头的次数，大人如此，孩童也如此。同样是收年费，大师傅的收入却比明师傅高，孩童的头难剃，尤其是第一次给襁褓中的婴儿剃"落胎头"。在婴儿的啼哭声里，东家把剃下的胎发喜滋滋地揉成小"发球"，宝贝一样收着，再毫不吝啬地封给大师傅一个红包。这是"落胎头"的喜钱，年费之外的，大师傅微笑着接过来，一面称谢，一面道喜。

剃头是纯手艺活。老一辈人常讲，要学剃头，至少要当三年学徒，其实很多工夫都花在了剃、掏、捏的练习和揣摩上。剃头师傅可不单单会剃头，尤其是那些常年走村串巷的老师傅，让他们闻名遐迩的，往往不是剃头的手艺，而是经年累月练出来的绝活。

明师傅的绝活是治落枕。有一年农忙，二哥落了枕，一路歪着脖子，满头大汗地找到明师傅。明师傅让二哥把脑袋搁在他躬起的大腿上，然后，他用两手扶着二哥的下颌，轻轻两下，"咔叭"一声响，已经扳正了。

我问二哥："痛吧？"二哥左摸摸右摸摸，大惑不解地说："奇怪，我怎么一点儿感觉也没有呢？"

大师傅的绝活是掏耳朵。掏耳朵谁不会呢？同样是掏耳朵，大师傅却技高一筹，老人彼时眯眼享受、过后神清气爽之态，便是明证。牌楼有几个老人已经掏成了瘾，只要大师傅一来，他们便在剃头挑子四周转来转去，眼巴巴地瞅着大师傅。大师傅心知肚明，脸上挂着笑，"等、等、等一会儿"。老人当然愿意等，等一会儿又有什么关系呢，他们有的是时间，太富裕了，用不完的！但大师傅很少让老人久等，他总是在给孩子们剃头的间隙，见缝插针地招招手，示意某一个候着的老人。

在牌楼，掏耳朵并非男性的专利，这自然也是因为大师傅。他太好说话了，不拘是谁，只要开口，他从不拒绝。后来，连那些弯腰驼背、步履蹒跚的老妪也捻着耳郭，逢人便说，"帮我望望哉，不晓得里面进了么东西"，听的那个人笑了，"我望么东西，叫大师傅帮着掏掏呗！"说的那个人也笑了。这一笑，就有些名正言顺的意味了，下回见到大师傅，便慢慢凑到跟前，请他得空帮着掏掏。

"托子空（方言，意为罕见、稀奇），哪有妇女掏耳朵的呢？"

哪里都有"老顽固"，牌楼也有，他们看不过去，站在一边戏谑，"那、那有什么要、要紧的呢？"大师傅头也不抬，专心致志地，慢慢掏，掏完了，又说，"你痒，她、她不也痒啦，有、有什么要紧的呢？不、不、不要紧的！"

"她痒不痒，我不晓得，你怎么晓得呢？"这自然是双关了，风里来雨里去的大师傅焉能不知？他笑着骂了一句，抽出残月一样的剃刀，迅疾转过身去。

掏耳朵，既要大胆，又要心细，最重要的还是手感，好比烧菜的火候，这个分寸的拿捏，最考验功夫。掏耳朵时，肩不能晃、臂不能摇，轻重幅度不能过大，深浅更要恰到好处。等大师傅剃完头，早已候在一旁的老人立即落座，气定神闲地等着。便见大师傅从工具箱里拿出一个竹筒子，打开筒盖，往手上一倒，六种不同用途的掏耳工具便滑落在手心，掏的、刮的、取的、刷的……他神情专注地将工具伸进老人的耳郭，在里面探来探去，轻轻刮动，再用镊子夹出耳垢，最后用棉签在耳道里快速捻动，清除散落在耳道里的垢屑。临了，再取下挑子上的毛巾，掸掉老人肩上的耳垢，这最后一道工序多年未变，虽细微，却暖心。

前后不过五分钟，老人的脸慢慢舒展开了，像春风拂过一层层梯田。心醉神驰之态，那么明显！

掏耳朵归掏耳朵，好说话的大师傅也有自己的原则，他从不给妇女剃头，甚至不借给妇女剃刀。木匠出工总要随身携带一把惯用的斧子，剃头匠也是如此，只不过，剃头匠左右不离身的，是他们赖以安身立命的剃刀。

古人信奉神灵，认为天道有轮回，世间万物都在神灵的监视下，于是各行各业都有一套防止惹怒神灵的规矩。剃头这一行，就有"女人不剃，和尚不剃，乞丐不剃"的禁忌。旧时剃头匠都是男性，"男女授受不亲"，所以女人不剃；和尚剃度一向是在寺院内由住持执刀，为了一点儿小生意弄僵人佛之间的关系，不值得，所以和尚不剃；乞丐怎么也不剃呢？很多人对此无法理解，其实，我们今天见到的乞丐和过去的乞丐是不一样的。过去乞丐是一份职业，作为执业者，首要条件就是要像乞丐，而剃头匠是专门让人不像乞丐的，为了防止职业冲突，所以乞丐也不剃。

除了"三不剃"以外，剃头匠还有"三不鸣"：过庙不鸣，怕惊扰庙里的神明；过桥不鸣，怕惊动江河水神；过剃头棚不鸣，怕惊动同行的生意。

规矩是死的，人是活的，残月一样的剃刀亦有阴晴圆缺。

有一年腊月，英大娘颤颤巍巍地拄着拐杖，扶住剃头挑子，上气不接下气地说，"你帮我剃吧，你要是不剃，我死了都不闭眼睛……"人之将死，其言也善，大师傅为难地看着英大娘，欲言又止。

英大娘是牌楼当时最年长的老人，牌楼人都知道她很老了，老得不知道她的具体年龄。她老伴英大爷，个子不高，力气大，农闲时经常进山砍柴。他一生节俭，不舍得吃，不舍得穿，长年累月一双黄胶鞋，脚后跟都磨烂了，一直穿，一直穿。那年腊月，苦寒，英大爷挑着一捆柴火，说说笑笑地，和结伴打柴的两个老邻居一起下山，没想到脚底打滑，一个趔趄，一头撞上一棵野板栗树。乡下人，跌跌撞撞太平常了，两个老邻居都没当回事，英大爷自己也没当回事，他只是自嘲似的骂了一句，接着便拾起扁担，站了起来，挑起柴火，继续下山。大约三分钟之后，谁也没想到的一幕发生了，不声不响的英大爷突然"哎哟"一声，接着便烂草垛一样慢慢瘫了下去。当两个老邻居合力把双眼紧闭、不省人事的英大爷背下山，再用板车拉到5公里之外的卫生所时，英大爷的心跳已经停了。

英大娘哭死过去，又在邻居们的大呼小叫里，慢悠悠地活了过来。

重新活过来的英大娘仿佛突然了悟，她在邻居们的帮衬下，以"九领六腰"的最高哀荣安葬了老伴。那个年代，大家生活都不宽裕，连活人都顾不过来，哪还有精力顾亡人呢。老人们的羡慕溢于言表，英大爷的一生虽然短暂，但他走得轰轰烈烈，值了！

腊月皇天，就要过年了，因为英大爷猝然离世，牌楼人过了一个冷冷清清的春节。一道砍柴的两个老邻居几乎没有过年，他们既没有洒扫庭院，也没有买酒备菜，大门上甚至没有贴春联。大年初一，他们结伴来到英大爷灵前，陪他喝酒、抽烟、谈白。

牌楼习俗，遇到白事的人家，当年春节是不贴春联的。两个老邻居的古君子之风，成了两代牌楼人的谈资。如今，山高水远，老一辈人先后离世，今天的牌楼已经不是老一辈人生活过的那个牌楼了。

四十旺岁的英大娘一直没有改嫁。在一眼望不到头的贫瘠岁月里，她既当妈又当爹，辛辛苦苦地拉扯着一双儿女。那些年她吃了多少苦啊，披星戴月，风里来雨里去，腰都累弯了，一头黑发常年乱蓬蓬的，渐渐成了一头芦花。牌楼人没有想到，看上去病歪歪的英大娘竟然如此长寿，村里年纪比她大的，走了，年纪比她小的，也走了，她竟一直活着，一年又一年，阎王老子仿佛把她这个人给忘了。

她八字硬，一个人活了两辈子，霸了英大爷的阳寿……私底下，不止一个老人这样说。活着活着，英大娘竟发下宏愿，临终要剃"大寿头"，民谚说，"大寿头，大寿头，子子孙孙不用愁。"大师傅大吃一惊，走村串户几十年，他还没有剃过"大寿头"。英大娘当然足够高寿，但剃"大寿头"的都是德高望重的男性老人，这种坏规矩的事，他自然不肯应承。

"可是真不照啊？你做个好人……"她泪汪汪地望着大师傅，深长地作揖。

"真、真不照！你去访、访访，哪个女的剃过大、大寿头？"

大师傅话音刚落，英大娘"扑通"一声，朝他跪了下来。

这么重的礼，谁受得起哦，大师傅急了，越急越结巴，"你、你、你这样看、看、看得起我，照说我、我该答应，但、但我不能坏、坏规矩啊！"

英大娘一面抹眼泪，一面缓缓起身，哪有她不知道的规矩呢。

乡亲们七嘴八舌地，在一边帮腔——

"她老人，太不容易了，就算出点儿格，又有什么关系呢？"

"几个人能活到她这个岁数，活菩萨啊！你这也是积德的事。"

"讲句老实话,她剃,我们都没意见。她不剃,我们都不能剃。"

…………

大师傅默默地听着,欲言又止。

英大娘是三月里走的,说是白事,其实也是喜事了。乡亲们有钱的出钱,有力的出力,英大娘家房前屋后,经幡招展,雪白的花圈里里外外堆了好几层。那个入殓的夜晚,乍暖还寒,山顶上挂着一轮清冷的残月,山坳里黑魆魆的,暖坟的孤灯明明灭灭,萤火虫一样,闪烁着微弱的光晕。几条野狗在村子中央窜来窜去,呜呜呜,像突然间被谁扼住了喉咙。英大娘的灵床摆在堂屋中间,四个诵经的道士,神情肃穆地站在孝子贤孙后面,唱:"阵阵阴风好凄凉,三魂七魄飘荡荡。望乡台上往下看,一眼看见自家院。高堂停放一花棺,亲戚朋友闹喧天……"停,为首的穿黑袍者起身敬酒,敬酒毕,又唱:"望乡台上招招手,鬼师带路往前走。行路口渴好心慌,见一位婆婆奉茶汤。喝了这碗迷魂汤,阳间的事儿都不想……"正唱着呢,村口的石拱桥头,忽然响起一阵噼里啪啦的鞭炮声。这么晚了,谁来吊唁呀?大家一起望着,便见朦胧月色里,急匆匆走来一个黑影,近了,竟是大师傅。孝子急忙上前,正准备下跪行礼呢,被他一把拉住。他顾不上寒暄,急匆匆进了屋,"扑通"一声跪倒,朝灵床上的英大娘磕了三个头。

屋里屋外的人都望着他,将信将疑。他一言不发,从工具盒里掏出剃刀。

穿黑袍的道士一声高喊:"大寿头！大寿头！子子孙孙不用愁！"

屋里屋外的人已经回过神来，跟着一起喊:"大寿头！大寿头！子子孙孙不用愁！"

大师傅双手合十，将残月一样的剃刀举过头顶，朝东南西北四个方向拜了三拜。

拜毕，孝子呈给大师傅一大杯白酒。大师傅接过白酒，又朝东南西北四个方向拜了三拜。锣钹响了起来，四个道士侧身面对英大娘，诵经。诵毕，穿黑袍的道士慢慢掀开英大娘身上的红床单，大师傅含着一大口白酒，向英大娘脸上"扑哧"一声喷去。屋子里鸦雀无声。大师傅跪了下来，屏声敛息，右手悬腕执刀，拇指按住刀面，食指、中指勾住刀柄，无名指、小指顶住刀把，只听"沙沙沙"，剃刀在英大娘的额头上行云流水一样游走。"大寿头"只能一气呵成，不能剃第二次，而且只剃前面的部分，后面的部分得留着，叫"后发"。

祭台上，烛火摇曳，像夜晚幽深的心跳。

大家敛声屏气地看着大师傅。他的额头上，沁出一层细密的汗珠。

时间在夜色里慢慢流逝。摇曳的烛火，一次次舔亮大师傅的剃刀。临了，大师傅慢慢站了起来，向剃刀上喷了一大口白酒，然后便折起剃刀，塞进工具盒。

穿黑袍的道士领唱："剃完大寿头，子子孙孙不用愁。出门就是望乡台，你慢慢走来慢慢行。"

众道士合唱："你慢慢走来慢慢行，望乡台后面就是大桥东。小路别走你走大路，一路风调又雨顺……"

…………

入殓了，孝子贤孙伏地恸哭，四个举重山呼海啸着将英大娘的遗体慢慢移进棺椁。谁也没有留意大师傅，死神带走了他的得意之作，此时，他已经在凉薄的月色中，独自消失了。

那是我最后一次见到大师傅，不久之后他便收起剃刀，不再走村串户帮人剃头。

牌楼人上街赶集，见过几次大师傅，他默默地蹲在街角，茫然地抽烟，面前摆着几只菜篮子，篮子里盛着黄心乌、青萝卜、香芹、小葱、大蒜……怎么会这样呢？有一次，我问明师傅，明师傅长叹一声说，"老规矩，可守可不守的，毕竟时代不同了。他非守不可，你有什么法子呢……"

那一刻，我忽然理解了大师傅——他敬畏剃刀，敬畏生命，敬畏神明——那是一种骨子里的敬畏，源自一颗纯粹的匠心。

"匠"，从匚，从斤，意为工具箱子里放着一把斧子。斧子，既是有形的工具，也是无形的律令，星宿一样悬在头顶。

明师傅迟迟没有收起剃刀。大学时代，暑热的傍晚，野泳归来，我时常看到他站在余晖里，慢条斯理地帮老人剃头。也只有老人还念着他的老手艺，隔三岔五来找他剃头。对于老人来说，老手艺既承载着一片知根知底的深情，也承载着一种墨守成规的生活。那时候，小街破罡已经有了第一家理发店，闪烁的霓虹、喧闹的音乐，进出其间的，是发型新潮的红男绿女。

是的，那时候年轻人已经"理发"了。从"剃头"到"理发"，年轻人以自己的方式，迎来了一个热火朝天的新时代。

执刀四十多年，明师傅最大的遗憾是没有剃过"大寿头"。"你是不敢剃吗？"我问，他"呵呵呵"地笑了，说，"大寿头，那也不是谁敢剃就能剃的哦！不光要有手艺，人品还要好，光手艺和人品还不行唉，得有机缘……"我一时语塞，又不禁想到，明师傅迟迟没有收起剃刀，是在等那个不可测的机缘吗？

世事难料。因为殡葬改革，遗体一律火化，城乡一刀切，"大寿头"被视为封建陋习，如今已经无人问津了。

去年清明，回牌楼扫墓，我问五婶，"明师傅可还给人剃头啊？"五婶眉毛一拧，"明师傅？明师傅早就化成灰了！"

我有些黯然。人到中年，时常要面对各种各样的离别。我没有再问大师傅，他比明师傅年长，想来已不在人间。

小村岑寂。一座座青砖瓦屋落着大铁锁，院落空空。山坳间偶有鞭炮炸响，一碧如洗的树冠上烟霭袅袅，像朋友圈里那些如诗如画的乡村。

选自《安徽文学》2023年第4期

大地的脐带

周齐林

中国作家协会会员,鲁迅文学院第 41 届高研班学员,有作品近 200 万字见于《作品》《十月》《中国作家》等刊。曾获第三届三毛散文奖、第四届在场主义散文奖等,著有散文集《大地的根须》等 5 部作品。

1

残阳如血的黄昏，阳光透过窗户斜射在厚厚的被子上。瘦骨嶙峋的祖母躺在被子下，她已连续五日粒米未进，靠输液续命。一旁曾经落满灰尘的桌子被擦拭得光可照人。覆盖在祖母脸上的那层灰却擦拭不净，有些东西正慢慢消逝。

一墙之隔的厨房烟熏火燎，阵阵香味随风涌荡而出。父亲正蹲在门槛前默默抽烟，屋内忽然响起一阵细微的呼喊声。

"志佳，志佳。"祖母有气无力地喊道。父亲摁灭烟头，匆匆进屋。

"志佳，我想吃红薯。"祖母浑浊的眼忽然变得明亮，她看了父亲一眼，缓缓地说道。父亲听了心头一紧，祖母这是回光返照。

这看似平常的黄昏危机四伏，我紧跟在父亲身后，匆匆上楼，四处寻觅，却看不到红薯的影子。以往二楼的一隅总是堆满了红薯，暗夜里饥肠辘辘的老鼠撕咬红薯的声音不时回荡在耳边。

家里已多年未种红薯。薄暮中，父亲匆匆出门，挨家挨户问，终于在五额婶家讨来五六个红薯。

红薯去皮，剁碎，加入少许大米，半小时后，母亲把一碗热气腾腾的红薯粥端到祖母面前。

祖母喝了小半碗，颤抖着把它搁置在一旁的床头柜上。她看了父亲一眼,又说想吃烤红薯。灶里的火星通红,父亲把红薯放进去。几分钟后,一股香味弥漫开来。祖母骨瘦如柴的手紧握着微微发烫的红薯,啃食了几口,朝窗外深邃的天空望了几眼,眼神又涣散下来。

次日中午,祖母在父亲的怀抱里去世,眼角溢出一滴浑浊的泪。

祖母去世时正是初春,空气中弥漫着丝丝寒意。

几日后,父亲去墟上买了几十块钱红薯苗,带着我来到山上,在祖母墓地旁的那块空地上驻足。开垄,挖沟,挖坑,下苗,埋土,阵阵山风吹拂下,一棵棵红薯苗在风中轻轻摇曳着。

2

红薯的根须深深扎入家族的土壤里。

1962年的盛夏,烈日长久的暴晒下,土地皲裂开来,细长的裂缝如一道道饥饿的深渊。

午后的村庄寂静无声,栖息在树梢的蝉发出有气无力的呐喊声。年幼的父亲瘦骨嶙峋,青筋暴露,豆芽般耷拉在祖母身上,他面色苍白,有气无力。祖母的乳房干瘪下去。彼时祖母年方三十四。

祖母抱着饿晕的孩子不时起身,踮起脚,不时朝不远处的石路张望一眼。

三天前,祖母捎信给娘家,告知家里已多日揭不开锅,四个孩子饿得晕头转向,靠吃野菜度日。

在频繁的张望里,她期盼的心渐渐凉了下来。当她抱着孩子准备进门,转身回望的那一刻,小路尽头一个熟悉的人影映入她的眼帘。她心跳加速起来。模糊的人影越来越清晰。

是曾外祖父。他扛着一个沉重的袋子缓步行走在尘土飞扬的石路上,汗水湿透了衣衫,额头上布满细密的汗珠。

把袋子放在地上,曾外祖父喘息片刻,接过祖母手中那瓢清凉的井水,一"咕噜"喝了下去。"省着点儿吃。"曾外祖父解开袋口紧紧缠绕的绳索说道。一个个沾满泥巴的红薯露了出来。

一年后祖母才知道,这是曾外祖母当掉两个银镯子换来的一袋红薯。曾外祖父歇息片刻,咬下一个洗净的红薯,重新积攒一些力气,踏上了回家的路。祖母望着他瘦削的背影,心里百感交集。祖母抱着年幼的父亲站在门前,一直望到曾外祖父消失在小路的尽头,才返身进屋。

窗外炽热的阳光透过窗棂斜射进祖母眼底,她却感到一丝柔软。

祖母取出两个大红薯,在井边洗净,沾满泥土的红薯立刻变得红艳艳。将红薯斩碎,放进盛满水的锅里,放入剁碎的马齿苋,满满的一锅。

干裂的柴火迅速燃烧起来,火舌吞吐,舔舐着黑漆漆的铁锅。多日前的一场大雨，池塘边和田野里重新长出了许多新绿。祖母带着年幼的孩子们挎着竹篮四处寻觅，割下满满几竹篮马齿苋。马齿苋是长在乡村田间地头常见的一种野菜，叶子肥厚鲜嫩，入口一点儿也不涩，亦是一味中药。

祖母站在装满红薯的袋子前，左挑右选，取出一个个头较小的红薯，小心翼翼地将它放入灶坑里烘烤。片刻之后，厨房里弥漫着一股久违的香味。

年幼的姑姑、父亲、大伯和二叔刚从睡梦中醒来，他们靠睡觉来节省精力。烤红薯的香味随风扩散开来，他们迅疾从床上跳了下来。

祖母在厨房里忙碌着，眼前的一幕让几个孩子惊讶。他们疾步走到冒着热气的铁锅边，红薯的浓香不时从鼻孔沁入心里，喉咙里的口水上下翻滚着。

用火钳取出已烤熟的红薯，放入清凉的井水里浸泡片刻，祖母小心翼翼地将红薯掰成四份，一一递给孩子。他们迅速接过红薯，狼吞虎咽起来。只有年幼的姑姑细嚼慢咽着。吃完了的三个眼巴巴地望着姑姑。祖母见状，关紧大门，把四碗红薯野菜粥放上桌。她在粥里放了一小勺盐，搅拌，调味。"吃吧"，祖母看了孩子们一眼说道。四个孩子伸出瘦长的手臂，揽过饭碗，呼噜的声音很快此起彼伏。四碗红薯粥转瞬便一扫而空。

祖母把四个孩子叫到里屋，叮嘱他们不要把家里有一袋红薯的事说出去，一定要严守这个秘密。孩子们默默点头。

次日，晨曦微露时，祖母手持一把锄头，在院落里忙活开来。院落的泥土坚硬，板结，荒芜了一年有余。祖母从井里取水，泼洒在干燥的泥土上。泥土如干渴的农人般"咕噜，咕噜"把水吞入腹中。七八桶水下去，祖母终于把这块地喂饱了，干燥的土地变得湿润轻盈起来。

松土，开垄，挖坑，一切准备就绪后，太阳缓缓升起来，将柔和的光线挥洒在寂静的村庄。祖母进屋取出曾外祖父带过来的红薯苗，小心翼翼地把它们插入土坑里。施肥，填土，望着在晨风中微微摇曳的红薯叶，祖母嘴角露出一丝欣慰的笑。

日子一天天从指尖流逝，半个月后，祖母欣喜地发现，孩子们脸上慢慢有了一丝血色。

五月末种下的红薯苗，九月才有收获。数了一遍又一遍，祖母沮丧地发现袋子里只有六十一个红薯。这意味着他们每两天才能吃一个红薯。横亘在中间的一百二十多天，如一道巨大的沟壑。他们需要借助这一袋红薯跃过饥饿的深渊。祖母把这一袋红薯藏匿到二楼仓库的一个隐蔽处。她担心饿得头昏眼花的孩子们趁她不在时偷吃。她每天早晨做的第一件事就是上楼数红薯的数量。确认无误后，她才放心地下楼。这一袋红薯是一家人的命，在外干活时、夜晚躺在床上望着窗外的那轮明月时、清晨醒来时，一想起楼上还藏着一袋红薯，她就倍感踏实。

祖母担心的事还是发生了。几日后的黄昏，她外出干活归来，匆匆上楼，数来数去，发现少了四个红薯。她的心一下子凉了下来,转而一股愤怒在心中升腾而起。

孩子们在房间里嬉戏。祖母拉长着脸进屋,一声不吭地看着几个孩子。孩子们顿时没了声响,耷拉着头。

在祖母的一再逼问下,姑姑站出来,咬着唇,承认了偷拿红薯的事。"跪下。"祖母厉声呵斥道,转身出了房间,再进来时手里拿着一根细长的柳条。祖母迅疾走到姑姑跟前,撩起她的衣服,扬起手中的柳条,抽打在姑姑瘦弱的身体上。很快,柳条在姑姑背上留下一道道带血丝的印痕。

年幼的父亲、大伯和二叔被祖母愤怒的样子给吓住了,他们惊恐地围在一起,大哭起来。

"妈妈,刚才小红来我们家井边打水时饿晕在地,姐姐见了,就上楼拿了四个红薯给她,你不要再打她了。"父亲惊恐地说道。

祖母扬起的手停了下来,她沉沉叹息了一声。

深夜,夜风袭来,烛光摇曳。昏黄的烛光下,祖母弓身给姑姑的背上药水。

"妈妈错了,以后再也不打你了。"祖母说道。

"我以后再也不拿红薯了,妈妈,要拿就先跟你说一声。"年幼的姑姑说道。

一周后的那个午后,寂静的村庄,风百无聊赖地四处游荡,祖母坐在门槛的石凳上静静凝望着院落的那一片绿。

"兰娇,那天幸亏你家闺女给的四个红薯,不然我这小孩命都没了。"五额婶的话把祖母从悠远的思绪中拉了回来。五额婶朝祖母走过来,把祖母拉进屋,藏在背后的手递给祖母一小碗大米。

几经拒绝,祖母还是收下了。祖母没想到孩子拿出去的四个红薯换回来一碗大米。

傍晚,祖母给孩子们做了一顿红薯粥,红薯和米饭混杂在一起,大火烧,小火熬,红薯粥黏稠,入口香甜。看着孩子们吃得津津有味的样子,祖母心底感到很踏实。

一周后一个落雨的深夜,夜色漆黑,屋外寂静无声,只听见雨水掉落在地发出的吧嗒声。院落的这抹绿慢慢生长,一点点一滴滴,蔓延开来,覆盖住整片土地。

九月的风开始有了些许凉意,院落里的红薯藤蔓彼此交缠在一起,当初的一小片绿如长了脚一般爬满了整个院落。

当初曾外祖父带回来的几十株红薯苗,在祖母日复一日的浇灌下,变成了两大竹篮的红薯。靠着新收获的红薯,祖母带着孩子们熬过了那段艰难的时光。

3

年幼时,昏黄的灯光下,祖母经常给我们讲红薯的故事。在频繁的讲述里,红薯的故事慢慢深入到家族记忆的肌理中。

红薯靠根茎和细长的藤蔓来输送养分,这常让我想起一个准母亲腹中的脐带。脐带是母亲给腹中的孩子输送养分的通道,更是情感的纽带。

1984年深冬时节,屋外寒风呼啸,怀胎近十月的母亲抚摸肚子,发现腹中悄无声息,以往此时正是胎动最厉害时,调皮的孩子在腹中以拳打脚踢的方式与她互动。在母亲的一再坚持下,她被紧急送到医院。一番详细检查,母亲迅速被推进产房,剖腹产,才发现是脐带过长绕颈。幸亏送医及时,不然孩子难以保住。这个孩子就是我。

脐带是有形的,当腹中的我脱离母体,呱呱坠地,一根无形的脐带把我和母亲紧紧地联系在一起。

母亲在村后的牛角屏山上种满红薯。晨雾散去时,母亲就带着我们哥俩儿往山间走去。

松土,开垄,挖坑,栽苗,施肥,填土,几道工序下来,母亲的额头上布满细密的汗珠。松土开垄时,母亲叮嘱我们哥俩儿耐心点儿,把垄挖高点儿。"高垄结大薯,深水养大鱼。"只有肥沃厚实的土壤才能长出好粮食来。

栽植时,母亲叮嘱我们哥俩儿千万不要深栽。"浅栽结个金元宝,深栽一堆草。"母亲站起来,笑着跟我们说道。

"哟呵。"烈日高悬,山间茂密生长的草木密不透风,面色红润的母亲扶着锄头,扯起嗓子,朝山间吆喝着。风像是感应到了,空气中立刻响起细微的颤动,附近的草木发出阵阵哗哗声。风吹弯了草木,吹拂着母亲的发梢,阵阵凉意瞬间在母亲身上弥漫开来。她紧蹙的眉头也跟着舒展开来。

灵动的风让年幼的我和哥哥感受到了乐趣。我们跟风玩起捉迷藏来。我学着母亲的样子朝山间吆喝着,风像是听到指令迅疾而来,吹拂在脸,凉意袭人。当哥哥也模仿着母亲的样子吆喝时,风却藏匿起来。

母亲时刻惦念着山间的红薯苗,担心它们的生长。遇到雨水充沛时,母亲手持剪刀忧心忡忡地往山间走去。

红薯遇水,藤蔓便肆意生长。母亲手持剪刀,这里剪掉一小段,那里剪掉一小段。

"红薯的藤蔓长得太旺,容易流失营养,无法给根茎提供营养。"我听了似懂非懂地点头。

1999年,父亲扛着木工箱去了南方打工,母亲靠卖红薯饼来贴补家用。遇上开墟的日子,夜色还未散去,母亲就起床了。在昏黄灯光的照射下,母亲在厨房里忙碌起来,她的身影在墙上左右晃动着,一会儿大一会儿小,一会儿直立一会儿又歪斜。

母亲把十几个红薯在井边洗净,去皮,再将红薯切成一块块,放入锅里隔水蒸熟。红薯的香味弥漫开来,在暗夜里飘荡着。母亲在蒸熟的红薯上撒上一层白糖,而后用光滑干净的木棍将红薯压成糍糊状,加入适量的面粉、鸡蛋液和水,不断地揉搓,直至硬度合适。

母亲娴熟地用手揪出一小块面团,将其搓成圆球形,用手掌按压成饼状。如此循环往复,一个个红薯饼井然有序地排列着,等待着母亲发号施令。锅里的油发出"滋滋"的响声,油烧热后,母亲沿着锅的边沿将饼缓缓放入油中,小火炸,一番煎炸,红薯饼漂浮在油面上。母亲用铁筛子迅疾捞出,放在一旁的竹篮里晾。

晨曦微露时,母亲挑着担子出门,一直到晌午时分才归来。

不赶集的日子,母亲常去中学校门口卖红薯饼。镇里的中学位于村后的黄土高坡上。做完早操的间隙,班里许多同学拥到学校后面的铁门前买红薯饼。有一天,我看见自己喜欢的女生兰也往铁门前走去,我前行的脚步忽然停了下来。我更不敢与母亲相认,害怕面色黝黑、目不识丁的母亲丢了自己的脸。

学校是封闭式管理,为了给教师的家属增加收入,不允许校外的商贩进入学校,只允许教师的家属炒菜售卖给学生。同学们为了改善伙食,通常去教师的家属那里打菜或者吃早餐。

迟疑的瞬间,我看见剃着光头的门卫疾步朝铁门走去,朝拥挤的人群厉声呵斥。同学们见了,如鼠见到猫一般,纷纷逃窜开来。

"下次还敢再来就全部没收掉。"门卫咬牙切齿地说。他一抬腿,隔着铁门的缝隙,踢在盛放红薯饼的脸盆上。"哐当",脸盆落地发出的刺耳响声在我耳畔响起。

门卫瞪了母亲一眼,头也不回地走了。我呆呆地站在原地,心如刀绞。红薯饼滚落在地,沾了灰尘,受惊的母亲迅疾弯腰一个个捡起来,脸上满是惶恐。这一幕长久地留在我脑海里,以致许多年后，身在异乡，每每看见在寒风中瑟缩着身子叫卖烤红薯的小贩，我脑海里就会浮现出母亲的身影。

上课的铃声尖锐地响了起来，我迟疑着，远远地看了铁门外的母亲一眼，转身跑进了教室。

进教室，刚坐下不久，丙卫忽然走过来，把一小袋热气腾腾的红薯饼放在我桌上。丙卫与我同村，跟我同班。

久久地看着桌上的红薯饼，母亲委屈的身影浮现在我脑海里。

星期五回到家，母亲正在厨房里忙碌着。每次我从学校归来的晚上，母亲总会做一桌子我喜欢吃的菜。"正是长身体时，得吃好点儿。"昏黄灯光下的母亲笑着说道。

"那天在你们学校门口卖红薯饼，好多学生买，一下子就卖光了。"母亲说道。

此后，学校门口再也没出现母亲的身影。母亲开始走街串巷地叫卖起红薯饼来。

盛夏之夜，屋外凉风习习，清凉的月光洒落在大地上，萤火虫在半空中一闪一闪。我和哥哥躺在清凉的竹席上，静静地凝望着深邃清澈的夜空。一旁的母亲忙碌着，把在清凉的井水里浸泡了一下午的红薯打捞上来。这口深井夏天清凉，仿佛一台天然的冰箱。

母亲把井水凉过的红薯去皮，切成片，撒上醋，搅拌一番。片刻之后，醋的酸味慢慢渗透到红薯里，一道美味就成了。凉凉的月光下，我左右手各拿一块醋泡过的红薯，大口咀嚼起来。醋的酸味和红薯的甜味在唇齿间弥漫。

红薯饱腹感强，几块红薯下肚，年幼的我摸着肚子躺在院落的竹席上，静静地看着萤火虫在半空中划下一道道优美的弧线。夜渐渐往深处走去，我在清凉的夜风中悄然入睡。

初秋时节，是红薯的收获期。把山间的红薯挖下来，挑回家，母亲又忙碌起来。天气晴朗的日子，母亲把红薯洗净，煮熟，切成一条条，放在院落干净的稻草上暴晒。几日的暴晒下来，薯条就做成了。返校的日子，母亲总会给我准备好一大包的薯条，叮嘱我晚上复习功课到深夜时吃上一些。

一个个深陷在黑暗中的红薯时刻呼唤着救援者的到来。红薯收获的季节刚过，母亲常扛着锄头、挎着竹篮带着我们去山上捡漏。一些红薯还隐匿在泥土深处，等待着被挖掘。刚被挖掘过的红薯地一片混乱。经验丰富的母亲放下肩上的锄头，目光掠过眼前的红薯地，忽然像是发现了什么，几锄头下去，一个带着根须的红薯就被挖了出来。这块红薯地主人一时粗心，把这一两个红薯遗留在了土里。

一个下午下来，到薄暮时分，翻遍整个山野间的红薯地，我们收获了满满一竹篮的红薯。母亲红扑扑的脸上露出欣慰的笑容。

从年头到年尾，红薯时刻陪伴着我们，它渗透到生活的每个角落里。

进入隆冬时节，晒干的稻子早已入仓，田野上只剩下冷风四处游荡着，从天而降的雨水掉落在地，发出"噼啪"的响声，仿佛是在为风神奏乐。在泥土里劳作了大半年的村里人正蜷缩在屋内烤火，冷风从窗的缝隙蹿进来，钻进他们的脖子里。他们不由得抱紧了身子，离炉火更近了。时光的脚步仿佛停滞下来，他们深陷在悠远的回忆中。在日复一日的劳作下，生锈的锄头被打磨得闪闪发光，此刻，被扔在库房里的它们正静静地等待着春天的到来。

在外打工的父亲已归来，家中弥漫着幸福的气息，母亲脸上时刻洋溢着灿烂的笑容。屋外寒风呼啸，我们一大家子躲在屋内烤火。

暖意驱散冷风，炉火烤红了我们的脸庞和脖子，暖意开始弥漫整个身体，疲乏上头的母亲缓步走到窗前，怔怔地望着窗外苍茫的大地。雨水没有停歇的意思，在她仰望的瞬间反而下得愈加密集起来。大年三十将至，过了年，父亲又要奔赴异乡。在广阔的田野上忙碌时，母亲的身体是轻盈的，当忙碌结束，在炉火旁静静地凝望远方时，她的心思变得沉重起来。母亲舍不得父亲远行。

在母亲的盼咐下，我来到库房，匆匆取出几个沾着泥巴的红薯重新回到通红的炭火旁，来不及瞥一眼一旁的锄头和铁锹。我把红薯放到炭火旁烘烤，片刻后，红薯的香味弥漫整个房间。

这一幕长久地浮现在我的脑海里，它意味着家的温馨。

随着成长的脚步，我逐渐远离故乡的土壤，慢慢离母亲越来越远，一根无形的脐带却始终牵扯着我的心。

4

2008年5月，一场罕见的金融风暴席卷全球，处于暴风眼的珠三角，许多工厂陷入裁员和倒闭的边缘。我所在的道滘的这家港资厂，员工由鼎盛时期的五百多人锐减到一百多人。往日的我，陀螺一般马不停蹄地穿梭于车间，忙得喘不过来气。次贷危机后，通常一个礼拜见不到一个订单。

三个月后，宣传栏上贴出了一张猩红色的裁员名单。厂门口顿时喧闹起来。人们纷纷在宣传栏前驻足停留，面露恐慌。在工厂干了近三十年的辉叔忽然蹲在角落里失声痛哭起来。他已年近六旬，身患严重的腰椎间盘突出，离开意味着永远的告别，带着满身疾病回到陌生的故乡。

站在人群外，踮起脚跟，我看到了自己的名字。伤感迅疾在心底蔓延开来。

次日，收拾行李，离开工厂，我来到智通人才市场对面的八元店。八元店狭小的房间里霉味扑鼻，四张铁架床，分上下铺。我所在的小房间住着六个人，湖南、湖北、江西和贵州的口音混杂在一起。白天，房间里寂静无声，舍友们大都怀揣简历奔波在面试的路上。夜幕降临时，面试归来的舍友们满身疲怠地躺在锈迹斑斑的铁架床上。

两个月后，为了省钱，我开始每顿只吃两个馒头，经常在深夜饿醒。窗外夜凉如水，透过锈迹斑斑的窗棂，十几米外的大排档人声鼎沸，灯火辉煌。烧烤味、高度白酒的气息弥漫在空气里，不断冲击着我的嗅觉。

我挣扎着爬起来，浑身仿佛虚脱了一般。来到门外，拧开一旁的水龙头，猛喝了几口自来水。水迅速流入体内，饥饿感仿佛缓解了一些。我在夜色中静坐了一会儿，复又走进房间躺下。为了缓解饥饿感，我换了个睡姿，趴在床上，用枕头顶着肚子。我在昏昏沉沉中睡去。

半夜，饥饿感愈来愈强烈，它变成一根细长的绳索，时刻紧勒着我的脖子，让人窒息。我迅速起身，疾步走到一百米外的美宜佳便利店，买了一包方便面。时间一秒秒过去，来不及等待，顾不上滚烫的开水，我狼吞虎咽起来。

午夜的路面上闪烁着一层淡白的光，车流稀少，远处的灯火摇曳阑珊。回八元店的路上，一个卖红薯的大叔依然守在烤炉前。我驻足，看了一眼红薯，大叔渴求地看着我。最终我花五元钱买了一个烤红薯。

我舍不得吃，将它放在胸前，双手紧抱着，仿佛抱着故乡。

两日后，在八元店寄居数月的我终于看到一丝曙光。在人才市场，位于虎门北栅的一家塑胶厂的经理决定录用我跑外贸业务。次日，我收拾行李来到了工厂，当天晚上吃上了热汤热饭。躺在温暖的被窝里，回想起颠沛流离的日子，恍然如梦。

这关于饥饿的记忆嵌入我的生命里，挥之不去。

一切慢慢安定下来。阳光透过树叶在地上留下美丽的剪影。

5

入职虎门的那一刻，我不仅听见大海咆哮的声音，还看见红薯苗在微风中摇曳的身影。

红薯又称番薯。一个"番"字暴露了它的来处。番薯的故乡，在遥远的墨西哥和哥伦比亚。陈益是中国引进红薯的第一人。明万历十年（1582年），陈益冒着生命危险从安南国（越南）偷偷带回来红薯，放在自家的院落里。红薯从此在华夏大地安营扎寨。

当我得知陈益就是虎门人，他的墓地离我曾经工作的地方不远时，一股暖流在我心底涌动，我仿佛找到了久违的亲人。

一个阳光灿烂的午后，我离开工厂，乘坐公交车辗转颠簸一个多小时来到陈益的墓前。墓由半圆形的水泥护栏围绕着，温暖的阳光照耀在墓地上。我把买来的六个红薯轻轻地放在墓碑前，默默鞠躬。我神思恍惚，分不清是在祭奠陈益还是逝去的祖母。

远处的树林传来"哗哗"的响声，我仿佛置身梦境。站在墓前，低头的瞬间，我脑海里浮现出几百年前陈益携红薯逃出安南国的场景。

红薯看似卑贱，却极易扎根生长。我远不如一个红薯，红薯适应性强，能迅速扎根异域的土壤。在异乡漂泊多年的我，心始终悬空着。

多年后，我在城市定居下来，每晚往返于各种饭局和应酬。饥饿感早已离我远去。端坐在装修考究的饭店里，看着满桌子的菜，我常有一种饱腹厌腻感。喧闹的包间里，面对着他人的频繁敬酒，我内心深处常生出一种疏离感。直至一日，一盘嫩绿的清炒红薯苗端上桌，我瞬间被击中，那些关于红薯的记忆浮现在脑海里。

2021年初春时节，祖母过世后不久，我的女儿出生了。生老病死，新旧更替，血脉在这里传承。

因我和妻子工作繁忙，女儿只能暂时寄放在老家由母亲喂养，在思念的驱使下，我常驱车千里回故乡看望她们。

黄昏时分，母亲在厨房里忙碌着，缕缕炊烟透过烟囱缓缓朝天际飘去。母亲走出厨房，进入仓库，出来时手里多了两个红薯。她把红薯放入火舌吞吐的灶坑里。半个小时后，母亲用火钳夹出一个烤熟的红薯，放在清凉的井水里浸泡。烤熟的红薯在清凉的水里冒出阵阵热气。几分钟后，母亲满是老茧的双手小心翼翼地掰开红薯，递到我两岁女儿的手中。女儿津津有味地吃着，不时看母亲一眼。家族的血脉就这样通过无形的脐带一代代传承。

  落日的余晖斜射在她们脸上,映照出两张清晰的面容,温暖而深情。

选自《星火》2023 年第 5 期

亲爱的乔乔

彭程

光明日报高级编辑，中国作家协会散文委员会委员，中宣部文化名家暨"四个一批"人才。国务院特殊津贴专家。出版散文集《急管繁弦》《心的方向》等。曾获中国新闻奖、冰心散文奖及第八届鲁迅文学奖提名等。

回家

乔乔，亲爱的女儿，我们要回家了。

再过十天，就是你的二十九岁生日了，但苍天不仁，没有让你等到这一天。两天前，你告别了人世，也永远离开了我们。在北京八宝山殡仪馆的告别室，我们看着装着你的遗体的棺柩被拉走，送入火化间，那里不允许家人进入。在那里，炽烈的火焰将吞噬你，把你的躯体从这个世间彻底消除。

两个小时后，我们来到骨灰领取处，从一个窗口里取出装着你的骨殖的袋子。袋子上还留着几分温热。你将近一米七高的个头，五十多公斤的体重，如今被浓缩成了几段乳白色的骨头。我们小心翼翼，将袋子放入事先精心挑选出的骨灰盒中。

你姨妈家的表哥走在前面，捧着你的遗像，那是你二十岁时，在法国戛纳海滩上拍的一张照片，你身着红色连衣裙，戴着黑色太阳镜，笑容欢快，长发飘扬。我走在后面，抱着被黄色绸布裹着的骨灰盒，殡仪馆的工作人员举起一把黑伞，走在我身旁，遮挡住投射下来的阳光，一直送到停车场上我们的车旁。

女儿，我们要回家了。

我坐在副驾驶位置上，抱着你的骨灰盒，搁放在并拢着的双腿上。我仿佛感受到一缕温热的气息，透过木质骨灰盒，传递到掌心里，传递到双腿上，一直传递到我的心中。这是最后一次了，今后我将再无法这样近距离地贴近你，感知你的气息。

车窗外，是寻常至极的景色，展开在一个寻常至极的日子里。车辆川流不息，行人步态匆匆，一切看上去都与平时没有丝毫差异。但对我们来说，却是完全不同。这一天，是一条横亘在我们生活中的分界线，是一道划破了我们灵魂的深深刀痕，从此以后，我们的生命将截然不同。

几个小时前，在遗体送往八宝山殡仪馆之前，在海军总医院内科楼告别室里，你的亲人们，还有你最要好的几位同学、朋友，来向你做最后的告别。现场反复播放着迈克尔·杰克逊演唱的《你不孤独》，英文歌名是"You Are Not Alone"，一首你生前非常喜欢的歌曲。歌声与亲友们的哭泣声交织在一起，令人肝肠寸断。当那段熟悉的旋律奏响时，你的灵魂该是被托举起来，朝向一个安宁的地方飘去吧？

女儿，你终于回到家了。

在人世间行走了二十几年后，你停下了脚步，把自己藏进一个小小的木匣子中，回到了家，回到了你自己的屋子里。这个枣红色的骨灰盒，摆放在靠墙而立的颜色相近的钢琴台面上。小时候，有好几年的时间，好多个日子，你一连几个小时地坐在这架钢琴前弹奏，琴声流水一样地到处流淌。但从此以后，再也不会有一双手，掀开厚重的键盘盖板，在黑白琴键上敲击出或忧伤或欢悦的旋律。它将长久地暗哑，一如你逝去的生命。

骨灰盒两旁，摆放着几张你不同时期的照片，有的还被放大，镶嵌在相框里。它们无声地诉说着你生命中的一段段时光——

你坐在黄色的皮沙发上，身体前倾，长长的羊毛围巾裹着脑袋，像一个维吾尔族小姑娘，咧着嘴顽皮地笑着，露出两排洁白细碎的牙齿。那是在百万庄我们当时住的房子里，那时你还没有上幼儿园。

你穿着蓝底碎花的连衣裙，站在河北老家县城里爷爷家的平房小院里，我抱着你，身后是奶奶腌制咸菜的粗瓷大缸，头上是一棵枝叶茂盛的石榴树。

你很文静地站在海滩上，帆布短裙，白色的袜子，背景是一大片海水和远处岛屿的淡淡的影子，那是上小学的时候，有一年暑假，你跟着妈妈去舟山群岛旅游。

你在美国宾夕法尼亚州 perkiomen 高中毕业典礼上，正从校长手里接过毕业证，笑得那样灿烂。这是个庄重的时刻，一袭白色曳地长裙是你的毕业礼服，把你的个头衬托得更加高挑颀长。

你和妈妈站在海南岛五指山上的一棵大树下，大树树根处又长出了一棵小树，仿佛孩子依偎在母亲身旁，树干上挂着一个写着"母子亲情"的牌子。你微笑着，头向妈妈一方微微侧着，一条胳膊搭在她的肩上。这一张照片时间最近，拍摄于二〇一九年元旦后的几天。

…………

每一张照片都会牵引出一段回忆。它们今后还会不断更换，既然有那么多照片留下了你的影像，那么在今后漫长的日子里，它们将成为我和你妈妈灵魂的食粮。它们会刺痛我们，它们也将抚慰我们。

这间屋子，你前后一共住了十八个年头。最初四年中，它是你每天的寝室；后来出国留学，十多年间，只有每年寒暑假期回来时才会住上几个月；大学毕业后的几年，回来的日子就更少了。它越来越像是一个驿站，一处旅舍。

但从现在开始，你就每天都住在这里了。

春夏秋冬，寒来暑往，你将拥有这十几平方米房间中的每一寸空间，拥有三百六十五天里的每一分每一秒。你将再一次熟悉周边的一切，房间里的摆设，窗户外的风景，模糊嘈杂的声音总也不能完全阻挡住，吹进来的风会随着季节变换而携带着不同的气味。

在你生前的很多个年头，我们聚少离多，今后，我们再也不分开了。每一天，我们都在你身边走动、说话，你能够随时地感知到。每一天，我们都会来到你的这间屋子里，看一眼照片上的你，拂去骨灰盒表面的尘土，押平垫在它下面的丝绒盖布。每隔几天,我们会在你照片前的碟子里放上几个新鲜水果，再点燃三炷檀香。烟雾袅袅，香气浓郁，我们想象，这些气息能够通达你的灵魂所在之处，把我们的惦念和祝愿传递给你。

我们不放心你独自躺在几十公里外的墓园里，荒郊野外，怎么比得上自己家里温暖舒适。别说什么"入土为安",墓穴一封闭,便是沉入了漫漫长夜,黑暗无边,漆黑如墨。墓穴石板上方那一块小小的墓碑,夏天烈日暴晒,冬天寒风侵袭,想起来就心痛。身边都是素不相识的人,虽然彼此间挨得很近,但我不相信这能够减轻你的孤寂。不如就在父母的身旁,让我们看护、陪伴着你,一如此前的岁月。

女儿,这是你永远的家。你就踏实地住在这里,陪伴我们,直到将来某一天,那一双拉走了你的手,开始伸向我们。

长夜无眠

乔乔,亲爱的女儿,如今你辞别人世已经几个月,我的情绪也稍稍平复了一些,能够对你患病期间自己的内心状况,做一番回顾梳理了。

没有人愿意反复咀嚼苦难。我们之所以如此,并非因为具有什么受虐情结,而只是因为凭借这个行为,可以获得一种与你在一起、不曾分离的感觉。

收到基因检测报告好几天后,我的脑海中依然一阵阵的恍惚,不愿相信这个结果,更难以接受。总觉得这不真实,肯定是什么地方出了差错。怎么能够想象,你会得了这样致命的病,事先却毫无征兆,就仿佛一池微微荡漾的清水,瞬间凝结成了一块巨大的冰坨。

在不久的将来，天地间再也没有你？一个原本健康快乐的生命，很快就要堕入死亡的深渊？这样的反常悖逆，既不合物理更不符人情，其中的理由和逻辑是什么？每每想到这一点，就有一种强烈的、难以忍受也难以辨析清楚的复杂感受，让人悲哀、愤怒又无奈。尤其是弥漫其间的那种荒诞感，比愤怒更强烈，而恐惧只是最初几天的感受。

有好几次，我开车行驶在家与医院间的路上时，忽然间就泪水涌出，模糊了视线。我许多年里不曾流过泪了，曾经怀疑是不是泪腺分泌有问题，但此时明白了，那只是因为过去一直岁月安好，尚不曾遇到伤心欲绝之事。

这是问题的实质，是伤心的核心：你自己认为，我们认为，所有认识你的人都认为，你的真正的生活即将开始。过去所有的努力，都是在为迎接这一天做准备，是一种铺垫和过渡。仿佛走过了很长的路，前面出现了一道门，隐约闪亮，似乎允诺着那边有着无限的美好，但走近时，却发现门后面是令人眩晕的万丈断崖。

既往所有痛苦的经历，在这次劫难面前，都变得轻微如飘絮鸿毛，短暂如电光石火，程度上完全不可比拟。语言难以描述那种具体的感受，我只能说，其间的巨大区别，仿佛是一朵云彩的投影和一列山脉的阴影。

那些天，我白天疲惫不堪，晚上却又难以入睡。过去我一向睡眠很好，躺下后十分钟内就能睡着，偶尔受什么事情影响睡不好，最多也不过一两个晚上的事情。但从你的事情发生后，有长达三四个月的时间，我出现了严重的睡眠障碍。特别是在你住院手术和放疗的那些日子，我独自一人在家，每个黑夜都成了难捱的煎熬。

我在两个卧室里的床上，在书房里的沙发上，在客厅里的长榻上，不停地变换地方，或平躺或侧卧，辗转反侧，但依然睡意全无，感觉每一种姿势都别扭较劲，每一个部位都僵硬难受。气急败坏中，我甚至不由自主地做出一些怪异癫狂的动作，伸出拳头击向虚空，一把将摞在床头柜上的书推到地上。

好不容易睡着了，忽然就又想到这件事情，大脑里仿佛突兀地插入了一个东西，立刻心跳加速。梦境中，我仿佛听到一个声音在努力确认，这是不是真的，是不是一个梦？但很快我就意识到这是千真万确的，立刻就有一种悲哀的情绪涌上来，人也随即醒了过来。这样的情形，有时一晚上要出现几次。

那段时间，我每天夜里也就睡两三个小时，还曾经连续三个夜晚没有合眼。家人、亲戚都为我担忧，劝我看医生。我内心虽然不以为意，但也担心发展下去会影响到照护你，还是去挂了号。我向接诊的女医生如实地讲了情况，她很肯定地说："你这就是心源性抑郁。"她给我开了好几种镇静、安神、抗抑郁的药物，但服用后效果仍然不佳。我验证了药物在我身上不起作用，正如喝茶从来不影响我的睡眠一样。我一天到晚口不离茶，有时到晚上十点多钟还新沏一道茶喝，但仍然能快速入睡。可见如今的难眠，归根到底还是情绪的原因。

即便能够入睡，每天早晨五点钟前都会醒来，但又不知道应该做什么，一片茫然。我经常走出小区门口，沿着一条固定的线路行走，脑海里的想法飘忽断续，仿佛一朵乱云，手掌机械地拂过身旁半人高的冬青树丛，偶尔会揪下一把叶子揉碎，指缝间沾上了黏糊糊的汁液。

那些天，我几乎每天都要买一些新鲜的水果送到医院，请护工下楼来取走带进病房。我每次走进水果店里，总要停顿一下，将飘忽散乱的思绪拉回来，把目光投到眼前摆放着的各种水果上，努力回忆，才能想起来你妈妈告诉我要买哪几样。这个过程很像电影里的慢镜头。

心情极度糟糕，也没有人监视督促，我便索性彻底放纵自己。房间里好多天不打扫，原本光亮可鉴的木制家具上，落了一层厚厚的浮土。吃饭也都是胡乱对付，泡一袋方便面配一包榨菜，煮半袋速冻水饺，将冷冻的花卷、包子放进微波炉里转几下，把几棵小油菜扔到锅里煮熟，便是一顿饭。不长时间中，体重下降了十几斤。连家里的猫也跟着倒霉了，本来早晚各一顿饭，也减成了全天一顿，三只猫都瘦了不少，尤其母猫妞妞，原本肥胖得夸张，让人看了照片都忍不住发笑，也很快变成了正常体形。

正值盛夏，动辄一身汗湿，但我在情绪最崩溃的一些日子，有时晚上不洗澡就直接上床了，虽然浑身黏糊糊的不舒服，但陷入深深的惰性中，就是懒得动。几个月后，因为后背处红肿发炎，疼痛难忍，去医院检查，医生诊断是皮脂腺囊肿，问我是不是平时不注意卫生，导致汗毛孔堵塞，让我十分羞愧。只能做了外科小手术排除脓肿，为了预防感染还输了几天液。

数十年来，阅读一直是我乐此不疲的事情，是精神愉悦最主要的来源。但有几个月的时间，这一习惯完全变样了，我根本不想去翻书，即便勉强打开，也无法集中注意力。目光盯着书页，却要过上一会儿，才能将思绪拉回来落在文字上，再过上片刻，才能明白它说的是什么，整个反应迟滞了一两分钟。

回想起那些经历，实在难以忍受，不堪回首。种种滋味，都是我此前想象不到的，也因此断定过去读过的某些描写痛苦的段落，只是作者的臆测而已，并非亲身体验，因为它们表达出的都是泛泛的东西，而真实的痛苦具有差异性，是个体化的。它更让我认识到，不要用轻率的口气谈论苦难，尤其是别人遭逢的苦难。如果无法做到共情，至少也应该沉默，而不要以居高临下的口吻，责怪当事人何以迟迟难以走出。没有性质和程度相同相似的经历，任何乐观豪迈的表态，都显得轻易和廉价，都不值得信赖。

我也知道陷溺在这些负面情绪中的坏处，不止一次地告诫自己，不应该这样，它于事无补，同时又在白白浪费时间。但没有办法。我仿佛被一只有力的手掌死死捺住，无法挣脱，只好听之任之。

如今，面对这些文字，我如同面对一面镜子，看到了自己当时张皇失措的模样。文字描绘只是替代，只是实体的影子，仿佛照片之于真人，是打了折扣的感受。这样展现自己的脆弱无能，不是光彩的事情，但这是事实。这一场遭遇，让我原形毕露，让我明白我离自己一直向往的处事不惊、镇定自若的境界，实在是太远了，让我倍感愧疚。

但倘若重新来过，我恐怕仍然只能是这个样子。

"妈妈，你答应过不哭"

最初了解这个病的凶险时，震惊痛苦之外，我最担心的是你得知真相后的反应。

我设想过种种可能的情形。

你肯定会痛苦、悲伤，情绪崩溃，会抱怨为什么自己会遭遇这样的厄运，在你的同伴们享受健康快乐的时候，你却要忍受致命疾病的折磨。生命正在最好的年华，梦想正在绽放花朵，为什么一切就要结束了。这种情况下，你哭泣、喊叫、发脾气、歇斯底里，都是完全有可能的，谁都能理解。

随着时间流淌，如果病情进一步加重，没有治愈希望，你又会怎样？按照医生的说法，肯定会是这样的结果。我的脑海里闪现一个可怕的场景。推开位于这座楼房第二十层高处的卧室的窗户，下面就是小区的一条青石甬道，没有任何遮挡。如果你决意放弃自己的生命，纵身一跳，便是最为便捷有效的解脱方式。我对高空坠落始终有一种担忧，你小时候住的那间屋子窗子比较低，有一次看见你踩着小凳子探头朝下面看，半个身子压在窗台上，把我吓得够呛，赶紧在外面装了安全护栏。

但是，所有担忧的事情，都没有发生。

你手术后不久，左半身基本瘫痪，我不再担心你有能力做出极端行为。但从得病到离世，长达一年多的时间，你从来没有当着我们的面哭过一次，抱怨过一句，一次也没有。你不曾向我们，不曾向医生，也不曾向任何人打听过你的病情，能不能治好，仿佛忍受痛苦的，是别人而不是你，你只是一个局外人。这一点让我大感意外，甚至现在回想起来时，仍然有些困惑不解。说给别人听，更是引起一片感慨，纷纷赞叹你内心坚强。

我们了解到别的患者很多都不是这样的。微信群里，不少病人的家属，都在诉说他们的患病的亲人，如何被疾病折磨得痛苦不堪，如何情绪失控、哭泣甚至咒骂。他们叹息，但没有人抱怨、责备。他们知道，病人这样对他们发泄，只是因为他们是亲人，他们有义务和责任承受这些。

相比之下，你大不一样。

如果仅仅开始时是这样，并不奇怪，应该是你不了解病的凶险程度。你正在生命活力最为充沛的年龄，对这个阶段的人来说，重病和死亡，还只是一个遥远模糊的影子，一种更多属于别人的遭遇，一种虽然存在但通常体现为观念形态的事物。

因为疾病发展快，住院时你的眼睛就几乎看不清东西了，这样也就没办法看手机，查询病情。但这也只应该是推迟了你知晓的时间而已。医生护士们怜悯的目光，家人忧虑的表情，特别是手术之后，众多难受的症状，频繁复杂的检查，面对这一切，再愚钝的人，也会考虑它们意味着什么了，何况你一向敏感。尤其是当开始做肝功、生化、心电图检查，头部放疗区定位，进行放疗前的各种准备时，更是明白无误地告诉了你疾病的性质。

其实在放疗之前，你的好友在探望你时，已经自作主张地告诉了你真实病情。她说你内心强大，让你知晓真相，更有助于激发求生意志，对治疗有利。我们再反对也没有用了。

得知病情后，你外表看上去颇为镇定，没有明显的恐惧惊慌，更不曾哭闹抱怨，仿佛印证了同学朋友们对你的看法。但我们还试图给出另外一种解释：你虽然得知自己得上了可怕的疾病，但还没有将它和最严重的后果直接挂钩。你一向健康的身体，让你迄今为止对疾病的可怖还不曾有真切体验，对恢复健康有信心。而且，亲戚中也有得了癌症多年，一直恢复得不错的，可能也多少淡化了这个词语的凶恶色彩。"我能接受这个结果。"这是在放疗开始前，我们告诉你这个病的真相时，你说过的一句话。但你真的明白这句话的意思吗？

放疗长达一个半月，这个过程中，我每天推你去治疗，深切感受到了你的镇定。只是在刚刚开始时，你问过我一句："我这病还有救吗？"我心中难受，但尽量做出轻松的表情说当然有救，但因为病情比较重，治疗时间要长一些。后来你再没有问过我，也没有问过妈妈。你应该是相信了，还是已经决心承担任何后果？

妈妈陪同你住院，前后共计四个多月，一百多天。每一天，她都近距离地看着你被病魔折磨的痛苦样子：手术后头部和上身缠着很多管子，动一下就要牵动伤口，疼痛难忍，坐起和翻身时十分吃力；药物反应让你呕吐不已，脸上直冒虚汗；为了化验脑脊液，前后做过多次腰椎穿刺，每次穿刺后都要平躺五六个小时，再难受也不能动弹……妈妈每次问你感觉如何，你总是回答没事，但你脸上痛苦的表情却是无法遮掩的。妈妈好几次控制不住眼泪，倒是你来安慰她："妈妈你又哭了，你答应过不哭的。"

只要不是特别难以忍受，你总是尽量地多跟妈妈聊天，说话中还保持了一丝幽默感。妈妈告诉我，有一次你们的对话是这样的——

妈妈说："好闺女"；你回答："是"。妈妈说："乖闺女"；你回答："是"。妈妈说："漂亮闺女"；你回答："一般"。妈妈说："你是唯一的女儿"；你说："你是唯一的妈妈"。

我还想到了一个场景。你放疗结束出院回家不久，健康状况还不错，为了活跃气氛，妈妈逗你为我们几个人的表现评分，你给她和护工阿姨的都是高分，给我的是一个及格线以上的分数。你脸上挂着笑意，说："老爸你只要别老是愁眉苦脸的，下次也能得高分。"

在家里，还要继续服用几个疗程的化疗药。为了掌握你服药后的反应，以便确定用药量是否需增减，药品是否需调整，我们有时会问你，是不是难受。大多数时候你都说"不难受"，或者是"还行"，有时候则用摇头来回答，这比说话要省力气。尤其是在第二次开颅手术后不久，气管切开，你不但无法发声，摇头也困难，就变成了眼神交流，用眨眼或闭眼分别表示不同的感受。

其实我们很清楚，这样问十分愚蠢，怎么可能不难受？药物严重损伤肠胃功能，你食欲很差，每次吃东西时都紧蹙眉头。护工阿姨经常将饭菜又原封不动地端回厨房，说你头痛、恶心，喂不进去。你说不难受，只是为了不让我们担忧。

后来又是几次进出医院。护工阿姨陪同你住院期间，我们无法去探视，阿姨为了拍视频给我们看，每次都让你"笑一个"，"露八颗牙"。这样不顾及你的感受，未免有些残忍，但你仍然是很听话地配合，努力做出笑容。

但有一天，你的目光明白无误地透露了你的心情。

那是在第二次开颅手术及气管切开手术后，距第一次手术已经五个多月了。在重症监护室救治了几天，又回到神经外科病房调整数天，你的各项指标逐渐稳定了下来，医院再一次催促我们办出院手续。病房是给手术病人住的，你已经做过两次开颅手术了，不可能再做，也没有别的治疗措施了，也就再没有理由继续住下去。此前说话还比较委婉的大夫，这次说得很直接："回家休养，或者去郊区找一家临终关怀性质的医院，尽量让她过得舒适些，少些痛苦。"

但这样的医院并不好找，回家的话，出现什么情况我们也无法处置。我们又陷入了新的焦虑。万幸的是，经过一位医生朋友热心帮忙联系，离家不远的海军总医院的神经外科答应接收，便转到了该科的病房。

但这种结果，你一定是没有想到。

头一天，护工阿姨发来一段视频，晃动的画面中，她告诉你说我们明天就要回家了，你的脸上溢出一丝笑意。但你并没有能够回到自己的房间。经过几个小时的忙乱折腾，办理出院手续后，一辆救护车把你拉到十几公里外，迎接你的仍然是一家医院。这里比上一个走廊更宽，病房更大，设施也更新，但墙壁一样雪白清冷，到处弥漫着药水的气味。

在护士的指挥下，我们把你抬下轮椅，抬到了一张病床上，将各种物品摆放整齐，归置到位。妈妈走到门口，给护士详细交代如何照护你，我站在病床前，弯下腰看着你，脸上使劲挤出一缕微笑。

我牢牢地记住了你此时的目光。

你直直地盯着我，眼睛一眨不眨。目光清澈、犀利而尖锐，仿佛被清水洗过的刀子，闪着寒冽的光亮。这是你不曾有过的神情，搜遍脑海，也找不出一点儿这样的记忆。这是意识高度清醒下才会有的目光，里面有留恋、绝望、哀伤等太多的内容，让我心中一阵颤抖、一阵冰冷，仿佛一坨冰块从喉咙咽下，穿过肚肠直落到小腹部。

此时无声胜有声。我想到了这句话。

护士又在催促离开。走出病房时，转身和你告别，你不看我们，扭头望向窗子的方向，叫你也不应。我从你的目光里读出了一种愤恨，你一定是在痛恨降临在你身上的命运。

第二天，听护工阿姨讲，我走后，你哭了十几分钟。到了夜里你又哭了，被子蒙着头。此前她从来没有见到过你流一滴泪。我心如刀绞。是怎样的痛苦绝望,才能让你这样爆发出来。我想到昨天你的目光，该是由于气管切开，你无法对多日不见的我们说话，带给你的心理打击是巨大的。但更有可能是你认为这次出院后会回家的，没有料到只是换了一间病房。这更让你清醒地认识到病情的严重，看到死神的头颅就在不远处晃动。

这是你第一次明确地宣泄自己的痛苦，还是在深夜里，我们不在你身边。回想到一些场景和细节，我越来越相信，我们此前为是否要告诉你实情而犹豫不决，其实是多余的。你内心早就清楚，只是不说。你很默契地配合着我们，彼此都心照不宣。

尽管如此，我还是相信，一直到最后，你也没有完全失去希望。妈妈对我说过好几次她的感觉：你认为我们能救你。从小到大，你所有的愿望，最后都是能够实现，虽然有时可能会费些周折。这一年多来，我们千方百计的努力，你都看在眼里，加上求生本能的驱使，你一定也相信会成功，就像此前所有问题最终都能够解决一样。

在那一次深夜暗自哭泣后，过了几天，你看上去又表现得很平静。你十分礼貌地对待值班的小护士们，全力配合她们的要求，每一次都微笑着说谢谢。那时你气管的刀口已经开始慢慢愈合，能够说一些简单的话。护士们也都喜欢你，空闲时总爱到病房里来看你，打听你在国外读书和生活的情况。有人还问起学英语时遇到的问题，你总是很友好地解答，还说等将来病好了以后，可以义务教她们学外语。

从海军总医院出院回家后，过完春节，正月初五那天，你精神很好，对妈妈说你想写字。从住院到现在，大半年时间里你都没有写过一个字。妈妈和护工阿姨一起，把你扶到轮椅上坐下，在你面前架起小桌子，拿了一支笔和一张纸给你。你左手掌连同手腕压在纸上，右手捏着铅笔，微微抖动着，费力地写了一会儿。我凑过去看，在这张大十六开的复印纸上，你一共写下了十来行字，字迹歪歪扭扭，但仔细看还是能够辨认出来。

"今天破五，我想要练字。""妈妈，我很好，你放心吧！""爸爸你好！告诉你一个秘密：你真帅。""叔叔，谢谢你的看望和水果。""考拉你好，姑姑爱你！""回家的感觉真好！我爱北京。""想吃番茄菜花。""我的愿望是康复,加油！！！！""爸爸妈妈和我是一家人，我会尽快康复！！！！！"

你在强烈地表达自己的感情和愿望。你写到了叔叔，写到了表哥的女儿的小名，因为几天前过春节时，叔叔和表哥表嫂分别来看过你，你都还记得，这表明你的神智十分清醒。整个生病期间，有人来探望时，你不管多难受，都会强打精神，努力露出笑容，说一声谢谢。这次你用了多达四五个的感叹号，来表达对生命的渴望。当时我们都很激动，妈妈甚至瞬间涌出了眼泪，急忙扭过脸去，不想让你看到。你去世几个月后，有一天我在收拾东西时，再一次看到这一页纸，不禁潸然泪下。

随着病情的发展，你的视力又开始下降了。但当妈妈问起时，你仍然说能够看见她。有一次妈妈问你，她穿的衣服是什么颜色的，你支支吾吾，妈妈不忍说穿，随便说了一种别的颜色，你马上回答说对。你的小心思我们都清楚，其实你是怕我们伤心，不肯承认你已经看不清东西了。

还有一件事，更能够印证妈妈的想法。那是第二次住进海军总医院的后期，你的生命正在快速走向终点，但没有人能够意识到这一点。那天医生来查房时，医生对护工阿姨说准备好过两天出院，你听到了，费力地说："大夫我不回家，我还要康复。"你还对护工阿姨说："阿姨谢谢你，等我病好了，我要照顾你，照顾爸爸妈妈。"

我也清楚地记着你最后一次核磁检查。

我们几个人用棉褥子兜着你,把你抬到检查床上放下,再将棉褥从你身下抽掉。你只穿着单薄的衬衣衬裤,背部紧贴着冰凉的台面。来自身体内外的不适感,让你全身不停地抖动,控制台电脑荧屏上的影像模糊晃动,操作人员几次停下手,说无法进行下去了。我埋头凑近你,头部几乎也要伸进机器的圆腔中,语调急切地恳求你努力控制住自己。

你无法说话,费力地抬起尚能活动的右手,拇指和食指围成一个圆圈,表示你都明白,你会努力配合。检查终于正常进行了。那一刻我不禁在想,你的治疗要是也这样多好,虽然费尽气力,但最后总算成功。

然而上天没有给你机会。

有过许多次,望着你疲惫萎靡的神态,我设身处地地想象你十几个月来的感受。从最初满怀希望的乐观,到意识到病情的严重凶险;从坚持不懈的抗争,到病魔更猖狂的肆虐;从一次次的点燃希望,到一回回的破灭梦想……与这个过程同步的,是躯体日渐沉重,精神日益倦怠,清醒越来越少,昏睡越来越长。

这样的痛苦,就在我们眼前摊开、展现,逐日地累积,且结束完全无望。仿佛穿过一条长长的黑暗隧道,看不见光亮在何处。我曾经有过一个想法:如果你的命运中注定了无法躲避劫难,而且结果完全不可更改,那么与其这样每日被病魔肆意蹂躏，辗转于无望的深渊之上，真不如当初某个时候遭遇一次突发的事故，譬如一场空难、一次车祸，让生命猝然了结。免去了经年累月的折磨，惊骇、恐惧都只是瞬间的事情。

  这样的想法只是一闪念，但过后却让我羞愧自责。

  不该这样想。绝不能放弃，直到最后。

节选自《美文》2023年第7期

孤独和欲望的颜色（上）

陈冲

华裔女演员、导演、作家。主演、执导的电影多次获国际、国内大奖。1982年发表小说处女作《女明星》。2021年起在《上海文学》开设专栏《轮到我的时候我该说什么》,并荣登2021年《收获》文学榜长篇非虚构榜。

一九八〇年我在做些什么?

M，你好！

来信收到。知道你在组里一切都很好，我当然很高兴。我已放假一周，在家里看看书，看看电视，和陈川一起去游游泳，大有无牵无挂一身轻松的味道。这次考试成绩不很理想。主课英语笔试：良（八十分刚挨上良）。口试：优。历史：优。政治：优。语文：优。

我到老闵家去过几回，她也来过我这儿，我们好久没在一块儿玩了，现在遇上我真是高兴坏了。她也许要去演一个农村丫头，在是《车水马龙》中的一个角色。愿她也有上帝保佑。

我原来打算去庐山玩的，这样可以回避一切可恶的社会活动，但是姥姥不让去，我也只好算了。不过我不管，反正不再搞演员工作了，我什么活动也不去参加，只答应帮影协翻译一篇文章，这是我十分乐意干的。但是这工作花去我很多时间，却到现在还没有完成，太难了。接下来该是去旅游局实习口语，这一定很有趣。下学期我们新开一门课：日语。我在暑假里就开始先学了，挺好玩的，不过以后一定很艰苦。开始凭兴趣，以后得有真的刻苦精神才行。我是很爱玩的，这下就苦了。

关于你上戏的事，千万得斟酌一下。一个戏一演就近一年，整整一年时间得换一些什么才对。我以前也认为，演员只要在表演上自己认为满意就值得花半年一年的时间，在演技上有所获就行。但现在我觉得演员需要成功，需要吸引住观众，这也是将来更好工作的一种条件。一旦成功了办什么事都方便。也许我这种想法很错误，但我还是说出来了。看完后把信撕掉，好吗？

我觉得《大风歌》不一定有太多的观众喜欢，但如果你在戏中能给人这样的感觉："这戏没太多意思，演×××的演员倒真不错。"那也值得干。好，不多写了。

祝

愉快！

陈冲

M，你好！

接到你的信，我很高兴。

这些日子我和师大的一帮留学生在一块儿工作、学习，说穿了是一块儿玩儿。我们一同去了杭州，他们大部分都是很好的青年，有文化，有教养。但有时他们太傲气了，作为一个中国人，我真有点儿受不了。真的，平时我并不是什么民族主义者。但是和他们在一起，我就有更强的民族感。

我每次和他们在一块儿玩儿总是挺快活，还可以学习英语口语。但每次回到家里总是那么灰心丧气。中国不如别国强，别人就看不起我们。有时我跟他们解释许多事情，甚至还想骗他们，但别人十分了解中国。

有一个外国留学生想留在国内教一段时间的课，但是许多单位都没有宿舍，就不能留。他说国内有朋友，想住朋友家。另一个朋友告诉他，外国人不能和我们住在一起。他问为什么，朋友说没有什么为什么，就是不能住。他说这很愚蠢，应该得到改变。是的，说不出为什么，但它就是存在，但愿有人会改变，会问为什么。

我也挺生气，但是我又能干什么呢？他这个只是一个小小的例子，类似的事情还有许多。当然，这也许是他们的偏见，但形成偏见也是有原因的。

你看我说了些什么没意义的笨话。但每次从他们那儿回来我总是不愉快。我不想再去了，我得抓紧时间学习，以后比他们懂得都多，看他们再傲气。

但是我现在忙于许多杂事，又因这种环境而不能安心学习，也不知为什么坐着就是读不进书，这真是最危险的。

最近，上海的"大学生艺术团"要到庐山去活动，姥姥不让我去，可我心里想去。我想那一定会是十分愉快的。这也会影响我的学习，但是我实在不愿放弃这次机会。我们几个大学的学生一起去，多热闹。如果去的话，十二日或十三日可回沪。我的"雄心壮志"还比不上庐山，多差劲！

老闵昨天来我家，在家里住了一夜。天导演和她一起搞的那个剧本基本上好了，她昨天给我，让我今天读，明天一早给她的,但我还没看哩,多对不住朋友。她到底还是去演《车水马龙》了,希望她成功。她会的,我想。

你的戏一定拍得很顺利吧?祝你成功。我觉得男演员最主要的是内涵、深沉、稳得住。男子汉的魅力就在于此。当然也要有个性、激情、火花,但火花只能闪一下、两下。我不太喜欢《他俩,她俩》中的那个男主角。男子汉如果老是活蹦鲜跳的,别人大概不会喜欢。(这只是个人意见。)

夜深了,不多写了。

陈冲

庐山——我恍惚看到那片雾蒙蒙的青山绿水,听到淅淅沥沥的小雨声,还有哗哗的瀑布声……

翻出四十多年前在那里拍的照片,一群朝气蓬勃的青年,在山涧、树丛、岩石旁嬉耍,我的身边经常站着个大眼睛女孩,我们有时拉着手,有时搂着肩,笑得像盛开的花朵。看上去,我们一定分享过非常欢乐的时光。她是哪个大学的学生?叫什么名字?我们都聊了什么?我一点儿都不记得了。记忆如此薄情。

离开庐山的那天,我在九江的轮船码头被影迷围得水泄不通,警察开道才终于登上了回上海的长江客轮。我注意到,有一位同是"大学生暑期艺术团"的人,一路都在默默观察着我。好像在快到上海的时候,他跟我说"其实你生活得并不好"。我很震惊，没有别人会这样跟我说话。我也因此跟他交换了联络地址。

我在这里就称他为Z吧。"文革"十年停止了高考，所以当年的大学生中，有不少三十多岁的学生，Z就是这样一位高龄大学生。他和几个复旦、师大文学系的男生，常在吃饭的时候谈论"存在主义""意识流"那样神秘而引人入胜的话题。后来到西影厂拍《苏醒》，导演滕文骥和编剧徐庆东也经常提到"存在主义"和"意识流"的表现方法。现在回想起来，"存在主义"的哲理——尤其是个人自由、个人责任和自我等核心概念——在当时集体主义盛行的中国风靡一时。

Z借给我和哥哥一些书籍，其中有卡夫卡的《变形记》和泰戈尔的《飞鸟集》。这些今天的人可以随便找到的书，在一九八○年是极其珍贵的——有新书到的日子，消息传开来，新华书店还没开门，外面就开始排长队了。Z翻开《飞鸟集》中他折过的一页，给我看"道路虽然拥挤，却是寂寞的，因为没人爱它"。这句话击中了我的心，它为我莫名的孤独感找到了语言和画面。Z还跟我引用了一句伏尔泰书里的话，"我们必须开垦自己的园地"，在那之前，我不知道自己不可名状的欲望，原来是想"开垦自己的园地"。

《变形记》令我彻夜不眠，或者用现在的话说，它令我脑洞大开。一个很普通的早晨，一个很普通的年轻人，醒来发现自己变成了一只巨大的甲壳虫。我从来没有想象过这样离奇、荒诞和悲哀的叙事，但是本能地认同其中的异化、疏离、内疚和孤立的感觉。

朋友不知从哪里翻找出一篇我写的短篇小说，叫《女明星》，我差点儿忘了有这么回事。一九八二年二月小说发表的时候，作者简介写了："陈冲，女，二十岁，电影演员，这是作者的处女作。"

几十年后重读这篇小说，我仿佛看见"妹妹"趴在桌上，钢笔握得很紧，头向左边歪着。她写得非常幼稚，也缺乏文采。这一事实并不让我惊讶，那是理所应当的，但她的企图让我有些好奇，这是她本能的叙事，还是有设计的尝试？故事没有什么"情节"，女主人公"她"的外在动作是晚饭后走路去看某个神秘的"他"；路上遇到的一切，都只为了勾起"她"的思绪——"她"的"意识流"；在公共汽车两站地的路程里，她描写了"她"与周围环境、人群的异化和疏离。

当时我是外语学院的学生，主演过三部电影。为什么突然写短篇小说？之后又为什么不写了？知道这事的朋友也问过我同样的问题。坐在电脑前，我半天也想不出个合乎逻辑的答案。

于是我顺便问了一下 GPT-4，为什么在处女作后我几十年没有再写作？它一秒钟内回给我六个可能性，并一一解释：

1. 缺乏动力……

2. 缺乏时间……

3. 害怕失败……

4. 写作障碍……

5. 缺乏灵感……

6. 个人或健康问题……

这个人类 AI（人工智能）的里程碑真的挺无趣的，不过我发现它的中文进步了。我接着说："我觉得那部短篇小说是我与写作的一段'庐山恋'，你懂吗？"

它说："我理解您说的是您与文学之间的特殊情感，这种情感可以被形容为'庐山恋'……"

算了，不为难它了。它没有参加过一九八〇年的"大学生暑期艺术团"……

不久前，我偶然看到诗人 W.H. 奥登的话："卡夫卡对我们的重要性在于，他的困境就是现代人的困境。"庐山湿漉漉的山水浮现在我的脑海，我们曾经如此需要文学，如此热衷地谈论过文学。

姥姥说：记得前几天我带你去蔡上国家吗？我说：记得。她说：他家的那个女人不简单。我当时一心专注在蔡上国画的静物里，根本没有注意到有什么女人。蔡上国的景物有法国自然主义的风味，和我们当时受的苏派的教育方法不一样。我随口说：可能是他老婆吧，姥姥说：不是的，那个女人不简单，你就不懂了……

——陈川笔记

那个时期，我们家是一盘散沙，父母在美国进修，我常出外景、参加社会活动或在外院上课，固定人口只有姥姥和哥哥。也许姥姥认识到自己作为"唯一"家长的重任，对我和哥哥管头管脚，但我们年轻气盛，把她的话全当耳边风。偶尔，姥姥的朋友来家里时会问到陈川、陈冲，她就叫我们去陪客人坐坐，我们只好去应付一下，聊两句。

我那只价值连城的白玉手镯，就是在这种情形下收下来的。

我有这样一个印象，姥姥坐在书桌旁抽着香烟，一位老先生坐在小沙发上，茶杯冒着热气。我们寒暄了些什么？我完全忘了。老先生拿出一个小小的锦盒，打开给我看，说：这只手镯四百年了，你到美国留学实在需要钱的时候可以卖掉。姥姥没有什么特别的表示，好像这件礼物并不比一块火腿或一支钢笔更贵重，我也就没把它当回事。好几十年以后，我才会留意到它的美与独特——椭圆的形状有一点点方，神秘的颜色随光线变换，雕刻的双龙戏珠精致而抽象。我到美国后搬了许多次家，马马虎虎丢失了很多东西，有些也是很珍贵的，比方史家祖上传下来的铜镜、外公从捷克带回来的水晶烟灰缸、景泰蓝的百花奖奖杯，这只手镯倒是幸存下来了。

我仿佛能看见一位老人儒雅的身影，逆光坐着，但无论如何也看不清他的脸。姥姥认识不少有名望的文人，她年轻时跟沈从文、巴金都有交往，她曾去探望他们，但我不记得他们来过家里。

这位老先生到底是谁呢？哥哥说：我觉着是蔡上国，他有时会来找姥姥讲章（聊天）。我问：除了他还有什么老人可能送这样的古董？他说：要么是程十发，他送给我一张他的画，我觉着画得噶戆（很傻）的，要它做啥，后来也不晓得被啥人拿去了。程十发不是姥姥的旧友，他先认识的是哥哥。哥哥有个叫王青的画友，住在程十发隔壁，有时候他去找王青，家里没人，就坐在程家等，这样几次就熟悉了。我说：那天姥姥房间里的肯定不是他。哥哥说：程十发出身比较清贫，不太像会做这种事的人；蔡上国出生在富贵人家，这种东西大概没那么稀奇，应该是他送的。我也许永远都不会知道这只手镯的来历。

我们年轻的时候，对物件的金钱价值都很无知和麻木。我们当然知道大饼、油条、菠菜、带鱼的价格，也体会过没钱买东西吃的难受，但那是具体的生活。手镯的价值，对我们来说太抽象了。

哥哥第一次想努力挣钱，是为了送给我一件貂皮大衣到纽约时穿。那时他刚刚被分配到上海交大美术系教书，工资很低，从我开始办理留学手续，他就开始画连环画挣钱，然后把所有的钱都用在了那件大衣上。当时我不知道貂皮大衣要好几千块钱——在那个年代是个天文数字。在我箱子整理到差不多的时候，他交给我一只鼓鼓的布袋子，跟我说：这是貂皮大衣，纽约的冬天比上海要冷得多。我抱怨：这么大一包，怎么装啊？我又要重新理箱子。

我在电话里跟他说：这件大衣到今天还油亮松软，四十多年了，跟新的一样。他说：我在交大有个学生是从东北来的，他精通皮草，从当地挑了最好的貂皮带到上海，我再把貂皮拿到南京路的"第一西比利亚"定制的大衣。之前我完全不知道，他在大衣上费了那么多心思。

我在姥姥的房间里度过了很多时光。我们无所不谈。但姥姥从来不跟我聊文学。据说她年轻时，沈从文、巴金等作家都是她的相识。她书橱里放得最多的是莫泊桑的剧本和笔记。莫泊桑是以短篇小说著名，收藏他剧本和笔记的人一定不多。还有契诃夫的小说和笔记。可以想象姥姥年轻时一定很有志向。八十年代出了一些世界"现代"文学。卡夫卡的《变形记》和加缪的《陌生人》等。我很想知道姥姥的想法，但每次她都把话题扯开。我只能凭我的感觉猜测，因为我也很少跟人谈艺术。和画家朋友在一起的时候只谈些技巧和材料上的问题。只有很少几个人，我们可以坐在一起说你喜欢某某画家吗？我说喜欢，我们之间立刻产生一种同感和默契。我想艺术带有一点儿宗教的色彩，是我每天早上能够起床的动力。好像一种能量压在我体内，压力越大，我工作的欲望越大。我不知道放出来会是什么东西。我对艺术的概念越来越模糊了。我不知道姥姥当时对文学是否有类似的感觉。

有一次，姥姥跟我说起她当年从意大利坐游轮到法国的经历。她坐的是头等舱。她从舱内的窗帘说到家具，从男人的服装讲到女人的服装，说得我目瞪口呆。她又从头等舱的菜单说到奶酪。我知道姥姥喜欢吃奶酪。而奶酪中她最喜欢的是blue cheese（蓝霉干酪）。她说意大利的blue cheese叫Gorgonzola；英国的叫Stilton；法国的blue cheese叫Roquefort，比意大利的更鲜，是羊奶做的。正宗的Roquefort只有在头等舱的菜单里才有。而只有罗克福尔村的岩洞中发酵的蓝霉干酪才是正宗的。洞里岩石中的天然蓝霉菌使奶酪产生一种特别的鲜味。我当年没吃过奶酪，但还是被她说得口水直流。我想姥姥也把自己说饿了，她走到壁橱前，拿出我们家里最好吃的东西：一小碟红烧五香肉皮。平常怕我偷吃，每次都要藏在不同的地方。偶尔跟我分享，我总觉得受宠若惊。肉皮切成小丝。再加上一盘花生。我们一人一双筷子，坐在火炉边……

冬天的阳光从地上爬到墙上。墙上的钟滴答滴答地走。时间像一群小鱼悄悄地从我们身边游过。火炉上的水又开了。我吃着肉皮，想着那只神秘的船在地中海上漂荡。沉思中，我和姥姥，一个在梦想，一个在回忆，一起悄悄地走出了现实。可能我的枯寂的现实太平淡了，生活中的 small magic（小小魔法）就变得很有吸引力，恍如萤火虫在昏蒙中闪烁。

——陈川笔记

电影《苏醒》中苏小梅这个角色需要弹钢琴，我因此去了离家不远的音乐学院学琴,认识了几个学生和老师,他们也成了家里的常客。有一个叫刘建的作曲系学生,永远穿着西装、打着领带。他弹得一手好钢琴,现在想起他,我耳边似乎还能听到他弹奏的肖邦的《小夜曲》。在认识他之前,我没有听过肖邦的音乐,没有想象过世上还能有这么优美、丰富、深情的旋律。在我成长的年代,西方古典音乐是被禁的东西。

第一次听贝多芬、德沃夏克、拉赫玛尼诺夫的音乐,都是在西影拍电影《苏醒》的时候,导演滕文骥是我当时认识的人中,唯一有古典音乐唱片和音响设备的。我依稀看见,窗帘紧闭着,我们几个演员聚在昏暗的电灯泡下,全神贯注、一动不动地听着交响乐《新大陆》,只有滕文骥一个人,在气势磅礴、摧枯拉朽的段落,奋然起身指挥;在温婉细腻、柔情似水的段落闭起眼睛,张开鼻孔,抬起手臂,好像在延伸某一个音符传递给他的欣喜若狂。没有任何语言可以形容那些时光给我带来的感动与渴望。也许音乐正是语言和沉默都无法涉及的一种表达,它那么抽象,又能那么直接地穿透心灵最隐秘、最柔软的缝隙,融化世上哪怕最顽固不化的铁石心肠。

二十世纪八十年代中期刘建到纽约留学,靠送外卖养活自己。刚到加州时,我也在一家中餐馆打工,负责领位和接外卖电话,一两个拥有二手车的中国留学生负责送餐。在纽约送外卖都是坐地铁、骑自行车或者走路。拎着大包小包的鱼香茄子、排骨面、宫保鸡丁,挤在地铁里的刘建,仍然西装革履。一天晚上,他在送餐的路上被两个不怀好意的人尾随,为了甩掉他们,他围着一辆停在路边的大卡车兜圈,那两个人就跟着他兜,几圈后刘建终于还是被抢劫了。事后我们总是说,如果他没有穿西装打领带,是不是就不会被盯上,是不是就能躲过那一劫。

让我回到音乐学院的时候吧。刘建介绍我认识了拉大提琴的马新桦,她不但琴拉得好,气质和样貌也很出众。哥哥为她在音乐学院图书馆画了一幅肖像。在一栋二十世纪二十年代建造的老洋房中,马新桦穿着简单朴素的白衬衫、白裙子,一手扶着大提琴,一手拿着琴弓,低头站在厚实的、雕木的楼梯拐口,柔和的光线透过几扇彩色玻璃窗洒在她的身上,仿佛记忆的尘烟。她是谁?在想什么?你如果看到这幅画,一定会好奇她的身世,会想认识她。

本来说好了这幅油画先挂在上海交大,但最终是要送给马新桦本人的。后来,一位美国佛罗里达州的教授到上海交大访问,看到这幅肖像画后多次表示喜爱,校长就要把画送给他。当时哥哥正在申请留学,一直没有得到批准。校长跟他说,如果你把这幅画贡献出来,学校就可以给你公派留学的资格。他只好去跟马新桦商量,虽然她很不情愿,但是为了他能留学,就把自己的肖像画送给了那个陌生的外国人。

哥哥年轻时候的不少作品,经常这样那样到了各种人手里,他也并不觉得可惜。他画画,就像夜莺唱歌,本性而已。他最大的梦想,就是画得好。

哥哥是奶奶爷爷唯一的孙子，他们为他起名为陈川，以纪念故乡的山水。很小的时候，他不知从哪里认了一个画图老师，那人个子很矮，背上拱起很高的一块。一开始哥哥见到他有些害怕，等后来习惯过来不再害怕的时候，这个老师跟他说：你进步得很快，我已经教不了你了，带你去找鲍老师吧。就这样，哥哥拜到了新的师傅。鲍老师常去看一个姓许的画家，有时把哥哥也带去那里。据说许老师原来在上海美校读书，画得很好，但因为谈恋爱被开除了，后来就在上海闵行电影院画海报。当年很少有人买得起油画颜料，哥哥开始学油画的时候，用的就是许老师画海报的颜料。

小学的美术老师发现哥哥有绘画天赋，就把他送进了少年宫学习。哥哥九岁时就在那里办了他人生的第一个"画展"。少年宫的绘画老师叫夏予冰，他教了陈川几年后，觉得他在少年宫学不到什么了，就带着他和他的画，去了孟光老师的家。哥哥就像个在江湖上寻找武林高手的孩子，终于拜到了一代宗师。从此，艺术就成了他的挚爱、他的生活。

他如果看到我这么写，肯定会抗议：侬瞎写啥啊？哥哥极其谦逊、害羞，尤其对于内心深处最在乎的东西。

哥哥画画从静物开始：画屋里的椅子、厨房的洋山芋、晒台上的葱。然后他开始画动物和人，有几次，他背着画架长途跋涉走去动物园里写生，画老虎、狮子，画大象、犀牛。当然，更现成和方便的是画我和家里的猫。父母为我们俩分配好了饭后隔天洗碗，为了让我给他当模特，哥哥只好被我敲诈勒索，每天洗碗。

从平江路走去孟老师家大概需要半个小时，我多次跟哥哥去那里给他们做模特。孟老师在美校的得意门生，比方夏葆元、魏景山、陈逸飞等都在那里画过我。不知那些画都去了哪里？

我问哥哥：你从前画了那么多张我，怎么都没有了？他说：好多都留在孟老师那里了，那时，画能被孟老师看中收下来是老开心、老骄傲的事，画留在自己屋里有什么用？我没钞票买纸，没画过的纸才是更宝贵的。十多年前，有人在拍卖市场看到几张陈川画我的素描，那是在孟老师去世后不知被谁拿去卖了？

那么多的肖像画，我自己只有一张陈丹青画我的油画。当时他好像刚完成了西藏组画，我们坐在姥姥房间里——为什么不是在客厅？也许楼上自然光更好一些，也许姥姥要我们在她屋里，记不清了。我穿了一件自己做的连衣裙——红白条纹的棉布，宽而低的方领，无袖贴身的裁剪。我们画了多久，聊了什么，也记不清了。

画完这幅肖像画后，我们都陆续到了美国，没有什么来往。但我脑中有这样一个模糊的场景：晚饭后，路灯下，几个在纽约的上海画家——陈丹青也在其中，站在唐人街一个昏暗的报刊亭前，一排排的杂志中有《花花公子》，他们互相调侃着……再次见到陈丹青是几十年后的事了，我们居然在上海一家什么商店里偶遇，停下来聊了几句，提到了画肖像画的事，我跟他要画，他就慷慨地答应了。几天后，画就送到了我家。

我有一张那天画肖像画的照片，我和哥哥面对面坐在姥姥房间里，他一手拿着画笔看着我，一手扶着正在画的肖像画，我挺直了腰望着前方的白墙，好像在考虑什么严肃的问题。每次看见这张照片，我都会想起那天窗外知了的聒噪，屋里颜料的气味，坐在我对面的哥哥和陈丹青，他们的头发都很短，脸颊都很瘦……

不知为什么陈丹青不在那张照片里。这么些年来，我一直以为是拍照的人把他放在了画外，只拍了我们兄妹两个人。最近跟陈川说起这件事，他说：拍照片的是一个《解放日报》的摄影记者，他请你换上画里的衣服，然后让我们摆拍的，那时陈丹青已经走了。

难道我记住的不是实况，而是照片中的情形？那些生动的感官印象也是虚构的吗？美国摄影师莎莉·曼，在她的《留住这一刻：莎莉·曼自传》中这样写道：早在一九〇一年，爱弥尔·左拉就指出了摄影对记忆的威胁，他说，如果你没有拍下来，就不能声称你真正看到了某物。然而，一旦被拍下来了，无论你"真正看到"的是什么，都永远不再会被记忆的眼睛看到。莎莉·曼称之为"照片的背叛"。我们总以为照片能保存过去，其实它们把某些瞬间从人生长河中截出来，取代并腐蚀了真相，同时创造了它们自己的记忆。

未来的照片就更不可靠了,人工智能将为我们提供无数美妙诱人和雄辩的虚拟场景,指引或代替我们去思考、记住、回忆……我们会发现,人类最引以为豪的理智和清醒,原来是如此的脆弱。

让我回到那些未曾被拍下来的时光:

哥哥他们围着书桌,看孟老师借回来的苏联画册,边看画册边热烈地讨论。我也跟着看,听他们讲。记得哥哥很喜欢列宾画的他的女儿的肖像,也非常喜欢尼古拉·费申的画。客厅的墙上有一张模模糊糊的照片,就是尼古拉·费申的画被不同的人,一而再,再而三地翻拍后的版本。回看少年时代哥哥画的我,多多少少都受到苏联画家的影响,我也喜欢让他把我画成那个样子。

有一次,哥哥不知从哪里得到一张伦勃朗人像素描的照片,兴奋得不得了,每天照着临摹。多年后,一个美国记者非常好奇,陈川在那么狭窄、贫瘠的环境中长大,怎么会有这么娴熟的欧洲绘画技巧。其实,他对巅峰时期艺术大师的艺术,远比同代美国画家要钻研得更深、更多。在富足和开放的文化中,哪里会有他那样饥渴的眼睛、那样不弃的注意力,他看到那些作品,就像在沙漠里看到玫瑰。

母亲有时会仔细审视哥哥的画,好像在研究什么;有时会催他出去玩玩,不要整天画图;有时会说,学会一技之长是件好事;有时又莫名地发脾气,不给他买画纸和炭笔的钱。哥哥把给他坐公共汽车的钱全省下来,横跨半个上海到福州路的美术用品商店买纸,每次买两三张,来来回回,春夏秋冬,风雨无阻。因为纸不够用,他总是画完了一面翻过来再画。

节选自《上海文学》2023年7月刊

无论星光还是烛光

筱敏

作家。著有散文集《阳光碎片》《成年礼》《捕蝶者》《涉过忘川》《灰烬与记忆》等。

我孤陋寡闻，非常迟的时候才读到陈善壎老师的文章。2018年，张鸿编了一个广东散文小辑，在公众号"小众"上推出。我在那里读到了陈善壎的散文。有十余年了，我的状态相当低迷，感觉相当迟钝，生活是封闭式的，很少翻读当下作家的作品。这几篇散文让我吃了一惊。我向黄金明询问，得知陈善壎有一个集子新近出版，于是上网搜寻，购得陈善壎的书《痛饮流年》。阅读的过程我发觉自己多年的麻木似乎褪去，我重又有了痛感，重又体验到震撼和惊喜，仿佛遭遇一个罕见的、丰富且明澈的灵魂。我深为愧怍，许多年来，我竟然错过了这般卓越的文字，错过了这般独立于文坛之外的高人。

回想起来，二十世纪八十年代我就拜见过陈善壎的夫人郑玲老师，彼此亦有诗集互赠。诗人郑玲是个奇迹，她在诗坛小荷初放便遭遇了二十余年的狂风骤雨，重现诗坛时已五十开外。诗歌是年轻人的领地，而郑玲的诗是超脱年龄的，她始终葆有少女的纯净和敏感，青年的热忱和激情。她是不老的。身为晚辈的我却很快就老了，离开了诗，在郑玲老师面前自惭形秽。三十年来，郑玲在诗坛如星辰生光，我远远仰望那星光，却没有看见另一个质量巨大的星体，陈善壎隐在她的光芒后面。

《痛饮流年》出版时郑玲老师已经离世。陈善壎将郑玲的一首诗放在首页为序:《爱情从诞生到死亡》——"我们相互给予的 / 是半个世纪短暂的相守……我们挣扎在巨大的阴影下 / 通过一连串的失败感到胜利 / 感到的胜利如海市烟云。""两个互为生命的敌手／在争吵中获得力量／我把最后的力量使出来／激发你的散淡／散淡的回忆甘美。"陈善壎在诗后以加注写道："两个生命的全面融合才可体会这样恰切。"爱情这种奢侈品世间稀有，一对伴侣互为生命，便生成了双倍的生命能量，这大约是诗人不老的原因。

陈善壎的文章常有一个主要人物郑玲，最为文友称道的是《你这人兽神杂处的地方》。那一段故事堪称传奇，陈善壎的笔力恢宏，诡谲，似密林般幽深，又似涧水般澄澈，毫不辜负他们的故事。这篇作品的写作过程也是一个传奇，二十世纪六十年代后期，落入灾难而困居深山的郑玲，曾写过一首长诗，名为《你这人兽神杂处的地方》，因为诗人特别珍视此诗，不忍将其像其他诗作那样亲手焚毁。危难中她把诗藏在他们住所的砖墙缝里，期盼日后取回，然而命运并没有给她这样的安慰。后来，她企图重写那诗，但不管如何努力，再找不回当初的感觉。诗遗失了，那是她最好的作品。三十年后，陈善壎返回江永深山去寻找那首不为人知的诗，所获终是遗憾。他写道：

或许是不甘心，我还是去"我家"门前默哀般站立好久。那诗已彻底毁灭。我木然地看着那座房子，看着那诗的墓地。有喜欢郑玲的诗的朋友说她的这首诗那首诗是他们喜欢的；在我的心里，他们可能最喜欢的作品已被埋葬。诗的死，在我心中掀起波澜。灯下创作这首诗的情景在微明中浮动。

这般哀痛和不甘,促使陈善壎动笔写下同一个题目——《你这人兽神杂处的地方》。他不分行,写实寄意诗情饱满。那是他们二人共同的诗,共同的日夜,共同的苦难和财富。他不能任其在风中散失。

郑玲的诗文里也常有一个主要人物陈善壎,有时他没有名字,有时他另有其名。譬如《野刺莲》中这一段:

和陈萱结识于穷途末路,那时,我刚被释放出来,前路茫茫,一筹莫展,好不容易在职工夜校谋得一个临时教书的工作以维持生计,陈萱也在夜校任课。我早就听说过他的身世,四岁死了父亲,母亲守寡将他和妹妹养大,三人每餐共吃一片腐乳或一碗白菜。他的童年是在漫长的幻想和严格的自学中度过的,十岁就开始在印刷厂当学徒,用妈妈给他买蚕豆的钱去看连环画,从躲在碎纸堆里读辞典入门,自学数学,经过有关方面的考核,达到大学数学本科毕业水平,而且酷爱文学。……我倾听他的谈话,犹如倾听自己的思想。我觉得再没有另一个人的气质比他和我更相近的了,年龄上的差别和其他的一切关系也就随之隐没了。

诗人写到自己遭受流放,年轻的知己坚持要求下乡,毅然与其同往,在荒蛮的山野里给她一个家,帮助她建造人的生活。从前我们听过十二月党人的妻子追随蒙难的丈夫去往西伯利亚的故事,然而,男人自毁前程追随妻子共赴苦难,这样的故事委实鲜有听过。他们相伴半个多世纪。晚年郑玲用文字描摹他们的生活,譬如《诗与丈夫》一文:

我与丈夫的姻缘是诗为媒的,几十年来,他虽然从事其他职业,却渗透了我的文学活动,充当我作品的第一个读者。而我们并非总是"琴瑟和谐""相敬如宾"的,争争吵吵时或有之。每次,我把定稿给他看,他俨然面临经典,逐字逐句地读,但是,只说一声"好"或者"不好"。我要求他说得系统一些,他一脸肃杀:"普通读者都是这样说的,只有评论家才系统,难道你是为评论家写诗的?你是个真诗人么?"如此简单粗暴,使我大为光火,推翻椅子,将枕头被盖扔满一地,他反而哈哈大笑:"你没有摔电视机、录音机,可见还清醒,醒者能悟!如果你已经培养起你所追求的第一流审美才能,自然就会从'好'与'不好'这简单的评语中悟出得失……"一瓢冷水,教我冷静下来,再三修改之后,求他修改,他当真点笔成金,动了三五个字,诗便焕然生辉了。

我一向以为,对一个写作者的了解,单读他的作品就够了,何况这里还有两位作者的互文。然而这回似乎例外。读了《痛饮流年》,我很想去看望一下这位作者,于是请为此书作跋的黄金明帮忙介绍引路,我得以见到我本该在三十年前拜见的陈善壎老师。

交谈必定首先致意郑玲，陈老师郑重地说道："她有诗集送你。"然后双手端出郑玲老师的诗集《让我背负你的忧郁》。我于惊惶中接过，翻开诗集，看见扉页上的题字：

筱敏吾友，知你来我好高兴，嘱善壎代签此集赠你慰我平生对你的神交。

郑玲二〇一八年八月七日

我说不出话来，没有语言能够表达我心里的震颤。两个生命的全面融合，原来是这样在一枝一叶的细微中显现。

谈起我们记忆中的那个年代，陈老师有许多故事，由此延伸到我尚未出生的年代，他有更多的故事。在天翻地覆、波谲云诡的时代，有故事的人很多，但能讲故事的人很少。大多数人并不理解发生在自己身上的故事。人是脆弱的芦苇，但只有少数人是会思考的芦苇，知道自己在宇宙中的位置，在人类文明发展史中的位置。没有历史感这一束光的照射，人们往往看不到自己的故事，意识不到有故事在自己身上发生。讲故事的人需要有透视世事的锐利目光，超乎于常人的记忆力，难以麻醉的痛感，还需要有建构能力和个人化的语言。这些陈善壎都具备，而且样样出色。

他的家族史堪称一部中国现代史，一篇《老娘娘和她的后人》可以为证。剽悍的老娘娘从光绪年间走来,"身处有清而天足",顶门立户,浪迹四方,教训后人志在天下,"有她喜欢的青年来,不拘长幼,豪饮移时"。"经常应邀与谭嗣同、唐才常、沈荩几个人登岳麓山呼啸"。后人中有随蔡锷举义帜的,"她驾一辆马车拖一副棺材,随护国军进退",收儿孙的尸骨。"她的后人,像一群荒原上的迷途者,有的朝左走,有的朝右走。"或参与组建共产党,或投效国民党位列要员,或阵亡于抗日战争的长沙会战,或沦为地主遭新社会种种斗争……中国近百年历史往还的重大剧目,总有这家族后人的身影。

我不禁想起《百年孤独》中的老祖母乌尔苏拉,老娘娘是不死的。她驾风云来去,为每一名离世的后人送行。她把自己活成一个传奇,让后人的传奇驶向世界,她在传奇中出没,让传奇不绝繁衍。

陈善埙以区区万余字驾驭了如此浩阔、如此纷繁的故事,他穿梭于虚实之间,笔锋峭拔,建构奇绝。结尾时他下了这样一笔:"老娘娘或许还在。她的每一个子孙的命运,不过是她的尝试与探索。我们最终会发现,她不是什么。"

我们所见的陈善埙的文章篇幅均不长,他的文章望去好似海面的浮冰,待近前去看,却是一座冰山,细读之下,可知露出水面的仅仅是冰山的一角,巨大的山体连同绵延的山脉,都沉默在海水下面。

《我的音乐老师》写的是二十世纪五六十年代的故事。曾经留学法国的音乐家风采耀目,其高雅的作品在维也纳被演奏,通俗的作品在工人合唱团被歌咏,他指挥过庞大的乐团,也谱写过曲目痛斥反动派、歌唱农民翻身。命运跌宕。倏忽之间,备受人崇敬的音乐家,沦落为一个出没坟山,寻捡尸骨用以制作人类骨骼标本的酒癫子。其中自然有悲惨世界的故事,来龙去脉需要繁多的注解。陈善壎在这里却只下了一笔:"我一眼认出此人就是曾老师。一点儿没有惊诧。他落到这步田地我马上有一个解释。"

如此俭省的一笔倒让我惊诧,但我也马上领会了这个解释,并领会了这样一跃而过留白的道理。我们都经历过那个时代,我们已知许多同类的故事。

陈善壎的笔墨能至简如此,浓稠时却又是一番景色。他写酒癫子酒后在木楼上的动静:

果然,约莫晚上9点钟的时候,楼板响起踢踏声。我记起他的烂皮鞋是钉了铁后跟的。这声音开始极轻,有如一只被风浪击得千疮百孔的小船躺在沙滩回忆往事,一圈圈波澜从他内心的深处向空中扩展。踢踏声的节奏慢慢激越,楼板缝里有灰尘落下。驼子端茶避开去,独自坐坪里抽烟。

节奏变得紧而密的了,逐渐变得狂热、炽烈,变得多情而贪婪。整座楼房都在抖。我全身紧缩,怕一根牵系他生命的弦突然断裂。

楼板上的节奏越来越疯狂，土地微微颤动。我相信只有入了魔才能这样表现。只有入魔才能把生命倾泻得这样彻底。他是在舞蹈，以一种特别的方式寻求自我的解释。此刻，他是一个舞蹈着的音乐家。一个只有脚功能的舞蹈家在阐释失去旋律的音乐家。他的音乐只留下硬朗节奏，犹如生命只剩下叩击有声的骨头。驼子说，这是他最快活的时候，并不容易碰上他这样快活。

　　时代的齿轮，把音乐家从音乐中撕开，抛到了贱民之下。为了果腹，他为医学院及大学的生物系制作人类骨骼标本。他携一只麻袋和一把钉耙，揣一个扁酒瓶，潜入开掘的工地，无主的荒坟。他的劳作是沉闷的，他的存在是无声的。然而，无尽的旋律在他体内回荡，他禁不住自己的回忆和梦想。在荒僻之地的木楼上，他以荒诞的方式组建自己的乐队，创造自己生存的希望。这一段描述令人过目不忘：

　　没有天花板，瓦缝里不时漏出闪电的白光。一个整齐的阵容摆在我面前，那是一群制作精良的人类骨骼标本。它们按照舞台上乐团那样布置。每具标本的颈椎骨上用绸带系了领结。这些标本有站的有坐的。旧钢琴前也坐着一具标本，摆出弹奏的姿势。他摸着它的指骨要我看。
　　"不够修长，对吗？做粗活的。"

陈善壎的文章时常会出人意料,从天外飞来一笔,骤然将叙述的域限打开。这或许是叙述技巧,但我的感觉是,作者心中有太多故事,汹涌翻沸,随时可能从任何裂隙冲腾而出。还是这篇《我的音乐老师》,篇幅本来不长,作者说着音乐家的故事,忽然荡开写了这样一段:

此后,我去了南门大古道巷的工艺美术厂。谁介绍的记不清楚了,可能是钟叔河。这家街办厂有点儿意思,是个"藏污纳垢,牛鬼蛇神成堆的地方"。正在天井里做石膏胸像的年轻人,是写《火烧红莲寺》的平江不肖生向恺元先生的孙子。躲在后院墙角煮骨头的是湖南师范学院生物系讲师郑英铸。做几何教具的陈孝弟是某大学数学老师,他一边工作,一边给姓仇的大学没毕业的年轻右派讲傅立叶级数。旁边小房里埋头钉板板鞋的是鲁迅先生在《记念刘和珍君》一文中提到的"一样沉勇而友爱的张静淑君"。她满脸沧桑,沉默,高贵。钢琴家罗世泽不知做的什么业务,跑上跑下。至于钟叔河夫妇,做的字画装裱。他们裱糊手艺精到。与钟叔河莫逆的朱正戴着高度近视眼镜描图,他是解放后第一本《鲁迅传》作者。

与文中的音乐家相关的自然是那位煮骨头做人类骨骼标本的人,而与我们的记忆相关的远不止此。我看到张静淑的时候心里"突"的一跳,因为鲁迅先生的《记念刘和珍君》太熟悉了，先生文中记念的几位女学生何其壮烈：

> 听说，她，刘和珍君，那时是欣然前往的。自然，请愿而已，稍有人心者，谁也不会料到有这样的罗网。但竟在执政府前中弹了，从背部入，斜穿心肺，已是致命的创伤，只是没有便死。同去的张静淑君想扶起她，中了四弹，其一是手枪，立仆；同去的杨德群君又想去扶起她，也被击，弹从左肩入，穿胸偏右出，也立仆。但她还能坐起来，一个兵在她头部及胸部猛击两棍，于是死掉了。
>
> 始终微笑的和蔼的刘和珍君确是死掉了，这是真的，有她自己的尸骸为证；沉勇而友爱的杨德群君也死掉了，有她自己的尸骸为证；只有一样沉勇而友爱的张静淑君还在医院里呻吟。当三个女子从容地转辗于文明人所发明的枪弹的攒射中的时候，这是怎样的一个惊心动魄的伟大呵！中国军人的屠戮妇婴的伟绩，八国联军的惩创学生的武功，不幸全被这几缕血痕抹杀了。

几乎贯穿我的一生，她们都是我所仰望的英雄。我以为她们只存在于鲁迅的时代，然而不幸的是，并非如此。身中四弹的张静淑君幸存下来，许多年后，当鲁迅的读者都淡忘了她，是陈善壎讲述了她后续的故事。

写作是一种独白，也是一种回应。陈善壎不在文坛，他不在乎文坛的回应。但浩瀚的时空总有他在乎的灵魂,更重要的是,穿越时空而过往的,还有需要这般质地文字的人。

《痛饮流年》有一个前言,这是我所见过的最短的作者前言,全文如下:

假如抄袭鲁迅先生的意思,把这集子叫作"坟"是可以的。鲁迅当时造"小小的新坟"的时候,有被"踏成平地"的假设。那是他把"坟"筑在人烟稠密的地方了。我这坟,在深山野岭,人迹罕至。它将被藤萝花草覆盖,在鸟语花香中渐渐隐匿。若有人偶然得到消息来此探幽,那是了无痕迹的了。

面对这样通透的人,许多言辞都是多余的话。但是我依然想要絮叨:人世苍茫,雾霾或暗夜时常降临。怀中或还揣有一点儿光的人们,无论是星光还是烛光,请举起来,好让友人彼此看见。

选自《广州文艺》2023 年第 7 期

南京,南京

刘琼

学者，作家，艺术学博士。人民日报文艺部副主任、高级编辑。中国作家协会小说专业委员会委员、中国文艺评论家协会理事。著有《花间词外》等。曾获汪曾祺文学奖、全国报人散文奖、《文学报》"新批评奖"等奖项。

人的记忆与情绪一样，都有"路径"可循。

人这一生，不管走到哪里，最终能够记住哪个地方，一定是有某种特殊原因。这种原因，有时候很微妙，甚至有些琐细。比如一种食物、一个场景、一件偶然的事、一个或几个人，都极有可能让你产生持久的记忆和联系。就我自己而言，这些年，一去再去、去得最多的地方大概就是南京了。南京朋友多，也贴心，有合适的活动大多会发邀请。只要时间许可，我大概率也会到场。南京离芜湖近，顺道回趟家，这是客观动力之一。此外，某种程度上，南京在我的记忆里一直占据着重要地位——这也是我第一次公开承认。记忆是信息的处理机。打开我的这台记忆机器，人生中的许多"第一次"都与南京有关。

我这一生，第一次拥有一件类似于礼服的成衣，是九岁的时候，生产厂家就是南京小红花儿童服装厂。

父亲年轻时是个极细心的人，因家中有小孩，每次出差，总会带回来一些当地特产，偶尔是玩具，大多是零食。比如从合肥回来，他会带回麻饼以及烘糕，这两样都是合肥从前最典型的糖食。麻饼的做法不难，全国许多地方都有生产，但只有合肥的麻饼叫"合肥大麻饼"。个头敦实，布满冰糖粒，咬起来嘎嘣脆响，这两个特点，使合肥大麻饼在食物并不那么充裕和丰富的年代脱颖而出。今天，由于营养过剩等原因，低糖、控糖成为养生的重要话题,韩国甚至发布糖使用超标的处罚条例。其实，糖既是人体发育的需要，也是调节情绪的良药，吃糖食能让人快乐、放松。我对糖食的爱好由来已久，童年的口味伴随一生。就在前两天，我的案头还摆着一碟糖、油成分都高的烘糕，它的甜香让我无法抵抗。

其他零食如高粱饴、香蕉等，也都是七八岁时父亲到山东、广州等地出差带回的礼物。记得第一次吃香蕉，因为稀罕，一根香蕉居然吃了很久很久。彼时正值改革开放之初，各地食品市场慢慢活跃起来，但南国的水果依然鲜能出现在长江沿岸。其他生活用品同样如此。应该也是从广州回来，父亲给母亲和我带回一打长筒袜。长筒袜以及"一打"这种计算方法，我们都是第一次见到，算是开了"洋荤"。

南京挨得近，父亲当然更是经常去，而且每次回来都有礼物。九岁那年春天，父亲从南京回来，带回一个专属于我的大礼盒。父亲很兴奋，完全不在意那件叠得很洋气的衣服花了他将近半个月的工资。给九岁的孩子买这么贵的衣服，要搁以往，母亲肯定会有异议。但奇怪的是，母亲似乎也很兴奋。九岁也许是个特殊的年龄，父母都是小知识分子，对于仪式，有他们自己的理解。但我那时确实太小，一点儿不懂父母的心意，当然也不会欣赏这件衣服的好。今天回想起来，客观地说，那件衣服实在是太漂亮了，即便放在今天，也很不普通。颜色是淡粉色——也叫水粉色，款式是西装和风衣的结合体，面料既挺括又有弹性，洋气的西装驳领，左右两个斜插外翻口袋上各缝了一枚闪亮的银扣。衣领内侧的商标上写着"南京小红花儿童服装厂",千真万确,我记得是这一行字。后来也有人纠正我说,不对,应该是"南京小红花儿童服装商店"。这让我困惑。南京小红花儿童服装商店确实存在,就在南京新街口,是二十世纪中后期儿童服装界的"网红"之一,现在大概早就没了。但我一直信任一个九岁儿童的记忆。南京小红花儿童服装厂与南京小红花儿童服装商店是不是隶属于同一家企业?可以找机会求证一下这个问题。总而言之,那件淡粉色的成衣像彩球一样突然砸下来。

父亲毕竟是男性,对于服装尺码不熟悉,也许是应母亲的要求,买回来的这件童装尺寸是一百四十厘米的。今天的孩子们营养供给跟得上,发育早。在当时,一百四十厘米,大概是十二三岁孩子的衣服尺寸。九岁的我,瘦、弱、矮、小,身高最多也就一米出头。于是,从九岁那年开始,每年春秋两季,这件衣服都要拿出来穿一段时间。一开始当长风衣穿,慢慢地,穿成了一件大外套,再后来成了小西装。小学毕业了,在穿,初中二年级了,还在穿。喜新厌旧真是人的本性,小孩子丝毫不例外。通常,一件棉质的衣服,穿着穿着,不消一两年褪色或破了,就有理由换新衣服了。对小孩子来说,这就是盼头。我的这件小礼服也不知是什么材质做的,似乎总也穿不坏。这件原本洋气漂亮的童装成了我的噩梦。终于,干坏事的胆子大起来,周日穿着这件衣服外出郊游时,偷偷地用火柴在右下摆烧了一个黑色小洞,回家后告诉母亲被树枝剐破了。母亲似乎看了一眼，说："好吧，不穿了。"从此，我再也没见过那件小礼服。

"南京小红花儿童服装厂"这一行字，也被记忆收藏了。多年以后，提起这件事，母亲居然一点儿印象也没有。

第一次长途远行，同样与南京有关。

1987年，十七岁的我从南京浦口站出发，远赴兰州读书。那年高考，志愿是"盲填"：根据标准答案估分，然后填志愿。我在家中排行老二，老二们都有"离心"和"反骨"，我也难免。记得当时我只有一个强烈的愿望，"离家越远越好"。于是，在提前调档这一栏填上"解放军洛阳外国语学院"——这是要当兵，在重点院校这一栏填上"兰州大学"——这是要去大西北。普通院校，以及大专、中专——当时还有这两级，一概没填，丝毫不留退路。这当然是离经叛道之举。分数出来后，按我当时的成绩，北京大学上不了，北京师范大学绰绰有余。结果，解放军洛阳外国语学院是军校，因为身高不够，没录。被兰大录取，我很开心。但祖母和母亲都极不高兴。祖母一辈子跑得最远的地方大概就是上海，过了长江，只要往北，在她嘴里那些人就都是"侉子"。我去兰州上大学，在她看来无异于充军发配。祖母逢人提起就流眼泪。母亲因为我的自作主张，直到我上火车，都不肯跟我说话。按照她的愿望，我的第一志愿应该填"南京金陵女子学院营养系"，南京是母亲的大本营。后来我了解到这个学院和这个专业那年确实恢复招生，校址是今天的南京师范大学。

  兰州即便在今天，也还是远方。母亲虽然生气，还是与父亲一起，在那年9月，把我送到南京浦口，送上开往兰州的187次列车。空间是被时间改变的，我一直有这个感受。通高铁后，从南到北，从东到西，空间距离被极大地缩短。但在绿皮车的时代，南京也是远方，从芜湖到南京也要将近四个小时，从南京到兰州则要走整整三十六个小时。当时贯通东西交通的主动脉陇海线，起点是兰州，终点是连云港。187次列车从南京浦口出发，往兰州去，首先向北，途经蚌埠，走到徐州，并入陇海线后一路向西。这一路各种地形地貌都要经历，越往西，越复杂多样，穿山越岭，隧道极多。1987年，大学开学前一周，陇海线宝鸡站附近，有辆油罐车在隧道里爆炸。整个陇海线瘫痪了三天左右。交通运力本来就不够，积压下的乘客加上高校开学大量学生返校，导致每辆西行的列车都严重超载。当时的交通部门安全底线低，旅客不限数。以187次列车为例，从南京出发时列车里已经连站人的地方都很局促，沿途，各站还是不断大批量地涌上乘客，以致整个车厢人贴人，连晃动一下都不可能。就是在这样的条件下，我登上了西去的列车。

  此后四年，每年寒暑两季，这是雷打不动的行程。浦口老站的傍晚以及南京的凌晨，由此成为我曾经最熟悉的时间和空间。

  当年在浦口火车站来来回回时，并不了解它曾经的历史。

比如孙中山的灵柩曾经在此短暂停放并由此进城，安放在中山陵。比如朱自清在散文《背影》里写的父亲艰难翻越的月台，就是我脚下的月台。比如1949年陈毅、邓小平等由此进入南京城，中国历史从此改朝换代。许多资料显示，当年我上学时热闹繁华的浦口火车站曾在1968年停办客运，直到1985年，也就是我上大学的前两年，才又部分恢复。这就是说，我上学那四年，浦口火车站的客运正处在恢复期。可惜，数年后，此站客运彻底关停。2013年，浦口火车站被列入第七批全国重点文物保护单位。这些年，作为文物以及风景，它的名气似乎越来越大。

当年上学时，父亲还有专车，从家中走的时候，往往由那辆老式桑塔纳先送我到浦口。时间还早，父亲会在浦口火车站附近街巷走来走去，最后挑好一家馆子，坐下来，点上一桌菜。不管我饿不饿，一定要在上火车之前让我好好地吃一顿，这是父亲的仪式。父亲的这种特殊心情，我这些年，特别是在自己的孩子远行读书后，倒是越来越能理解了。吃完饭，送上车。大概是晚上七点四十分左右，列车开动。每次从浦口出发的时候，都是夜灯初上。所以记忆中的这座始建于清末的"英范儿"老火车站，是灯光中的火车站，也是小贩们的火车站。老式的路灯，还有摊贩活动板车上挂着的汽灯，影影绰绰，形成了我对火车站起初的印象。梧桐树密密匝匝，再炎热的夏季，这里似乎都能找到荫凉地。商铺很多，倒不显凌乱，主要是没有嘈杂恶俗的高音喇叭。城市大概跟人一样，见过世面与没见过世面，表现终究不太一样。浦口火车站现在以英式建筑整体性保护完好出名，当时没太留意，毕竟芜湖开埠早，传教士以及外国商人进城后，修建的医院以及其他一些建筑似乎也有类似风格。

"咣当、咣当"走整整三十六个小时，列车到兰州。在这三十六个小时的咣当声中，透过车窗玻璃，向外，我看到了许多地图上的名字。青春年少时期，过目不忘，走一趟，沿途的地名都一一复刻在脑海里。进入河南后，郑州是第一大站，停留时间最久，偶尔会在这里换车头。车在荥阳、巩义、偃师似乎都停，然后大一点儿的站是洛阳。渑池、三门峡过后，很快就进入陕西境内，潼关、西安、咸阳、宝鸡、天水、陇西……对了，三门峡过后，还有一站叫"渭南"。或许是因为渭水的原因，我对这个地名印象深刻。若干年后在北京认识一个朋友，一说是渭南人，顿生熟悉感和好感。第一次在火车上看到司马迁《史记》里秦赵会盟的古地名"渑池"，竟有一种说不出的欣喜，大概就是理性知识和感性经验碰撞的感受。

每次放假从兰州回家，搭乘188次列车，到达浦口的时间是凌晨五点左右。所以，很多年以来，我一直不能忘记的是凌晨的南京城。

坐了一天两夜的火车，刚下车的时候，脚都肿了。出站，路边的早点铺已经支起来两三家，馄饨、面条、五香蛋以及油锅里现炸的油条、糍粑,都是久违了的熟悉的滋味。不知道是一夜没睡,还是起床起得太早的缘故,也可能是南京人本身性格就如此,印象中,火车站的摊贩干活利落,桌面碗筷擦得干干净净,话不多,也不使劲拉客。当然也不需要拉客。这个时间点下车的旅客,要想进城,还得等一个小时才有早班轮渡。我拖着行李,是不是拉杆箱已经不大记得了,随便找个小马扎或者长条凳坐下来。这一个小时,正好是坐下来呼吸呼吸新鲜空气,闲闲地喝碗粥、吃根油条的时间。不远处,环卫工人已经干完活,准备收工了。摊主远远地问一句"吃什么",不卷舌,是地道的南京话。南京话,与其周边的苏州话、无锡话、常州话都不同,属于"官话",好懂。小摊是夫妇俩经营,女人负责记账、端碗,男人负责炸和煮等技术活。我一般只喝一碗白粥,再加一个五香蛋,在火车上憋得太久,胃口不好。

认真地回想一下,我这一生,十七岁以后,但凡去远一点儿的地方,比如读书、工作,都是先到南京,从南京坐火车、搭飞机,到兰州或北京。北京到芜湖通高铁是近两年才有的事,不通高铁的时候,每次回芜湖,我也都会先搭高铁到南京南站,然后站内转车到芜湖。南京成为我回家或远行的"交通枢纽"。也因此,这些年对南京南站越来越熟悉,站内转车时,顺便在车站二楼坐下来,吃碗想念很久的鸭血汤或牛肉粉丝汤。

南京人的口味跟芜湖人比较接近。南京菜也叫"金陵菜",是不那么纯粹的淮扬菜。北京有家馆子叫"南京大排档",既好吃，又实惠，许多像我这样的在京安徽人也是这家馆子的粉丝，非常火。我每次去，都要点一道菜，这就是"金陵烤鸭"。金陵烤鸭也叫"红鸭子"，是这家馆子在大众点评上排在第一位的招牌菜。南京属于"下江"，出产水鸭子，为此发明出各种吃法，盐水卤鸭、烤鸭、糯米八宝鸭，等等，风味多样，各有千秋。前几年，网络上有段子笑称"没有一只鸭子能够活着从南京离开"，虽是笑话，由此可见鸭子在南京人的食谱中占有重要地位。相传北京烤鸭也是由南京传入北京，是十四世纪明成祖朱棣迁都北方之后的事。北京虽贵为六百多年的都城，但没有自己的本土菜系，流传至今，最著名的无非是铜锅涮肉和松木烤鸭。铜锅和松木都是前置定语，究其本源，就是涮肉和烤鸭。明太祖朱元璋酷爱吃鸭子，"日食烤鸭一只"，上有所好下有所效，南京城里烤鸭业于是一时为盛。朱棣迁都北京后，年少时养成的口味难改，包括烤鸭在内的一些南方饮食也由此被带进北京城。

北京烤鸭界有两大传统老字号，一是全聚德，一是便宜坊。嘉靖年间，在菜市口米氏胡同挂牌开业的老"便宜坊"，据说当时在布幌招牌上还写了一行小字，叫"金陵烤鸭"。由此可见，便宜坊出山，还借用了"金陵烤鸭"的名声。

芜湖和南京地理位置相似，属于吴头楚尾，物产近似，吃的东西差不多。芜湖人也爱吃鸭子。端午的餐桌上一定要摆上红烧鸭子，这叫"见红"。入伏后，要喝老鸭汤以败火。小的时候，听得耳朵都起茧的一句话是"鸭子是凉性，多吃无碍"。这是民间生活经验智慧的体现，多少有点儿道理。芜湖、南京这一带人喜欢吃鸭子，就好比生活在水边的人爱吃鱼一样，是自然而然的事。土地上大量产出的东西，成为食物的来源，慢慢形成饮食的习惯。长江下游河道纵横，家鸭、野鸭到处都是。印象中，鸭子比鸡皮实、好养，不费太多人力和财力。早晨放到水里，晚上上岸，腆着肚子，自个儿摇着小尾巴就回来了。鸭子究竟有多少种，我不太清楚。我只认识两种。一种是麻鸭，这种鸭不好看，像人群里的麻脸女人，但生长期长，肉质瓷实，好吃。还有一种鸭子叫"百日红"，顾名思义，一百天就可以下蛋。从投入产出角度来说，养"百日红"当然比养麻鸭更合算。"百日红"也不难吃，但讲究的芜湖人养"百日红"，通常只为吃蛋，若论吃鸭肉，"百日红"比麻鸭差远了。这就好比一年两熟的稻米与一年一熟的稻米之间的差别，道理是一样的。

　　南京在坊间被称为"徽京"，有戏谑的成分，但南京确实与安徽关系密切。芜湖人对南京人的情感很复杂，是既爱又妒，扯不断理还乱的关系。爱是因为许多亲朋挚爱可能都在南京，妒是因为芜湖是商业城市，市民味重，在芜湖人的心里，大概只有同为商业城市的上海才是芜湖的榜样。市民出身的芜湖人，不大欣赏南京人的旧都做派，嫌弃他们"死性"。体现在生活中，哪怕是吃鸭子的时候，芜湖人也会半带不屑地说："南京板鸭哪有什么好吃的？还不如我们冰冻街王老奶做的卤鸭有味道。"我把这种心理理解为嫉妒。南京毕竟是大城市，在南京面前，芜湖像个小弟，心里不服气，实际生活中却还要仰人鼻息。

  设想，当年高考，若是顺应了母亲的安排，直接去南京读书，此后的人生大致应该是留南京工作、嫁人、生子、在南京和芜湖之间来回走动，像每一个今天生活在南京的芜湖人一样。南京既是远方，又近在眼前，是我当年竭力想摆脱的对象。谁又能料到，我这样一个叛逆者，仅仅过了几年，考研时居然一门心思只想报考南京大学中文系。分数倒是考够了，后来由于种种原因，被调剂到浙江大学。浙江大学当然不错，但未能在南京上学，始终是我这一生的遗憾。这大概就是人生的轨迹。走过去，回头看，才发现有那么多的必然存在。

选自《雨花》2023年第8期

盛大的事情

阿微木依萝

彝族。自由撰稿人。巴金文学院签约作家。作品见《钟山》等刊。已出版中短篇小说集、散文集9部。获第十届广东省鲁迅文学艺术奖中短篇小说奖、第十二届全国少数民族文学创作骏马奖等奖项。

他们说那是盛大的事情，就把我们的朋友比土嘉豪叫去了。

比土嘉豪并不是他的户籍名，这也许只是一个较有情怀的、追思性的别名。

他的身份按照他自己的说法，是非常神秘的，如果要追究得紧，他也许会给你说，他是月亮女神后代的后代。所以我们觉得他特别酷，觉得他身上有了这种传奇性的家族历史而格外多了些引人注目的气质。他的长相是否符合我们的审美已不重要，我们都一致认为，他就是这片区域（也许是全世界）特别好看的那个男生。

在过去的某些时候，我们无时无刻不在这样想象，想象比土嘉豪祖上尊贵无比，不管他是否同意有这样的祖上，我们都强硬地要他承认他就是个了不起的贵族公子。凭空塑造的形象似乎真的可以给人带来成就感，在荒凉险峻的土地上，就像有一枚自己亲手放在头顶的星辰，每天照着我们这群小穷人——就是这种感受。我们有时穷得心慌，尤其在找不到新鲜的游戏时，更会怀疑我们父母造人的意义，有时会猜测他们因为抵抗不了艰辛的日子而特意生下我们，作为新一代人类，他们可能在无限地幻想，在不久的将来，在我们身上必然会发出比他们优质的力量，扫除贫穷而获得高尚富足的美好生活。但眼下呢，我们还没有长大的眼目前儿，就只能尾随父母在贫穷的道路上，过一种什么忙也帮不上、整日无所事事、惹恼长辈、每天讨打的日子。父母永远不会知道我们已经过早地学会了思考人生的意义，但这几乎成了笑话，如果我们问，人活着为了什么，他们就会嫉恨地瞪着双眼，不许我们有这样的念头，不许我们问一些难题。不问难题不代表我们就不去暗自揣测，长大后的人们永远不肯承认，人生的意义和全部的生活真相早已在孩童身上显现并且在我们这种年岁的时候，已经疯魔般地做着成年后的无聊游戏。所以在我们听到一首歌词里说"一场游戏一场梦"的时候，就格外激动和悲伤，更把所有成年人不敢说的话和做的游戏说了个遍也做了个遍。成年人大多以"天真无邪"和"童言无忌"来解释我们的行为。如果我们问父母世界的样子，他们一定会说，世界是圆的，但问这个圆如何形成以及圆圈里的内容是什么，他们就茫然无措。变幻莫测是我们的能力,这是少年时期才有的能力。很快就没有人去为难父母了，不再问一些在他们看来是大而不当的问题，问他们只不过是浪费时间。我们更热衷于自己去编造我们的"生活"，因为在某些时候，我们觉得已经开始理解了世界的面貌，理解了如何才能让自己在圆形世界中生活得更饱满和舒适，所以我们很健忘，甚至在童年的更早期，我们的记忆力还不如一条鱼。在比土嘉豪身上，我们体会到了获取某种"编造"的权利的快感，在那个时期，我们都还没有出过远门，对圆形的世界还没有基本的把握，这就让我们一个个变得"胆大妄为"，尽情（不近人情）地发挥了我们的想象。可能我们的确如父母所愿，拥有着比他们更勇敢的力量，我们希望在熟悉的群体中出现一个有来头的人，他有好的生活背景，啊，无所谓好的生活背景，他有故事就行啦，有"长远"的人生经历，最好他的祖上是原始人1号或者2号，他是我们之中最传奇的那一个就行——是某种希望的象征，一个精神依靠，一个光环。比土嘉豪那"模棱两可"的家族历史特别吸引我们，我们喜欢这样的人，愿意把他捧到莫须有的高处，如果他不介意，我们都愿意喊他"大王"。他其实也不介意，在做游戏的时候他非常兴奋地站在一旁，我们呢，诚心诚意地排成一队，再一个一个走上去喊他：我们亲爱的比土嘉豪大王。那时候我们虽然小，但这个游戏玩得相当快乐豪壮。有时候我们也让比土嘉豪扮演乞丐，一个人一直顺风顺水，就连他自己也觉得很没意思，所以扮演乞丐的比土嘉豪特别卖力，本身嘛，我们的穷样也足够胜任这个角色，他演得特别动人。

我们的父母最大的优点是对下一代人进行盲目的无止境的想象，他们放肆地坚信下一代能够"封侯拜相"甚至改变世界（宇宙），成为英雄人物而光宗耀祖。他们从来不考虑自己的智慧问题、遗传基因问题、教育问题甚至天赋问题，以及更多其他的问题，喝醉了似的，时常夸耀他们的幼子如何聪明，如何机智和勇敢，如何比别人家的孩子都漂亮和能干，却难以给他们这些"漂亮"的幼子以足够的成长时间，没有耐心和才能去开发他们幼子的前程，满了十八岁以后呢，这些可爱的父母们,似乎把所有当初的宏愿忘得一干二净了,开始转而关心细小的鸡毛蒜皮的事情。比方说,我们的比土嘉豪刚刚十八岁,他的父母一转常态,不再要求比土嘉豪去改变世界,而是督促他去找个姑娘结婚。比土嘉豪已经到了成亲的年纪,他的父母用那古老的传统经验说:早栽秧早打谷,早生儿子早享福。

成亲比改变世界重要吧,也许的确是这样一个道理,在我们这个山区,改变世界这种意识和抱负永远只寄存于我们十八岁之前——父母短暂不实的理想主义。在我们很小的时候,他们还愿意这样去寄望,一旦过了十八岁,他们立刻就要所有的孩子接受现实世界,教我们放弃不实际的人生理想。不思考、不追逐、不探索生活,是一种最为幸福的人生模式,这就是他们要传达给我们的意思。他们其实根本不相信自己的幼子有多聪明和机智,不相信儿子们的雄心,也不相信女儿们的美貌和聪慧能给她们带来什么真正的爱情和幸福日子,肯定是这样的,所以呢,如果这样去理解,那所有的父母没有一个不是骗子,也没有一个不是可怜的人。想要获得安全感的唯一路径就是放弃所有的愿望,蒙头大睡,只看眼前。

比土嘉豪唯一的缺点(如果这算是缺点的话)就是没有结婚,如今这已然成了他父母的心头病。

我们无所谓。我们还有那么两三年才能达到谈婚论嫁的年岁。比土嘉豪被带去相亲,我们的心理活动是:好戏要开始了。

等着瞧,看我们的比土嘉豪大王如何去面对那样的场景。

他永远是我们的"探路者"。他今天的任何反应都会被我们今后用来作为参照的例子。如果他反抗,我们就反抗;如果他顺从,我们或许也会说,比土嘉豪都顺从了,他能过的日子,我们为什么不能过。一个被我们亲手推上去的"星辰",确实会影响我们的命运。

就是这种"依赖"思维把我们带到了相亲现场的大门外。鬼鬼祟祟的,我们五个人假装在门口打纸牌,故意大声喧哗,好让屋里相亲的两家人放松警惕(他们有时特别小心地维护自己的隐私,即便相亲活动通常选在人事喧哗的地段进行),就这样,他们如我们所愿,放松了心情,在巨浪般的声音之下尽情说话。

比土嘉豪的父母已经开始显现出"家有剩男"的自卑感了。我们偷眼看到,那就是无比自卑的感觉,生怕对方看不上比土嘉豪;或者,他们也同时担心对方女儿的品行配不上比土嘉豪。

后来,双方的父母走出门,留下比土嘉豪和他的相亲对象以及媒婆。媒婆一个人在那儿有说有笑,这是她常干的事儿,本职工作的需要,她已经练就了一张可以形容为看透了人情世故的"滚瓜烂熟的笑脸"。她非常清楚姑娘们内心的小算盘打着什么玩意儿,也明白比土嘉豪这样的愣头青遇到这种场合都在磨蹭什么。双方的条件,她都会说到明面上,关于彩礼,关于婚后所遇到的一些麻烦,她都必须像个中间人那样,进行一部分的责任担当,必要的时候必须充当和事佬;她像个售后员,三年之内,她所保媒的婚姻都还受着她的"保护",在"有效期"内,双方家庭的矛盾,都得依靠她来化解。

  姑娘低着头,或抬头跟媒婆搭两句话,比土嘉豪懒洋洋地看着门外,看着我们,他的眼神里倒是没有发出什么"求救信号",空空的,悲哀和茫然。媒婆的嘴压根儿没有停过,她不断地输送两边的有利信息,以确保两个年轻人在得知对方的这些"优渥的生活条件"之后,对未来产生兴趣。是的,她需要的就是两个人突然对未来产生了兴趣,而不是感情。她肯定知道婚姻的真相并非感情,这一点,我们的父母就是一本极好的教科书,他们的结合顶多是为了传宗接代以及打发一个人孤独的生活,那些琐碎的生活真相早已确定了这一点,有的人早已经不去谈什么感情了,就像我们的父母根本不正面回答这个问题,比方说,我们的问题是"您爱我的父亲吗?"或者"您爱我的母亲吗?"得到的要么是沉默要么是冷眼。媒婆像个老江湖那样掏出她的经验,试图说服两个年轻人不要再渴望别的,就像国与国之间的建交条约,婚姻需要的永远是强大的经济利益或双方友好互利的创造功能。她要表达的正是这个观点。但也许她曾经说了太多这样的话,终于,某个时刻,她像是疯了一样自己哈哈大笑起来,把两个相亲的人笑得有些不知所措。

  但不管怎样,哪怕媒婆也短暂地怀疑过即使具备了坚实的经济能力之后,婚姻是不是就一定能获得幸福和稳定,但比起另外一种情况,假设,人们不再去需求物质,而仅仅随心所欲去依赖感情,是不是就建立了深厚的婚姻之情,在这一点上,两者相比较,她更不会信任后者,因为在她的面目上,我们丝毫没有看出一个女人拥有过爱情的那种喜悦和哀伤的痕迹。她那扁平的五官就像扁平的婚姻生活一般,并不会令人看了多么舒服或者多么不舒服,就是我们父母的那种样子吧,我们瞧不上,却又不便将一切说得一无是处。总之,她卖力地想要给相亲者"指路"的心思是一目了然的,也毫不吝啬,她分享了一些自己在生活中如何体面地与丈夫经营家庭的经验,比方说,没有了夫妻之情,那么就分床分房而眠,仍然生活在同一个屋檐之下,这样便可以始终保持着物质生活质量的不变,亲情(孩子)关系的不变。她可能觉得这些经验具有很高的价值,因为普遍的,人们确实套用了彼此的生活模式,而得以把家庭发展和事业发展向前推进。

只有少部分人还在奢望感情的产生,既然依靠物质和依靠感情同样都无法保证婚姻质量,那又何必要选择依靠物质这种本身就不正常的关系。既然人是高等动物,那必然具有较高的感情(精神)追求,但对此,媒婆是嗤之以鼻的,她根本不相信婚姻中还能长久地保存这种被称为"感情"的东西。如果将两个人单纯地"绳之以情",那么,这根情感的绳索早晚会断掉。为了强调这个东西的无用,她特意清了清嗓子,把一口老痰投到垃圾桶里。

只有我们最了解比土嘉豪,他根本不可能爱上眼前这个姑娘。即便对方的优质条件放给别的任何一个人,恐怕那人一口就答应了结婚。他不能。我们相信这个人一定有他的妙招对付眼前的境况。如果他那么轻易就接受了这些安排,做一个软弱无能的物质奴仆,那么,他还会是那个跟我们一起进行过丰富多彩的游戏的少年吗?他需要什么样的生活,去爱什么样的人,一定有他自己的想法,虽然这个时候他的想法还有些稚嫩,也不具备任何权威,也不被父母尊重,他也不懂得如何捍卫它,可他一定会想办法令自己巧妙地脱离这场相亲活动。我们来这儿守着,也就是想要看一看,这一次(这已经是他的不知道第几次相亲了)他如何脱身。

媒婆已经看出了比土嘉豪的想法——关于爱情,关于他可能会遇到世界上最好的姑娘这件事儿……大概就是这些事儿吧——她都瞧在了眼里,因为这一切被她瞧在眼里,因此,从某一瞬间开始,她的眼光变得轻蔑起来。这不是她对比土嘉豪的轻蔑,这是她对整个有关男女感情的想法的轻蔑。就像是受过重大情感灾害那样,她抱着一颗仿佛是"复仇者"的心,这也是有可能的,不然呢,为何她如此"糟蹋"年轻人所向往的东西呢,仿佛是一个挖宝藏空手而归的人,她回来跟每一个遇到的路人说:"不用瞎折腾了,路上随便摸一颗石子儿都比浪费时间强。所有的地方都找遍了,根本没有什么珍宝。"要是这么说来,也许我们轻看了媒婆,没准儿,爱情曾经像大风一样把她刮倒过好几回呢。

比土嘉豪那不死心的样子给了我们希望。他让我们想到对于真理的苦心追逐和经营，保持信仰不是一件容易的事儿，有时候，别人会把错的方向当成目标指给我们，甚至给我们枷锁，给我们负担，给我们诱惑，从而使我们成了背离真理的人。这已经不是在说爱情的事儿了。而是说人生，是说选择的意义，是说理想主义者必须具备的勇敢和狠心，为了向着那条路去，要辜负多少"好心人"。小事犹豫不决的人，面临大事必然手忙脚乱。所以我们已经走到相亲现场了，要参与其中。是真正的现场，而不是在大门口围观，我们就盘腿坐在比土嘉豪的身边，媒婆没有阻止，因为这会儿她也看出来了，眼下特别需要几个年轻人进来暖一暖场，她一个人自说自话太累了。

在我们的山区，这种相亲活动进行的频率要比城市里多一些，乡下人依旧讲求"知根知底"。因此在这个地方，"爱情"这种东西很难扎根，很难有立足之地，甚至关于"我喜欢某个人"这样的话，也最好不要告诉自己的父母。父母很多时候就是我们的"敌人"，但这个真相，有时候就连我们自己也不肯承认或不敢承认，必要的时候还要进行掩饰，用更多的赞美来麻痹和推进父子关系、母子关系的进展。如果不给我们设定规矩，那么，人的原始性就会爆发，最简单和温和的做法往往是从"离家出走"开始，我们的父母把这些行为称作叛逆，在寻找自由的道路上，我们会因为这种出走而尝到一些甜头，当然也包含了一些苦头。整个少年时期被这样的"敌人"管束和提供着一日三餐,这样的关系使得我们即使长到一百岁,也要对这些"敌人"永葆感恩之心,并且是真心实意的感恩。就像越是叛逆和出走的少年后来越是珍爱他们的父母、越不听话的孩子越有创造力那样,我们也会给父母带来一些惊喜,如果这有可能就是"改变世界"的大事,那这就是惊喜了。但很少有人理解我们的出走。我们的父母很难认为必要的出走和叛逆是人类智慧期的阵痛,形成初级智慧的方法一定是经历苦痛,去吃一些自己都摸不着头脑的亏,从而升华心灵。但现实中,我们又很少有机会和胆量去开创我们的"出走之路",因为这同时也很冒险,我们很容易走上违法犯罪的道路,这里往往需要父母的"放行",意思是,他们最好能给我们一条自由并且安全的道路去释放我们的野心,让我们在这样的路上既体验到了出走的快乐也始终还是个正派的少年。没有任何一个天性善良的少年首先想到的是去作恶,他想的一定是去行侠仗义。英雄主义很早就产生于年幼的心灵。但我们确实无路可去,在这片高海拔的山地上,所有的见识都源于我们没有多少见识的父母,他们的生存经验永远是如何将农作物在合适的季节播入土壤,但从没有别的才能去形容大地和那些他们所播种的作物。粗糙的审美观念根深蒂固,从而他们不太在乎我们的理想,也不在乎他们自己的理想。如果我们要是敢挑战父母的权威,或者不去实现他们那些"脚踏实地"的想法,不去管顾他们的晚年,那么,我们一定是大逆不道,走在社会的任何一条道路上,在父母们看来，都是不正经的人。"顺从"永远是我们的第一要义，当然，我们也经过考量之后得出结论：奉养父母的晚年，确实也是我们应该做的，并且要尽量做得漂亮，只不过我们非常不乐意的是，到了一定的年龄，比方说现在十八岁的比土嘉豪，就被捆绑在相亲活动的椅子上了，而我们本身的想法是，这个年纪，正是比土嘉豪出去大展拳脚、见识世界和拯救银河系的年龄。他肯定是想拍拍屁股就走人了，但碍于多年来父母的养育之恩（刚才说了，那些辛劳的一日三餐，确实会起到极大的作用，这一点可以从犬类身上得到共鸣，但无人敢做如此大胆的比喻，也无人敢于承认自己的某些受困局面，与犬类相同，即谁提供了粮食，就得受困于谁），令他不能做出有失体面的事儿。他干巴巴地坐在那儿，就连目光都快像干草那样倒塌了。可他总会爆发的，一个人一旦陷入这种干巴的局面，就一定会有反弹，这是我们的经验，也是对比土嘉豪的了解。

我们接下来要观看的就是他如何反弹。少年时期做游戏，转换角色几乎不用旁人提醒，他自己就能控制以及带动整个游戏，这一点才能，我们是相信他的。

而谁也没有想到，比土嘉豪竟然会选择这样一种方式来结束这场活动。这是盛大的事情，在我们父母的眼中，这种活动简直可以称为"人生的转折点"，是比较神圣的，值得所有人尊重。

可我们的比土嘉豪在椅子上突然屁股一歪，放了一个响屁——就在所有人瞠目结舌的时候,他又来了几下。这就麻烦了,媒婆也来不及救场,甚至她第一个气得满脸通红,因为生气,也因为臭屁蔓延,她走出了现场,到了门口,气冲冲地就去找比土嘉豪的父母理论了。她可能都不知道怎么形容现场发生的事儿,到了外间,我们过了好长时间才听到媒婆说:"我没有办法做成这件美事了,你们另请高明吧。"

气走了媒婆的瞬间,比土嘉豪的父母冲了进来。当他们搞清楚发生了什么之后,也不知道该说些什么了。

相亲的姑娘并没有立即拔腿离开,她倒像是终于得到了放松,就好像,刚才那些放肆的响声出自她的身体,她慢悠悠地把目光落到比土嘉豪的身上,我们等着她说话呢,结果,她开口哈哈大笑了几声,站起来走出了门。我们倒是没有从她的目光中看出半点儿嘲讽比土嘉豪的意思,反而,她似乎有些欣赏这种行为,就好像她想做的事情,只有比土嘉豪敢真正做出来。

我们也是第一次看到比土嘉豪用这样可笑的方式结束了这场盛大的事儿。

后来,如他自己所料,再也不会有人替他说亲了,因为很快,媒婆就会告诉附近所有的年轻姑娘,比土嘉豪是个脑子有点儿不正常的人,如果他正常,又怎么会在相亲现场,一会儿一个屁,一会儿又一个屁呢。渐渐地,他的名声就会被传开:一个傻子。

我们现在明白了,拯救银河系的开端是先要拯救自己,可有时候拯救自己的方法没准儿只能是闹出各种各样的大笑话。比土嘉豪把这个事件称为"一屁解千愁"。这也是没有办法的办法,毕竟,银河系可能没有那么多屁事,而自己,屁事挺多。

我们没办法继续待在村庄里了,所有没把中学读完的人,在十七岁之前就离开了高山。像撒种子那样把自己撒出去的人,要么死在远方,要么活在远方。爱和生活,都是越远越圆满。我们在那个时期最有冲劲儿,我们都相信去远方看到大海的人,一定会成为世界上最幸运的人。

选自《草原》2023年第8期

隐匿者

刘亚荣

中国作家协会会员,编辑。作品见《散文》《散文选刊》《湖南文学》《黄河文学》《山东文学》《山西文学》《天涯》《美文》《雨花》《文学港》《广西文学》《文艺报》等报刊。出版散文集《与鸟为邻》。

一

三十多年来,我把雅姐雪藏了,就像上瘾者拒绝罂粟的诱惑。

那天在吧台结账,我注意到一盏青花瓷瓶灯,六棱形羊皮灯罩,光照在栗色博古架上,三彩马、粉彩瓷瓶、梅瓶、将军罐闪烁着幽幽光彩,一尊嘴对嘴接吻的青瓷娃娃赫然入目。久违的熟悉味道猝不及防地涌上来。穿桃粉色连衣裙的身影从时光深处不顾一切地钻出来,悄然无声地凝望我暗暗遮掩的惶然。

而偶遇恰如触动记忆齿轮的按钮,拼命想遮蔽的,陡然晴天惊雷般重现,令我的记忆波浪起伏,山呼海啸。

思忖间,竟然看到一个背影,穿着与我同款的旗袍……躲来不及,冲上去非我所愿,或者我还没找到足够的理由与她面对面。她突然回头,脸上现出惊诧,接着,笑成一朵牡丹花,毫不迟疑地叫出我的名字,奔过来,不由分说搂住我。果真是不老的雅姐。在她的拥抱中,我被动地叫了声"雅姐"。我无法表达那一刻的心情,有点儿尴尬,也有点儿手足无措,意料之外、并不被期待的相遇,在我,连寒暄也显得迟疑。

雅姐拉着我的手说:我以为这辈子再也见不到你了。

时隔三十年,雅姐真像一个梦。如果不是衣柜里的橙色短袖上衣时时提醒,我会误以为青春的光阴里从来没有她。这些年,从乡下到市里,数次搬家,淘汰无数东西,唯独那件产自上海的短袖上衣我不舍得丢弃。方领，领口与开襟都是同色反贴边，开襟别出心裁开在右前方，胸口上方绣着一簇牡丹花。这是我年轻时最洋气的衣裳。更为重要的是，它是雅姐送的。

那时节，我和朱正谈恋爱。送给朱的第一张照片上，我就穿着那件上衣，亭亭玉立的样子，连我自己都喜欢。我如此珍爱一件衣服，却没动过联系雅姐的念头，一个县能有多大，况且早已进入信息时代。其实下意识里，还是在躲避。

当初狠心远离雅姐，不似眼下的轻描淡写。当依赖成瘾，一日不见就难过时，突然断交，真像瘾君子戒烟。此前并无预兆，我邀请雅姐做新婚嘉宾，由她去送我。

雅姐之于我，就像盛开的牡丹，有雍容华贵之美，有芳香的味道，释放着无限的魅力。与雅姐相依相伴的一切，像涨潮之水，汹涌而来，退潮之时，带着不甘的涛声。

但一切还那么鲜活，没有被岁月隐匿。

那个下午，太阳无奈地困在云深处，终于避开一朵云，从玻璃窗爬进来，在注射室的东墙画出个写意的长方体，顺手涂上淡淡的土色。草木葳蕤的夏季，让人瞌睡的季节，适合痴想，我倚在椅子上思念远方的朱，跟太阳一样懒洋洋的。

一个很好听的声音飘进来，甜美略带肃宁味儿。院长在前，一身橄榄绿警服的派出所所长在后，陪着一个身穿桃粉色连衣裙的漂亮女子走进来。她像一朵美丽的彩云，照亮了土乎乎的四壁，让我不禁为注射室的简陋感到尴尬。一张掉了漆的桌子，一张坐上去咯吱吱乱响的竹板木床,还有丑小鸭一样的我。

处方笺是院长的笔迹,龙飞凤舞的,却只有两种药:青霉素钠加生理盐水。皮试观察期间,我悄悄打量眼前的美丽女子,乡里从没有人穿那么艳丽的衣服,低领、圆口、长袖,袖口及裙摆是同色系蕾丝边。柔和的阳光下,桃粉色清丽而典雅,配上她雕塑般立体的脸,美得像光彩照人的影视明星。

医嘱签上写着"李雅",单字,洋气又雅致,这在四周小花、小朵、大红之类土里土气的名字里,又是一种别致美。令我欣喜的是,这么美的一个人会对我好。她拉住了我的手,让我叫她雅姐,看着我的脸夸:"好俊的小姑娘。"被雅姐这么美的人夸,虚荣感瞬间填满了我青春期的心。我又黑又瘦,除了眼睛大,几乎没有长处。家人喊我的昵称是"大门楼头",下意识里,我是抗拒的,觉得带有贬义,其实是我不敢承认自己有个大脑门这个事实。娘也叫我书呆子,虽然书没读多少,在泼辣能干、长相俊俏的妹妹面前,我手不能提肩不能扛,大丑丫一个。也许是从那一刻开始,我喜欢上了雅姐。

院长吩咐,皮试没事儿,去派出所输液,观察一会儿再回来。

次日,有人隔着后窗户喊我,亲切地叫着一个字,我踩上"咯吱咯吱"响的竹板床,看到仰着头喊我的雅姐。

"下班来我这儿吃饭。"

我推托。

她不许。

我提着配好的液体，拿着新洁尔灭棉球、胶布、止血带，来到后院，闻到一股奇特的香味，是肉香，却不是飞禽或猪羊炖在锅里蒸腾而出的味道。雅姐男人正往蒸锅里放小饼，饼茶缸口大小，粗布一样薄，每张饼都油汪汪的。这个穿着警裤和白色背心的男人，操作起这些来比家庭主妇都娴熟，蒸出来的饼几乎透光。雅姐笑盈盈，在茶几上摆放碗筷，说：今天咱们吃烤鸭。烤鸭此前只是我脑海里的一个名词，它跟首都的全聚德联系在一起。在雅姐家，二十一岁的我头一次看到现实里的烤鸭，虽然是片状的，也不是全聚德的，但肯定不是庄户人家饭桌上能有的菜。这只烤鸭，是雅姐男人骑着摩托车从皮毛之都留史买来的，香气四溢，还热乎着。我明白，这是雅姐特意招待我的。她一家想吃，大可以骑摩托车呼啸着去留史，直接在烤鸭店品尝刚出炉的。

雅姐家的天蓝色摩托车停在廊下，白色补花床罩在铁丝上摇摆着，是乡政府大院的一道独特风景。

偶尔，雅姐一双纤细嫩白的手泡在大铝盆里，被斑斓的洗衣粉泡沫包围着，飘着好闻的气息，她身上也散发淡淡的香。更多时候，雅姐坐在椅子上看书，两个孩子在纸上乱涂着房子、汽车、折纸飞机。我端着雅姐男人做的喷香的豆角焖面，品尝着，羡慕着。面条粗细匀称，带着黄色的铺面，绿豆角赏心悦目，平常的食材做出了艺术品的水平。最主要的是颠覆了我的认知，在村子里，大多数男人是从不烧火做饭的，在我家，只有大年初一父亲才煮饺子熬菜，主厨一天。我希望朱有姐夫那样的厨艺，也渴望着拥有如雅姐所拥有的美好安逸的生活。

二

我的审美之旅，从认识雅姐启程。

我的婚房里，靠北墙摆着一列组合柜，罕见的栗色，乍一看古朴大气，和雅姐那套实木镶玉石的相仿。只是，有质的区别，我的是三合板的。组合柜中间放着朱的燕舞牌录音机，旁边，是那尊我无比珍爱的嘴对嘴接吻的青花瓷娃娃，他们戴着帽子，弯着腰翘着小屁股，两个小脑袋伸向对方，小脸洋溢着幸福，陶醉地吻着，好像从宇宙洪荒爱到现在。最为动人的，是他们的无邪，男孩的手插在裤兜里，女孩的小手背在身后。我把它们当成我和朱，我们也要天长地久，像雅姐夫妻一样。那时不知幸福有时只是表象，难言的隐秘藏在不为人知之处，夜深人静时小兽般跳出来折磨人。

我还有一对古色古香的镜子，也是栗色，镜面长椭圆形，镜缘雕着游龙戏凤。小瓷人和镜子，都是跟着雅姐从保定工艺美术品店淘来的。雅姐的审美水平让我佩服。

那个艳阳高照的秋日，我和朱领了结婚证。朱不在家，新房里的小物件，大都是雅姐帮我买来的。我是那么依恋她，这种情谊，不仅是雅姐家的美食和赠予我的漂亮衣服构建的，她让我有感应，是来自心底的喜欢。也许，我是一面镜子，雅姐在我身上看到了年轻时的自己。年轻的我之于她，也许是良药的引子，具有特殊的疗效。

雅姐陪我从保定百货大楼买了大红色绣花羊毛衫、咖啡色呢子大衣，雪花呢短大衣的对襟和衣兜都用红呢子绲边，左胸一串红呢子葡萄，很别致。庙会上，买了红色针织秋衣秋裤。这些衣物，把土得掉渣的灰姑娘，变成了美丽可人的白天鹅。

为满足我买一身毛料衣服的心愿，雅姐陪我去了北京。那个严冬的早上，天还黑蒙蒙的，我们两人深一脚浅一脚，去村北赶唯一一趟通往保定的班车。一个趔趄，两个人一起倒在雪后滑溜溜的路上，摔倒的那一刻，雅姐还没爬起来，就问我摔坏没有，互相搀扶着站起来，手挽手接着走。天渐渐亮起来，喜鹊在路边的大杨树上叽叽喳喳，我暗暗庆幸，有个姐姐真好。

在王府井大街，我成了初进大观园的"刘姥姥"，到处都感到新奇。我一口保定方言，实在开不了口，雅姐考虑到我干瘪的钱袋子，带我东奔西走，货比五家。在一个比较僻静的柜台，我看中了一条紫红色黑格子短裙，更看中了裙子的价格，八元。雅姐懂我的意思，用普通话问售货员，却被抢白"大冬天买什么裙子"。天使一样的雅姐，为我受了委屈。晚上，我们住在雅姐亲戚家，怕我从床上滚下来，她抢着睡上铺。

九月县城庙会，我和朱花四百块钱买来一张席梦思床。又按雅姐的意思，配上了淡粉色绣花床罩。温馨的色彩，让低矮的小屋瞬间洋溢着喜庆幸福之光。

我和朱谈婚论嫁，雅姐万般支持。她说，朱爱看书，喜欢围棋，是有文化的人，知书达理的人比莽汉子体贴人。那时，只觉得是她对我和朱的祝福。没想到，是她的婚姻伤到了她，我也没意识到，她说这些话时的神态不似往常愉快，清澈的眸子暗淡下去。也万万没想到，她输液是公开的"隐秘"。只有我被蒙在鼓里，朝夕相处的温婉的雅姐之于我突然成了罂粟一样的存在。

三

当流言子弹一样飞来，我霎时晕了，眼前漆黑一片。

我不相信。

我屈起食指，将指关节放进嘴里咬了一下，疼痛和牙痕告诉我，这不是幻觉。

流言与现实叠成一种错综复杂的画面，理不清，把我绕在里面。雅姐安静温婉，对爱人很呵护，与婚外情、杀人命案能有什么关系？美好和凶恶是两极，是根本不可能有交集的天堂和地狱。这样的反差，于年轻的我是一个严峻的命题。在我非黑即白的世界观里，没有为模糊的灰色地带预留位置。初闻这个消息，比贾医生以男人之身穿我的连衣裙还恐怖。这种撕裂，让我痛苦不堪。

我在心里喊了无数次——这怎么可能？这怎么可能？

这不是真的！

有可能是别人泼向雅姐的一盆污水。

雅姐对我那么好，人那么好。任谁也不能把一个贤惠的人推到恶毒的深渊。我想替雅姐辩白，找县城认识雅姐的同学求证。他大概早听说过相关的"绯闻"，沉吟了片刻，说：还是少和她在一起，影响不好。接着他说：你想想，她为啥隔一阵就输液，你看看她的扁桃体有问题吗？是梅毒，你应该知道，梅毒的特效药就是青霉素。也许她没病，青霉素上瘾。心病……

断断续续地，雅姐的不雅传闻渐渐灌满耳朵。雅姐长得漂亮，被某公子哥看中，不到二十岁就嫁给在派出所工作的他。男人粗鲁、嗜酒，大醉后没有深浅，雅姐身上常常青红紫皂的。她不得不忍受着对孩子的牵系与其离婚。遇到意气相投的男子，那人却有家室，离婚不成，杀妻未遂入狱。雅姐随后又被有钱人包养。几年后复婚，做回了一双儿女的妈妈。

这些流言，故事简单，线条粗犷，碎片化，情节却起伏。让我惊悚、失落，觉得雅姐欺骗了我。阅尽沧桑后，虽对她有所理解，却再也没有动寻她的念头，我和她仿佛隔着"万水千山"。

我曾无数次把自己眼里的雅姐与传言中的她区分开。

雅姐父母是乡村教师，她有个文学梦，天天抱着诗歌小说，偏科严重，初中毕业升高中未果，靠父亲关系进了某企业当会计。这与我的读书从业路径有点儿相似。怪不得，我和雅姐有很多契合之处。她在文学殿堂沉醉的时候，我还没长上翅膀。她的床头柜上有一摞小说，我当时贪玩，偶有借阅。有一本绘画我记得清楚，叫《永远的尹雪艳》。我为尹雪艳的绝尘美而惊叹，纳闷世上竟有如此八面玲珑的人，胜过《红楼梦》里的王熙凤。当时并未关注作者和绘画者。多年后读《台北人》，才知是白先勇先生笔下的尤物。

　　我买青瓷对吻小瓷人的时候，雅姐买了一尊更大的，又选了淡青色小巧的长颈花瓶。她的花道应着时节，花瓶里盛开着杏花、桃花，插着金黄的麦穗、雪白的棉花。她的手像拥有魔法，普通的物件经她摆置，立刻出尘脱俗，上得厅堂。我读《永远的尹雪艳》时，常常发呆，脑海时时会冒出雅姐的形象来，难道她是尹雪艳的替身？雅姐实在有动人的地方。我就是她那时唯一忠实的拥趸。而她，恰是我在痴痴迷迷的恋爱期倾诉衷肠的人。我和她讲与朱怎么认识，朱会下围棋，会写诗；讲我的思念和对久不见面的怨艾……她刮着我的鼻子耐心安抚，说：傻丫头有福气，找这么个好人，还不放心。我就把嘴角弯成个月牙儿，痴痴地傻笑，以分享我的快乐为乐。

　　雅姐善解人意，我和她在一起是微醺的，说不出的美妙。我没能窥出她的一<u>丝丝</u>不如意，更遑论她的婚姻和命运的渊薮。

　　偶遇雅姐，心底满是涟漪，那件绣花上衣就是我依恋她的证明。因为雅姐，我再次捧起《台北人》，"尹雪艳永远不老"，雅姐也不老。她俩让我想起了罂粟花，芳香、美丽、娇艳欲滴，却有毒，让人欲爱不能。而它的毒，是出于自我保护，还是报复，是我认知里的一个谜。按斯宾诺莎的说法，欲望是人之本体。至于罂粟的功效，乃至它杀人般的作用，终究是人利益驱使的结果。可是，美有什么罪？我蓦然一惊，我怎么能如此冒犯对我照顾有加的雅姐，竟然把她与人人谈之色变的"罂粟"联系到一起！

一直以为雅姐男人厨艺无敌，雅姐只上厅堂，不料她包的烧卖皮薄如纸，盛开如康乃馨花一样，一咬一嘴油，香得人停不下嘴。我盯着雅姐一双手赞叹。雅姐男人难得浅笑着说：孩子爷爷得绝症想念家乡的烧卖，一家人束手无策，还是你雅姐一次次琢磨着做，解了老人的馋。从此，羊肉馅烧卖成为雅姐在婆家的"压轴菜"。烧卖与心满意足的老人，传递出一个温暖画面。

晚霞里的雅姐，坐在廊檐下给她男人织毛衣，长长的眼睫毛微微翘着，饱满的脸庞覆着一层绒毛。毛衣针一上一下行走在光阴里，雅姐投入的神态令人陶醉。这油画一般的织衣图，令人心情舒畅。以我的审美观，微笑的蒙娜丽莎不如此时的她美。

哪里有半分尹雪艳的煞气？

四

撇开悲欢、聚散，雅姐的确丰盈了我的世界。

在朴素的乡村生活里，雅姐无疑给我推开了一扇门，关于生活的、艺术的。还有她的雍容、典雅、安静，以及书卷气质，都令我痴迷。

在我家还点十五瓦灯泡的时候，雅姐就用上了卷着荷叶边的台灯。平心而论，亲近雅姐是本能，是对安逸生活的向往，谁能拒绝美好呢？

雅姐让我想起一个传统意象——凤凰。落魄的凤凰不如鸡，她在熟悉的人群里过街老鼠一般声名狼藉。在新环境遇到我，欣赏我的她，人性中的良善重新焕发，她用优雅美丽的羽毛把过去遮掩起来。

一别数年，我和雅姐竟然不约而同买了同款旗袍。深蓝色底子，暗黄色大牡丹花，花与花间由缠枝相连，繁而不乱，美得热烈又朴素。多像我们渴望的婚姻爱情，温馨浪漫却满含烟火气息。

我曾邀请雅姐送亲，她特意添置了新皮鞋新衣裳。在得知她的离奇经历后，我有意时时躲着。她冰雪聪明，借口有事去北京，避免我为难。而后随男人调走，淹没在嘈杂的人潮里，隐匿在时光中。

人至中年，经历见识逐渐丰厚，尤其与朱的爱情，由炽烈变为恒温的亲情，我对婚姻的看法有所改变。而雅姐的境遇更令我反思，灯红酒绿中，但凡稍有姿色、性子又好的女人，哪个没遇到过诱惑？面对这些罂粟花般美丽的蛊，有些人确实迷失了自己；有些则是男人的错，他们是女人失足的推手。雅姐的事，或者与她男人酒后失德有着千丝万缕的关联。

我在乡医院工作，婚后与朱两地分居，着实领略了生活之不易。

母亲因病去世，孩子的棉衣棉鞋都没了着落。我陷在生活的困境中，朱书信里的卿卿我我远远解决不了世俗里的窘，柴米油盐尚能应付，情感上的无所依托让我感到孤独无依。最莫名其妙的是，数次遇到借酒装疯闯到宿舍强行搂我的人；也有人说，你为朱守洁，说不定他早搂着别人呢。幸好，朱是棋迷书痴，但有着超乎寻常的情感洁癖，绝不会允许自己发生任何越轨行为。我开朗外向，朱内向寡言，婚后三十年，朱有二十余年在外面。一旦回家，他又日夜沉浸于围棋的世界，两个相爱的人却没有多少体己话，甚至越来越没有话说，诸多委屈充斥在我心底，婚姻幸福感荡然无存。天天盼着团聚，三五天后开始为琐事争吵，互相都觉得苦恼，常常是一边和解，一边产生新的矛盾，爱情专列成了无法控制的过山车，在喜悦和恼怒间穿梭。当爱成瘾，更唯恐失去，越想握紧，越像手中的沙簌簌而下。有段时间，我曾一度对当初无悔的选择有所质疑。

朱多才多艺，正直，是好男人，但我还是觉得有遗憾。我喜欢文学，朱也沉浸在文字的海洋，《中国大历史》《昭明文选》《唐诗鉴赏辞典》《全宋词鉴赏辞典》是他的枕边书，在工作中校对稿子时常遇到生僻字，我常常求助于他，几乎没有错过。可是我俩还是没有多少共同话题。我活在现代，却倾慕相依相伴心有灵犀的日子。故而，我经常觉得烦闷、孤苦。

疫情期间，朱在家的时间多起来，这个油瓶倒了不扶、吃饭只拿自己筷子的人，走进了厨房。黄瓜丝、豆角丁、尖椒粒、蒜泥、芝麻酱、酱油、醋，他满头大汗、笨手笨脚、忙忙碌碌做凉面的背影，恍惚间似乎让我找回了丢失的爱情，那个对我呵护有加却闲云野鹤般活在云端的朱回来了。当朱开上车，载着我走入太行山中，我们一起寻觅韩信的白鹿泉、土门关、秦皇古驿道，数次走进于谦后人的石头村，这些车辙和脚印良药一般又治愈了我。朱修长的手指执黑白子落在棋盘上，一人互搏，"啪啪"的声音让我心安。朱说，退休后换台新车，拉着你四处去看看。

我就一心盼着朱退休与我相守。且又有了新的心愿，回老家置一小院，过果蔬满院、在花丛中坐着秋千听鸡鸭鹅鸣、一起读书的日子。

一日，忽又想起了雅姐，不知她现在过得如何。一直感念她对我的好。雅姐热心帮我，可能是对自己婚姻不幸失望，不想让我走她的路。

那个暖暖的午后，房前的桃花扑啦啦开得灼人，麻雀和蜜蜂成为桃树的客人。雅姐穿着一身笔挺的毛蓝色毛料西服坐在廊下椅子上看书，桃粉色的衬衣领子露出来，和桃花呼应着。微风中的雅姐桃花一样美，我不由自主地读了一句应景的古诗"人面桃花相映红"。雅姐"扑哧"一声笑了，"也成诗人了。崔护是俺们老崔家人。博陵崔护，姿质甚美，而孤洁寡合。举进士下第……"雅姐男人一脸不屑，嘟囔了一句，"酸酸唧唧的，有什么用？"我有点儿吃惊，雅姐博学竟得不到男人的赞许。

对于我选择朱，雅姐不止一次夸我有眼光。她说，女人不能依附男人。那时我懵懵懂懂。

而当时雅姐的处境，有谁怜惜，又有谁肯了解雅姐的苦楚。当和爱情有关的荷尔蒙消失，生活一地鸡毛，她选择离婚没错，每个人都有追求幸福的权利。雅姐离婚后确实在皮毛之都留史闯荡了几年，她曾把裘皮大衣销往俄罗斯等地，积攒了余生所需的财富，故而可以优哉游哉地过日子。至于其他是非，并无确凿证据，大都是一众人等道听途说、添油加醋而已，我相信雅姐并没有趟过男人河。如若雅姐有错，但她已悬崖勒马，相夫教女，为什么人们还不肯原谅她？好像男人都是无辜者……我摇摇头，不肯把这些足以湮灭一个人的暗流再推向雅姐。生活的原浆芬芳、辛辣、五味杂陈。活着不易，雅姐与我都在命运的河里自我救赎。这让人悲欣交集的光阴和爱情，我和她都是瘾者。

五

上瘾者，隐匿者，尹雪艳，雅姐，相干又不相干，混沌又清晰。

记忆像一棵树，总是在不经意的时候蹿出新芽。梦境中的罂粟花开到天边，像红彤彤的火烧云，动人心魄。或许它的美本身就是一种原罪。

数次把玩罂粟壳，从没见过罂粟花，它却在脑海呼啦啦生根。在夜深人静时，开得漫无边际。也无阳光也无风，妖冶的罂粟花兀自摇曳，红艳艳的，铺天盖地。花海由红变得漆黑，我孤零零陷在罂粟花海里，身体在旋涡里下沉，几乎窒息。突然看到雅姐，她背对着我，我喊她救我，却发不出声。雅姐瞬间不见，我被空旷吓呆了，慌忙追赶，一脚踏空，惊醒，冷汗淋漓。现实里，我躲避着雅姐，梦境里却不断重复罂粟花的画面。有的油画质地，清晰、艳丽，有的萎靡在地，没有生机。这些梦，反反复复，奇奇怪怪，我不知道它的隐喻意义。心里就又生了拒绝的念头，可是，谁又能控制梦呢？

莫名的罂粟，莫名的梦魇。这打破现实逻辑的虚幻梦境，数次重复出现，让我困惑不已。

罂粟本无罪。

把雅姐与罂粟联系在一起并不是本意，我相信雅姐床头出现的"尹雪艳"是一个偶然。我把几个版本的因果罗列在一起：

贪图安逸，自食没有爱情的恶果；遇到真爱，飞蛾扑火，又跌入对方行凶的泥淖；自甘堕落，傍大款，梅毒报应；遭众人厌弃。

究竟是雍容华贵的牡丹变异，还是误植入了罂粟的基因，百思不得其解，故而，我只能一声叹息。人生阔野，飞蓬各自飞。

我依然爱着那个美好的雅姐，她赠予的春光明媚了我的青春岁月。那次相遇，我们互加了微信，但雅姐并没有主动联系我。母亲节那天，我在朋友圈发了一条某刊物推送我文章的链接，雅姐留言："士别数年，刮目相看，我变主妇，你成作家。"我竟不知如何回答，思忖一会儿，说："亲爱的雅姐！没有身份的区别。咱们都是好妈妈。闲暇的时候拿起笔来吧，'作家'不专属于谁。节日快乐。"

罗大佑说，流水带走了光阴的故事。人生本没有圆满，那么，就让时间之水带走那些令我难以置信的荒谬吧。

选自《雨花》2023年第10期

暂别乐园

郜元宝

复旦大学中文系教授,教育部"长江学者"特聘教授,中国鲁迅学会副会长,中国当代文学学会副会长,先后获冯牧文学奖、唐弢文学奖、王瑶学术奖、鲁迅文学奖。著有《拯救大地》《遗珠偶拾》等。

1

高二下学期开学不久,我偶染微恙,差点儿放弃了高考。

那是二哥来城里务工,见我一副萎靡不振的样子,就说你跟我去澡堂洗个澡吧,狠狠"蒸"一下,保管精神起来。

我就跟着他,第一回进了城里的澡堂。

别的不必细述,只说在乡下,除了小伙伴"大肚子",我还从没见过那么多男人奇形怪状突起大白肚尖的裸体。他们都怎么了?长了肿瘤?吃饭不消化?

二哥很相信"热蒸汽",我却有点儿招架不住。穿过大白肚尖的丛林,下到大池子里,没泡多久,就坚持要出来,害得二哥也"没蒸透"。

不料就这简单的泡澡,竟惹下大祸。原来几天前我大腿上有一处擦伤,还没愈合,在藏污纳垢的池子里一泡,顿时发炎。身体忽冷忽热,跟"打摆子"一样。起初以为回姑妈盖上厚被子,捂身汗就好了。谁知两三天高烧不退,这才不得不去医院问诊。

医生说是病菌感染,开了一星期的抗生素肌肉注射,我每天忍着高烧和浑身酸痛,去校医院打针,然后看身体状况,或直奔教室,或打道回府——回姑妈家休息。

这样折腾了十来天,才逐渐好清爽。某位领导人以登泰山为核心隐喻的"改开"总动员讲话录音,我是在打针之后卧床休息期间，断断续续听姑妈家附近高音喇叭播放的。

经此一"疫"，严重脱课不说，身体也更虚弱。本来就病病歪歪，现在雪上加霜，越发打不起精神了。

父亲接到消息，特地从乡下赶来。那时离高考还有两个月，他见我一脸忧愁，就说你也别多想了，干脆"垛（复读）一年"，明年再考。

"垛一年"的说法，让我很得安慰。我后来一直认为，高考之所以能超水平发挥，跟父亲这种"托底"的许诺有直接关系。解除了后顾之忧，才能轻装上阵。

父亲还考虑再三，同意了我的一项请求，就是最后两个月，要从姑妈家搬去学生宿舍。我认为这样才会提高学习效率，弥补过去十来天的损失。

横竖两个月，开销再大也得扛过去。二哥进城务工做泥瓦匠已经半年，多少有点儿收益，正好给我交了押金。就这样赶在高二最后半年最末两个月，我住进学校大门右手边的学生宿舍，体验了一把集体生活的滋味——这才是我要求搬进学生宿舍的真正目的。

这里真热闹！我认识了文科班之外其他三个理科平行班的不少住校同学，包括歌神 CM，接受了他足足两个月"女声独唱"的熏陶。姑妈家的早饭通常是"坚硬的稀粥"或稀粥加馒头榨菜，现在，早饭也由我擅自改为校门口个体户食摊上的豆浆油条。午饭和晚饭由学校食堂统一供应，周末两天大多数仍回姑妈家蹭饭。

光阴似箭,紧张的三天高考一结束,我就卷好铺盖,去姑妈家打了声招呼,立马赶回乡下老家。

两年的高中生活,终于画上了句号。

难道就剩下这点儿记忆了吗?当然不是。太多遗漏,无法追回。太多未知,都随雨打风吹去。倒是毕业之后,跟过去的同学通信,或者碰到一起吃饭聊天,偶尔还能牵带出某些当时大家都茫无所知的秘密。

比如跟我一起翻围墙的 Wu 同学,高考前居然自说自话,瞒着家人,搞了一次现在年轻人所谓的"说走就走"的旅行。他偷了父母的钱,独自乘小火轮逆长江而上,爬了一趟江西庐山。虽然庐山几乎紧挨着铜陵,但那时交通不便,一个高中生在学期中间,大考之前,居然独自去游玩,实在太奢侈了。试问哪个等待大考的高中生敢这样放飞自我? Wu 同学高考成绩不尽如人意,但他后来能在并非其所学专业的实业界大展身手,很快实现财富自由,这跟他高考前表现出来的大胆果决,是否也有一定关系?

又比如有一个时期模拟考试成绩始终跟我难分伯仲的某女生,居然神不知鬼不觉,在校外经历了一场惊天动地的恋爱,高考前闪电式结婚了。据说男方身份神秘,谁也摸不清底细。这位女生当然没到法定结婚年龄,不知通过什么门路,或者只是订婚,以讹传讹,变成事实上结了婚?传递这个信息的人自己也没有明确结论。

她的高考当然只是走过场,分数不可能太理想。但在举国视高考为"自古华山一条道"的二十世纪八十年代初,这位女生高瞻远瞩,服膺"男怕入错行,女怕嫁错郎"的道理,在如意佳婿和高考夺冠之间毅然选择了前者。若她心无旁骛,铆足了劲儿跟我拼到底,地区文科状元花落谁家,还真不好说。

听了这段秘闻,我不禁心中暗叫一声惭愧。感谢这位女生主动让贤,遂使我成名。

2

从七月初走出考场,到八月底离开家乡去上海读大学,这一段将近两个月的空闲,对我实在具有特别重要的意义。

我从来没有那么放松地忘怀一切,重新扑到家乡"小圩"旱地和"老圩"水田,重新融入我少年时代的乐园。

当时万万没有想到,这次短暂的回归,其实乃是日后与故乡长久分离的开始。

1982年从盛夏到仲秋,我纯然就是一个披星戴月、早出晚归参加"双抢"的农民。年少气盛,又觉得新鲜,什么活都拣最重的去做。不仅睡得安稳,胃口更大得出奇,一扫高中两年的焦灼颓靡。母亲一直对我放心不下,常说我是"子(鸡蛋)壳里的小鸡",现在看我收工后满头大汗狼吞虎咽的样子,也很欣慰：“这回总算‘通了’（血脉畅通身体结实的意思）。”

从我读初中到高中毕业那五年，家乡变化之大，真可谓天翻地覆。但头三年我在"和平乡中学"读初中，后两年到"铜陵市一中"读高中，虽然也有寒暑假，但毕竟被学业牵扯着，即便目睹农村的变化，也心不在焉，感触不深。高考结束，扛在肩上的重担终于卸下，我这才一身轻松地回到亲人们的身边，得以深切感受初期改革政策指导给家乡农村带来的巨变。

说起当时农村新经济政策，无非就是包产到户，更多的惠民新规尚未出台，后来所谓的"三农"问题也没有完全浮出水面。国家为重启现代化建设走出的第一步棋，是让农业生产返回类似上古时代农户单干的方式，这从现代化农业经营的角度看，仿佛是退了步，但由此将农民从长期盲目低效的大集体生产中解放出来，激发他们为自己种田的积极性，无疑又是向前迈出了一大步。

更重要的是，农业生产效率的显著提高也迅速解放了生产力。越来越多的青年农民可以进城务工。尽管进城务工或找到其他门路的农村青年毕竟是少数，但哪怕给他们争取更多的闲逛的余暇也是好的。青年农民挣脱土地的捆绑，相对于他们的父辈，这意味着他们获得了极大的自由空间。尽管新的社会问题接踵而至，譬如进城务工的机会太少，允许花钱和想要花钱的地方太多，"大锅饭"时代没钱也无处花钱，现在越来越觉得钱不够花了。即便如此，八十年代初的乡村整体气氛还是积极乐观的，人们对于未来充满了美好的憧憬。路上到处能看到穿戴一新的农村青年跑东跑西的身影。露天电影逐渐被激动人心的一两台慢慢现身于乡村的黑白电视所代替。沉寂多年的几个村子合伙"唱大戏"的传统也复活了。

正是在这个大背景下，我度过了高考过后特别安稳喜乐的将近两个月的时间。

那年夏天，一个巡回乡村的个体户摄影师给我们全家拍了合影。我进大学前没有一张单人照，因此这幅珍贵的合影也就成了我那段时间影像记忆的唯一证据。

我站在后面第二排，脸圆滚滚的。毕竟熟悉自己的眉眼轮廓，否则还真不敢认，那个胖墩墩的少年就是高中刚毕业的自己。后来进大学，考研究生，找工作，成家立业，生活的拼搏一轮接一轮，毫无喘息机会，我很快又被打回原形，重新变得瘦弱委顿了。

3

我写过许多遍的家乡"老圩"水田尤其"小圩"旱地，真是我一生的牵挂，无论怎样的语言都无法形容我对它们的珍爱与怀想。

在乡村长大的人都有这样一片儿时的乐园。不管我们离开多久，一旦回归，原以为早就失去的乐园，总会像母亲接纳儿女一样无条件地再次接纳我们。

自幼生长在城市的人有没有他们的乐园？或许也有吧？否则那些城市作家为何总喜欢创作一些城市生活的"怀旧"之作呢？世界各地都有以城市命名的人群，比如"北京人""上海人""广州人""台北人""香港人""巴黎人""伦敦人""纽约客""都柏林人""东京人"，等等，还有不少以这些"人"为题的小说，这岂不就说明他们都有一种非乡土化的"都市的乡愁"吗？

可见人类共同拥有的儿时乐园并不取决于其空间方位，主要在于其独特的时间性。我们的乐园可以是乡村，也可以是城市，只要它是我们的出生地，是我们童年和少年时代生活的所在。一旦这个时代过去，虽然这个地方还在，但已物是人非，你记忆中的童年和少年时代的乐园跟你后来看到的故乡之间，就会出现永远难以弥合的裂痕。

所以不管我们一直住在故乡，还是离开它四处漂流，长久"蛊惑"我们的都只是造物给予每个人的普遍恩典，并非我们灵魂的最终居所。留在故乡的人们养于斯，长于斯，终老于斯，晨夕相对。远别故乡的游子也可以经常回归，或在他乡异地魂牵梦绕。但总有一天，我们都要永别这乐园。我们视为乐园的故土，如同我们后来不断变换的居住地，都是暂时寄居之地。

据说天下"郜"氏原出"姬"姓，因周文王第十三代孙封于郜国（今山东菏泽），遂以国为姓。我们这支"五松（铜陵）

359

邰氏"则是随宋室南迁,逐渐从浙江南部播迁而来。以古代"郡望"或现今"籍贯"论,我是安徽省铜陵人。以出生地论,我是"铜陵县和平乡上丰村人"。在铜陵本地,我应该自称"和平人",而其他乡镇的人则会说我们是"老圩里的人"。但现在"铜陵县"已撤销,成为铜陵市下属的"义安区","和平乡"则与其他几个"乡"合并为"西联镇"。这些年回乡,对于上述地名的改变,总是有点儿不大适应。

我究竟是哪里人?"铜陵人"吗?但我只是出生于铜陵而已,只在铜陵连续生活了十六年。"上海人"吗?那可真是"反认他乡是故乡"。跟所谓的"老上海"眼里的"外地人"一样,我至今仍然难以走进生活了四十多年的上海。然而回首往事,我对于自己的故乡铜陵又还记得多少、认识多少呢?

暂且不说上海吧,就说1982年夏我离开之时的"铜陵县和平乡上丰村",也已经发生了沧桑巨变。我对于它的过去固然所知甚少,就是现在每次回乡,也只能看到一些留守的老弱,其余都是陌生面孔。不仅幼年的玩伴星散,就连基本的地形和地貌也改变了不少。

十多年前,"小圩"旱地作为实际上的泄洪区已变作一片森林,招来各种飞鸟和小动物。有一年春节,我跟几个亲友在冬日暖阳下步行穿过"小圩"的树林和偶尔保留的几块菜地,走到江边,居然在"小圩埂"的草丛中看到一窝小刺猬。这种动物以前只有在山上才能看到,现在居然也迁移到了临江的洲圩地区。

"大圩埂"后来增高加宽的幅度很大。许多拐弯处一律拉直，过去"圩埂脚下"（"大圩埂"南侧底部）的村庄和水塘荡然无存。"大圩埂"的顶部铺成柏油马路，不停地有各种车辆疾驰而过，这在以前根本无从想象。为了确保"大圩埂"的安全，"圩埂脚下"原先稀疏分布的自然村落全部拆迁到靠近"老圩心"的水田，沿着一条新修的东西贯通的"村村通"公路两侧，一户挨着一户，建成密集的居民点，绝大多数是造型相似的两层楼民居。

这都不能仅仅用"物是人非"四个字来概括了。

我与出生地的关系，就这样说不清道不明。我们想念和夸耀各自的出生地，并非要将它当作灵魂的归宿来祭拜，只是把它视为将来真正乐园的影儿。既爱慕这影儿，就表明我们想要寻找一个更美的家，只有在那里才能安然居住。

4

邮递员通常两周跑一趟我们村。这回与往日不同，前几天刚来过，怎么又来了？

原来他是受了"一中"的委托，专门过来给我这个文科状元送成绩单的。

接下来的一切就跟做梦似的，身不由己，随波逐流。

先是由父亲陪着，赶到熟悉的"一中"校园。大家都向我道贺，我也随着父亲说了一箩筐感谢的话。父亲还想知道铜陵第一名在全安徽省算第几名，吕老师很自豪地说，"您老管它是安徽省第几名呢！反正这成绩，任何一所大学的中文系，随便填，都会录取！"

原来除了"体检"，还须"填志愿"。既然吕老师提到中文系，那就填中文系吧。其他专业？听都没听说过，谁知道能学到啥！

预备用作"体检"的教室，四面墙上都贴着本年来安徽招生的全国各所大学的简介，令人眼花缭乱。只记得当时我看中的有北京大学、厦门大学、中山大学三所"名校"的中文系，但都被父亲否决了。"路太远，以后来来去去，买不起车票！距离最近的还有哪些好学校？"吕老师扳起手指头数了数说，"那就填上海复旦大学吧，严老师的同学就在这所大学"。

填好志愿，"体检"的程序就比初中毕业时简单多了。肺部钙化点还在，但并没有引什么麻烦。这让我觉得"读技校"才需要好身体，"上大学"就无所谓了。后来才知道并非如此。那些年考上大学的许多人都曾经因为"体检"不过关，被迫顺延一年，"养"好了之后才被录取。

不管怎样，我的体检很顺利，只是慌忙之中，本家堂哥交代的抿一口醋、半个屁股斜坐在凳子上以防止被查出贫血这一类的招数，全都没用上。

又过了半个月，快到八月底，复旦的录取通知书终于来了。父亲办了两件大事。一是给邻居亲友们"包场"放映了热热闹闹的露天电影《喜盈门》，二是次日傍晚在家里摆了几桌酒，宴请来给我饯行的亲戚们。

说是宴请，按不成文的规矩，也就到了众亲戚们必须拿出贺仪的时候了。毕竟是全乡第一个大学生，应该"包"多少喜钱？谁也说不准，又不好彼此商量。但最终大家还是都拿出了适当的数目。做砖瓦匠的大姐夫从那年开始，就毫无保留地在经济上支持我，一直到我大学毕业。

陪酒，敬酒，千恩万谢，千叮咛万嘱咐，正弄得我晕头转向，不可开交，小妹突然告诉我，外面有个老同学要跟我说话。我红着脸出去一看，昏暗的墙角一棵树下，站着过去很要好的P同学。他初中毕业做了木匠。两年不见，身量竟长了一倍。他坚决不肯入席，说屋里都是他不认识的亲戚。他来只有一个目的，就是正式祝贺老同学，希望老同学学业有成，前程似锦。接着不由分说，递给我一张用红纸包着的百元大钞，然后拱拱手，扬长而去。

第二天，母亲很早就准备好了半年要用的所有衣服杂物，都用二哥准备结婚的木箱装着。左邻右舍以及昨晚没有回家的几个亲戚都在门口为我送行。父亲显出难舍的样子，这时候刚从大队领导岗位退下来的老崔依旧像伟人似的披着外衣，踅过来对父亲说，"还有什么舍不得嘛，他现在已经不是你的儿子，是属于国家的喽！"

　　母亲又递过一只装有十几个茶叶蛋的布袋。我说天热，恐怕火车上就要馊掉。母亲坚定地说不会，路上可以当饭吃，到了上海分给同学们，就算见面礼。我晓得这是母亲所能拿出的最贵重的临别赠品了，只好装在随身的大书包里。那里面有亲友们馈赠的全部贺仪，母亲连夜仔细缝在一个隔层里，反复叮嘱别弄丢了。木箱则仍由二哥挑着。我们一路小跑赶到顺安古镇的火车站。匆匆告别之后，我就踏上了铜陵开往上海的绿皮火车。

　　多年以后读到荷兰作家望·蔼覃的《小约翰》的结尾，"他（小约翰）逆着凛冽的夜风，上了走向那大而黑暗的都市，即人性和他们的悲痛之所在的艰难的路"，实在佩服鲁迅那拗口的翻译。离开铜陵来上海那年，我十六岁，比小约翰大多了。我将要去的上海当然不会是"大而黑暗的都市"，至于"人性和他们的悲痛之所在"，我那时可是做梦也不会想到啊。

选自《山花》2023年第10期